幼女戦記

Mundus vult decipi, ergo decipiatur

〔12〕

カルロ・ゼン

Carlo Zen

contents

内務人民委員部作成

連邦

書記長（とても丁寧な人）

ロリヤ（とても丁寧な人）

【多国籍部隊】

ミケル大佐［**連邦・指揮官**］── タネーチカ中尉［**政治将校**］

ドレイク大佐［**連合王国・指揮官**］── スー中尉

イルドア王国

ガスマン大将［**軍政**］── カランドロ大佐［**情報**］

自由共和国

ド・ルーゴ司令官［**自由共和国主席**］

相関図

帝国

【参謀本部】

ゼートゥーア大将［戦務／作戦］ ―― ウーガ大佐
└ レルゲン大佐

〔サラマンダー戦闘団　通称：レルゲン戦闘団〕

第二〇三魔導大隊

ターニャ・フォン・デグレチャフ中佐
└ ヴァイス少佐
　├ セレブリャコーフ中尉
　├ グランツ中尉
　└（補充）ヴュステマン中尉

アーレンス大尉［機甲］
メーベルト大尉［砲］
トスパン中尉［歩兵］

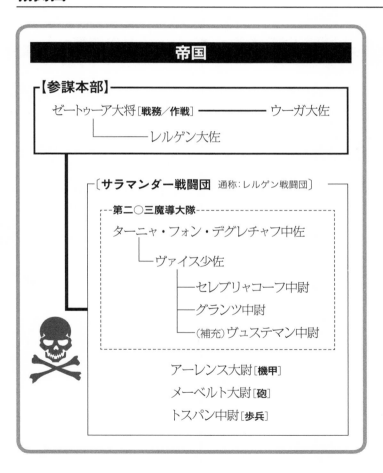

装丁———椿屋事務所 桐畑恭子

[chapter]

第零章

プロローグ

prologue

chapter 0

ロリヤは激怒した。

「ゼェエートゥウーアァアア!!!!」

必ず、かの邪知暴虐の詐欺師を地上より排除せねばならぬと決意した。

「あの、あのぉぽおおお!!!　クソォがぁああ!!!!　ド畜生が!!!　腐れ詐欺師めぇえ!!!」

ロリヤには正義が分からぬ。

ロリヤは、あくなき情動を抱擁せりし狩人である。

食べごろのものをつまみ食いし、秘密警察を率い、身を焦がすような欲望に心を任せ、楽しく遊んで暮らしてきた。

けれども、真の恋愛に目覚めてからは人一倍に純情でもあったのだ。

「あぁあ、ああぁ、このピュア！　な想《おも》いを！　迸《ほとばし》る愛を！　ヒトの恋路を、私たちの幸せを邪魔するゴミどもめぇえええええ」

妖精さんとの語らい。

可憐《かれん》な花を手折る喜びを奪う悪辣さ。

人の恋路を邪魔するが如《ごと》き糞《クソ》。

ロリヤは認知する。

聳《そび》え立つ糞のようなゼートゥーア。

それは、それこそは、赦《ゆる》されざる純粋邪悪であると。

「はぁああ、すぅ、うはぁあ」

清く正しい恋の狩人は憤怒に胸を焼かれようとも、熱い心に負けぬ冷徹な頭脳を忘れてはならないことを誰よりも知っている。

肺腑へ酸素を入れ、ロリヤは決意を呟《つぶや》いていた。

「ぶち殺すぞ、ぶち殺してやるぞ。あの、あの、悪漢め……」

怒りのあまりに握りしめた拳は赤く滲《にじ》む。

その拳を壁に打ち付け、ロリヤは不条理で熱くなりかけていた頭をは今一度冷やす。

「……認めねばならん」

してやられた、と。

世界最大の工業力を誇る合州国。旧大陸での戦争に介入する口実をかの政府が欲しているまさにその瞬間、帝国軍は対イルドア戦役を開始した。

曰《いわ》く。先制予防攻撃。

部外者が見れば、帝国はバカをした。やらかしたと言ってもいいだろう。

たしかに、世界は驚愕《きょうがく》した。

迅雷の如き帝国軍の進撃速度は、対連邦戦で疲弊しきっていたはずの列強にしては異常なまでの出来星だ。

だが、当たり前と言えば当たり前だが、武装中立同盟をイルドア‐合州国が宣言したとたんに帝国がイルドアを侵略したのだ。

合州国は同盟国の救援に駆け付ける。誰がどう見ても、当たり前だ。帝国人が、合州国は引き下がると踏んでいたのであれば、彼らは病気もいいところだろう。

世界は、故に驚愕する。その理解しがたく見える帝国軍の軍事バカぶりに。

ハッキリと言おう。

ロリヤですら、最初の頃、訳が分からなかった。

いうなれば、所詮は戦術的勝利、ピュロスの勝利を重ねるが如き愚行ぶり。

だが、だが、ああ、だが、なのだ！

策略、謀略、陰謀、なんでもいい。たくらみ事という点で、ロリヤには衆愚よりも多少の経験があった。

恋心という絶対的な指針と合わされば、愛は勝利する。

ロリヤの純真な目は、ほどなく、真実を摑《つか》むのだ。

故に、彼は激怒する。

ゼートゥーアという糞に！

あの、恐るべき悪漢に！

「私としたことが、見過ごすとは！」

前兆は、ただ一度の不吉の兆候は、確かにあったのだ。その事実こそが、ロリヤをどうしようもなく苛《さいな》む。

先日のことだ。

その日、ロリヤは連合王国情報部に潜らせている紳士的なるモグラさんから、真に丁寧な報告を受け取り、事務的に処理していた。

あの知らせを部下の一人から受け取った瞬間を思い出し、ロリヤは己が紡いだ言葉を悔悟と共に振り返る。

「つまり、ジョンブルが暗殺に成功したと？　間違いないのか？」

「五人組からの確報です。厄介な奴《やつ》らは排除されたとか」

おめでとうございます、などと戯言《たわごと》を言う部下に対し、『奴ら』と聞いた恋の狩人としてロリヤはワクワクしながら問うたものだ。

「奴らとはめでたいな」

「はい、ルーデルドルフはもはや我が国に害をなし得ないでしょう」

はて、とロリヤは少し表情を歪《ゆが》め問う。

「同志、君、悪魔を二匹とも仕留めたのかね？　それとも、片割れだけかね？」

「は？」

「ルーデルドルフと、ゼートゥーアだ。あの邪悪なコンビは、二匹まとめてしっかりと仕留めたのかね？」

「いいえ、その……作戦次長のみとのことです。ただ、随行した参謀連もまとめて排除していますので……」

返答を聞いた途端にロリヤは失望したものだった。

「呆《あき》れた戦果だ。連合王国人は、詐欺師こそを殺すべきだったのに」

ふう、とため息を零《こぼ》したはずだ。

そのままただ業務上の知識に分類し、部下へは適当な指示を出し、連合王国の紳士的なるモグラさんによろしく……などと伝えたはずだ。

それっきりである。当時は、そこで興味を失ってしまったのだ。

なにしろ、ロリヤにとって『単なる作戦屋』よりも『恋の邪魔をする詐欺師』の方が殺害優先度は高いのだから当然といえば当然だろう。

だが、なんという失敗だろうか。

かつてルーデルドルフ暗殺の報を受けた執務室で、たった今、ロリヤは全貌を理解した。

「あいつが、あの、ゼートゥーアの詐欺師が、『仲間』が殺された瞬間にとんぼ返りか！　なぜこんな重大情報の把握が遅れているのか理解しがたいが……挙げ句に、挙げ句に、こともあろうにだ……！」

帝国軍の全権を握り、こともあろうに『合州国と同盟したばかりのイルドアへ全面攻勢』をゼートゥーアが主導。

「イルドアとは！　よりにもよって糞ゼートゥーアめ、イルドアを攻撃するだと!?」

この内外情勢、このタイミング。

戦争と恋に突き進むロリヤにとって、ゼートゥーア大将の悪辣かつ卑怯《ひきょう》な意図はあまりにも明々白々である。

「邪魔者を引き込み、私の恋路とは！」

ロリヤは単純な男だ。恋に生き、純情を遂げるために追い求める妖精さんが腐ってしまう前に愛したいと願っている。

「ただ、ただ、ただ、そんなささやかな欲情だというのに！」

ゼートゥーア大将なる人類悪にロリヤは心からの軽蔑を突き付ける。

「ああ、なんという悲劇だ。我々には、私には、時間がないというのに」

胸を焦がすのは、焦燥感。残された時間はどれほどだろうかと、ロリヤはざわつく心の不安を覚えざるを得ない。

「時間が、私の敵だ。いつだってそうだ」

己の理想とする『食べごろ』は「いつだって」があっさりと育ち切ってしまう。

食べごろを食べたい。旬の花を手折る喜びですら、何物にも代えがたいというのに！　自分がこれほど恋い焦がれるあの花を。

小生意気で、悪戯《いたずら》好きで、少しの棘《とげ》があるあの妖精さんを。

chapter 0

手折りたいデグレチャフを。

あれが、育ち切ってしまえば。

「食べごろが過ぎてしまう！」

独白し、その意味の持つ残酷さにロリヤは震える。

なんと恐ろしいことだろうか。

理想が、あるべき獲物が、消えてしまう。

世界にとっては、正直、彼の恋路など成就しない方がましだ。

客観的に言うならば、ロリヤもまた邪悪なのだから。

けれども、彼は自分を知らない。故に捕食者にして変態は、自らを被害者と信じ、そこで大いに嘆き悲しむのだ。

「そんなことがあれば、世界の悲劇だ。許されないことだ」

ああ、きっと、自分は本当に後悔しても後悔したりない。

だからこそ、ロリヤは頭をかきむしる。

「ああ、ああ、くそっ、時間がないというに!!!」

[chapter]

I

第壱章

世界の敵

Enemy of the world

我が帝国軍の戦術家は世界最強である。
私は遠慮することなく世界に断言したい。
我が方の一個師団で、敵三個師団とて殴り倒せよう、と。

ただし、一つだけそれには代償があった。
今や我々は……作戦次元で最強の帝国に過ぎない。

―― ハンス・フォン・ゼートゥーア大将　時局懇談会／検閲削除済み ――

chapter I

統一暦一九二七年十一月二十一日　帝都・参謀本部

参謀本部の内奥に執務室、静謐《せいひつ》さと知性の牙城《がじょう》において、部屋の主であるゼートゥーア大将は肩を軽く回す。

東部ほどではないが、帝都も随分と冷え込み始めた。いよいよ、冬だ。戦前であれば、この季節は避寒地に貴顕《きけん》を筆頭に大勢が旅立ったもの。

生憎《あいにく》なことに、戦時下だ。

こんな情勢では帝室連枝《れんし》の方々さえ、暖かい南で一冬を過ごすことなぞ望むべくもない。

それどころか、今年も越冬用家庭向け石炭の確保に不安がある。

参謀本部ですら、薄ら寒い始末。

「私は幸運なのかな」

ぽつり、とゼートゥーア大将は苦笑する。

幸運も何もないだろう。

それは、純粋に戦争の定めだ。だが、なんにせよ……彼は暖かなイルドア方面への査察へ向かう身である。

役割が役割でなければ、きっと楽しめる避寒の旅だっただろう。

「書類は片付けた。問題は荷物か」

ちらりと視線を室内に走らせれば、旅支度の整った行李《こうり》が一つ。従卒がきちんと整えてくれていたと言うべきか。

「軽めにと言ったのだがな」

ゼートゥーアはそこで軽く苦笑する。

従卒の常識からしてみれば、これでも軽いほうなのだろう、と。

帝国軍の大将閣下が将校行李一つで移動というのも戦前の常識とはかけ離れているのだから努力したに違いない。

昔であれば、褒めてやれた。今となっては、褒めようがなし。

「全然、ダメだがな。行李など、戦闘機の空きスペースに詰め込めんぞ」

顎を撫《な》でつつ、ゼートゥーア大将はため息と共に将校行李へ手を伸ばす。幸い、従卒はよく整理整頓もしてくれていた。

目当ての背嚢《はいのう》を一つ取り出し、本当に必要な品を詰め込み直すのにも数分と要さない。

「これでよし、と」

準備を終え、時計に目を向ければ出発前最後のアポまで少しばかりの時間があった。フライト前のわずかな時間だが、一服するにはいいだろう。

戦闘機の中に潜り込んでのイルドア行き。戦前の豪華な国際列車による優雅な避寒地巡りとは程遠い。

chapter I

文字通り、身をねじ込むような旅行。なにしろ軍用機の空きスペースにすぎないのだ。旅行手段としては最悪の居住性である。だが……速く、かつ、リスクが最小化できるならば、道中の不愉快は全て甘受すべき代償にすぎない。

もっとも、道中は火気厳禁なので口元が随分と恋しいことになるだろうが。

「吸い貯めといくか」

机の引き出し、きちんと管理された葉巻のケースを取り出す。湿度に心配りをやるあたり、ルーデルドルフのアホも存外、好みであれば細かいことに気が付いたのだろう。

良き友人だった男の顔を思い、そこで苦々しい顔を浮かべたゼートゥーア大将はゆっくりと上質な紫煙を燻《くゆ》らせ始める。

参謀本部内奥、戦務参謀次長室の天井に消えていく煙。

時期柄、寒々しい室内に白い煙だけとは実に寂しいものだった。暖炉で弾《はじ》ける焰《ほのお》の音がないのは、なんともわびしい限り。

挙げ句の果てに見上げた天井は、今日も今日とて無機質なそれ。

「絵を用意させようと思ったが、結局、させずじまいか」

内装に凝れる時間はなし。

「忙《せわ》しないことだが、そうなるのだろうな」

時間、時間、時間。

今や、何もかもを支配する法則だ。

ゼートゥーアの日々とは、追いかけてくる時間からどれだけ逃げ切れるかに近い。

走りだした列車、そう、ようやく動きだした鈍重な列車を時刻表通りに運航しなければならぬ責務を今の彼は担っている。

今や、走り切れるか、頓挫するか。

レールの上を走り切れるかどうか。

今という出発地から、明日という未来へ向かう列車がどこを目指しているかを嫌というほど知悉しているだけに、失敗が恐ろしい。

静かに葉巻を燻らせる瞬間ですら、責任の重さに震えそうになるものだ。

終着点はハイマートの未来。

脱線は、ライヒと共に消滅。

肩に載った重荷のなんと苛烈なことか。

ぶるり、と寒さ以外の理由で肩を震わせながら参謀次長室でゼートゥーアは孤独な一服を肺《はい》腑《ふ》に染みわたらせていく。

「いやはや、なんとも堪《こた》えるな」

ちらり、と壁時計に視線を向ければため息が出る。どうにも、焦燥感に包まれるときに限って時計の針はゆったりとしたものらしい、と。

chapter I

待ち人、コンラート参事官との約束までまだ少し時間があった。

出発前の打ち合わせを約束したのだが、出かけ間際《まぎわ》ということもあり、忌々しいまでに待ち時間が長く感じられる。

最近、つとにそうなった。

足踏みするような時間が、理由もなく癪《しゃく》に障《さわ》る。

「ルーデルドルフのアホが、柄にもなく焦《あせ》ったわけだ」

帝国軍を一人で担う。

ただ、それだけ。そのなんと重たいことか。

「畢竟《ひっきょう》、我々は失敗し続けた身にすぎん。やるべきでない戦争を始め、落としどころを見つけそこね、勝利に解決を期待し、主の糞ったれに見放されている」

なのに、戦争を続けている。

終わらせるべきものを終わらせることすらできぬ国家の愚かさを嗤《わら》うこともできず、世界の不条理に泣くこともできず、自己欺瞞《ぎまん》すら許されない。

なんと孤独なことだろうか。

頭を振り、ゼートゥーア大将は冷え切った室内を眺めながらゆっくりと不敵に笑う。

重圧なぞ、もとより、覚悟のこと。

必要の命令を受けたのだ。

帝国軍人として、命令は命令である。

全く、とゼートゥーアはそこで微笑《ほほえ》みを深めてしまう。

「これも、戦争だ。だが、戦争とは何か？」

独白を口に出し、ゼートゥーアは無意識のうちに顎を撫でていた。

「戦争とは相手にわが意志を強要するために行う力の行使である」

士官であれば、誰もが知っている大前提。

懐《なつ》かしい過去の日々において、善良な帝国軍人たらんと欲した若きゼートゥーアが無邪気に学び、無批判に信奉した言葉だ。

だが、今となっては己が何を信じたのかすら疑わしい。理解したつもりにすぎなかったと認めよう。

時間があれば、常に考えてしまうそれ。

勝利を前提に考えていた時は、『勝利』によって『望む結末』を『力づく』で引き出し得ると信じていた。

「だから、『決定的』な勝利を万能の処方箋として……求め続けた」

間違いだった。

どうしようもなく。

結果、帝国という患者の病態は手の施しようがなくなった。

「あと、数年早く悟れれば。繰り言……だな」
皮肉なことに、東部で技量の限りを尽くし、知恵を絞りつくし、意志を限界まで投じた末に
ゼートゥーアは処方箋への疑いを抱いた。
己の信じていた価値体系と、彼はそこでどうしようもなく正面衝突したのである。不愉快な
現実を抱きしめれば、『決定的』な勝利など望むべくもないことは明瞭であった。
しかして、ゼートゥーアは頭を振らざるを得ない。
「度しがたいものだ。帝国の過半が、軍ですらも、現在進行形でもって今なお『勝利』を切実
に求め続ける、か」
目的と能力の天秤《てんびん》が壊れているも同然だ。
帝国人はこっそり、しかし意図的に自己が『現実を直視する能力』を壊してしまった、と言
うべきかもしれない。
帝国人は達成可能性などという現実に決戦を挑んでいる。白手袋を投げつけてしまい引っ込
みのつかぬ、雄々しくも虚《むな》しい戦いだ。
よりにもよって、世界に対して挑みつつある。
戦務参謀次長室の天井を眺めながら、ゼートゥーア大将は単調な壁の色合いに吐き気すら覚
えてしまう。
「やはり、天井に壁画でも欲しいものだな」

黄昏《たそがれ》、残照、はたまた希望でもなんでもいい。色が欲しい。無味乾燥な天井の染みを眺め続けるのは、心に来る。

まるで、祖国の未来のようなのだから。

ため息を零《こぼ》し、ゼートゥーア大将は頭を振り直す。

今や、祖国は夕暮れにあり。

寒い限りではないか。

敗軍の将たる定めはいい。だが、最小限に負けねば全てが無意味だ。今のペースでハイマートの若者を今日のライヒのために捧《ささ》げれば末路は無残でしかない。

勿論《もちろん》、彼とて勝利は望んだ。

手に入る物ならば、欲するだろう。

ただし、値段次第で。

「土地を買えば石もついてくる。肉を求めれば骨もついてくる。さて、我が同胞諸氏は勝利の値段にいくらの値札をつけ、副産物をどれほど許容することか」

運命の女神は帝国に手の届く価格でそれを売ってくれるだろうか？

「我々の許容し得る最悪の敗北ですら、今の世界にはあまりにも高すぎるだろうな」

正攻法では、とても無理だ。

悪魔と契約し、ついでに契約を反故《ほご》にして踏み倒し、やっとトントンか。さて、とそこでゼートゥーアは少しばかり稚気を込めた問いかけを自分に投げる。

「私で、悪魔を出し抜けるだろうか？」

最善を尽くすつもりだ。全知全能には程遠い己でも、一手、二手先までは読み切れるという自負もある。

己の名誉は元より、魂ぐらいまでならば、くれてやろう。

決意とて尋常ではなし。

だが、彼は知っている。

蟷螂《カマキリ》が斧《おの》をもって、世界に挑むには不足が過ぎる、と。

「望み薄か。……悪魔と会食して、世界を騙《だま》くらかすには手札が少なすぎる。長いスプーンを探しておくべきか」

できれば、銀製がいいだろう。

「戯言《たわごと》だな、何もかも」

強いて言えば、そんな他愛《たあい》もない思考をもてあそぶ以外に慰めがなし。帝国を取り巻くのは、ただ、ただ、息苦しく残酷な現実だ。

かじ取りを担うのが、この惨《みじ》めな己とは！

「軍人が、軍人風情が、国家か」

虚しさすら感じてしまうお粗末さ。知性の敗北を認めるようなものだ。参謀本部の内奥、次長室で葉巻を燻らせているというのに、と付け加えるべきか。

それでも、負けるわけにはいかない。己を励ますべく……ゼートゥーアは先ほどの言葉を繰り返す。

「戦争とは、相手にわが意志を『強要する』ために行う力の行使である」

もはや、帝国が『そうせよ』と命じることはできぬ。

強者としての帝国が、弱者としての交戦国に対し『我が意図に従え』と強制せしめる基盤は消滅してしまった。

時機を逸して久しい。

ゼートゥーアは腕組みし、葉巻を燻らせ暫《しば》し黙考に耽《ふけ》る。

「やはり、勝者としてはあの時が……いや、惨めな未練だな」

自己憐憫《れんびん》を棄《す》て、刺々《とげとげ》しい現実を抱えるしかない。

敗北を、戦略の失策を許容しよう。

「勝利でも、滅亡でもない、第三の道。許容できる落としどころ。帝国が勝ち取れる条件を私は最大化しなければならん」

弱者としての帝国が、強者としての交戦国に『強制』し得ることはなんだろうか。

無論、敵こそが勝者だ。

……祖国は、敗者にすぎない。

もはや、構造を変えることは奇跡を願っても、奇跡の限度を超えているだろう。

さりとて破産宣告間近な祖国といえど、まだ、公的に破産したわけではなし。この微妙な差をもってすれば、悪足掻《あが》きの余地もある。

「最後の一呼吸が尽きるまで、我々には、なにがしかの可能性が残るもの」

帝国の誇る暴力装置には、なおも牙がある。将兵とて、抗戦の意志は持ち合わせているではないか。そして、なりふり構わぬ覚悟が己にはある。ならば、心臓の鼓動がやむまで、せいぜい無様に足掻こうではないか。

「勝てないならば、勝てないなり……強制するまでのこと。ルールさえ分かっていれば、やりようの一つや二つは思いつく」

成算はある。

か細く、過酷で、苛烈な道だとしても。

その道の先には、多少はマシな未来があることをゼートゥーア大将は確信し得るのだ。楽園とも理想郷ともおぼつかぬ煉獄《れんごく》色の未来とて、世界によって奈落の底に突き落とされる未来よりはマシだろう。

わずかな差だ。しかし、そのわずかな差こそがハイマートの未来を決定的に左右し得る。

「故に、拒絶する。最悪だけは、お断りだ」

己の言葉が、呼び水となって思い起こす。

「私も、信じていたのだがなぁ……」

最悪ではなく、最善を選べるのだ、と。

古き良き時代だ。帝国の勝利を己すら確信していた、まどろみの時代。

過去の残照の日々にあって、図書室の一角で小さな幼女が、今よりも血色の良い自分へ向けて語った『敗北せざる』という意図は衝撃的ですらあった。

「……ああ、懐かしいな。敗北しないことこそ勝利と言われた時、消極性に驚いたことが懐かしい」

『それ』を力説している当時の彼女は、気付いていたのだろうか。あるいは、あれは、何か、違う理《ことわり》で生きているのだろうか？

「分からぬことばかりだ」

いずれにしても、とゼートゥーアは顎を撫でる。

「勝利など、相対的なものだと受け入れてしまえば簡単なことだ」

壁に貼り付けてある地図。最新の情勢が書き込まれたそれは、今なお戦線が『国境外』にあることを物語る。

戦場で勝利し、戦線を押し広げた戦果ともいう。

占領地は、しかし、帝国の『戦術的勝利』にすぎず、作戦次元での進捗《しんちょく》であれど、戦略次元では意味を伴っていない空疎な結果だ。

戦場で勝利し、戦場で勝利し続け、しかし、帝国は破滅へ一直線。

「地を贖《あがな》い、石を得るならば、投げつければよい」

手札は空間。

売りつけ、叩《たた》きつけ、無理にでも望む結果を引き出すしかない。

「私はライヒの軍人だ。ハイマートの子供たちに誓うべきことがある。それがたとえ、軍人としての責務と矛盾するならば……」

ぽつり、と呟《つぶや》いた言葉の先に待つ意味を彼は知っている。ハンス・フォン・ゼートゥーアという男には、口先でほざいたところで……どのみち、選択肢がない。

敗北を抱きしめるか。

敗北を拒絶するか。

心は、今なお傲慢《ごうまん》にも拒絶を叫ぶ。矜持《きょうじ》は震え、名誉感は怯《おび》え、積み重ねてしまった死者の数がそんな結末を受け入れがたいものとするのだ。だが、どれほど心が望んでも、現実世界を動かすのは冷徹にして無味乾燥な『事実』でもある。

個人としてならば、やりようはあるだろう。敗北を峻拒《しゅんきょ》し続け、戦場に斃《たお》れればその先に待つ祖国の敗北を見ずにすむ。

けれども、義務への背理だ。

地位と責任を伴う軍人にとって死に逃げることなど……文字通りの敵前逃亡でしかない。個人的な感傷を満たすために、自己の生命を投げ捨てるなど『贅沢《ぜいたく》』にすぎる。

責任者には、責任者としての身の振り方があろうというもの。

「こういう時ばかりは、前線将校がうらやましい」

特権に恵まれる後方の将官が口にしていいセリフでないことは、ゼートゥーアとて理解している。

それでも、時折に思うのだ。

目の前の課題だけに集中すればよい部隊長次元での勤務は、全く、なんと気楽で素晴らしい日々だったことか、と。

「デグレチャフ中佐などは、後方が恋しいという冗談を零してくれるが……あれは、彼女なりに、私を気遣ってくれているのだろうな」

器用なことだ。

あるいは、そんな風にしか気を回せない軍人ずれした不器用なやり方かもしれないが。

さて、とそこで物思いに耽りきっていたゼートゥーア大将は時計のなる音で顔を上げる。自室の壁時計を見つめれば、秒針がゼロと重なっていた。ほぼ、時を同じくして規則正しいノックが扉を叩くことに苦笑する。定時厳守とは、どこまで気をまわしたのやら。

とはいえ、待ち望んでいた客人のご来訪だ。

さぁ、とゼートゥーアは意識と顔を切り替える。

chapter I

「やぁ、ミスター・コンラート。いや、コンラート参事官とお呼びするべきか。時間に正確ですな。まことに、結構なこと」

「閣下とのお約束とあらば、時間へも正確とならざるを得ません」

秒たりともズレのない来訪者は大真面目に返答を寄越《よこ》す。

ふむ、とゼートゥーアは頷いていた。参謀本部の首魁ともなれば、時間すら支配できるということだろうか。そのくせ、祖国の運命一つひっくり返せぬ。惨めというものではすまないのだが。

幸か不幸か、だが、生憎と不条理を前に平静を装う術《すべ》を身に付け過ぎていた。

顔面に貼り付けるのは、柔らかい微笑み。

「かねがね、ゆっくりとお話しする機会があればと願っていたところだ。一緒に悪だくみができれば幸いだが」

「私こそ、閣下にお会いできて光栄です」

紳士と紳士、あるいは非日常の中での日常。

礼儀正しく握手を交わし、席を勧め、お近づきの印とばかりにシガーケースから取り出した葉巻をゼートゥーアが勧め、コンラートがありがたくホストのおもてなしを堪能。

参謀本部内奥に染みるように溶けていくのは、ルーデルドルフ元帥所縁《ゆかり》の葉巻が紡ぐ癖のある芳香だ。

程よいサイズのそれをゆっくりと燻らせ、のんびりと二人して煙を吐き出す。

悠長なことだと、人は言うことだろう。

咥《くわ》えていた葉巻を下ろし、ゼートゥーア大将はコンラート参事官へ笑ってみせる。

「落ち着いて一服。当たり前のことのはずが、大した贅沢になってしまった。そうは思われないかな？」

「戦時下ともなれば、余裕はなくなるものでしょうな」

コンラート参事官が他人事《ひとごと》のように紡ぐ言葉。そういうものだ、という態度はなんとも素っ気ない。当たり前すぎることを、当たり前のように指摘したからだろう。世界に冠たるライヒと謳《うた》われた過去の栄華なぞ今は昔なのだ。

「戦争が長すぎれば、そうもなるか」

必要、必要、必要。

どこにも遊びのない冷酷な原理原則は、ただ、その『必要』という単語によって無限に適用されてしまっている。

必要という言葉を象徴に、帝国人は完全に硬直しきっている。思考から、遊びが消えて久しいのだ。堅物の多い帝国と言われるが、それとて戦前には限度があったというのに。

それが、今や、どうだ？

帝国は、もはや戦前とは変わってしまっている。どうしようもなく、戦争によって変わってしまった。

「葉巻も味わえない超大国とは寂しいものだ」

「閣下ほどの重責となれば、一服することを咎《とが》める輩《やから》など。よしんば、いたとしても下衆《げす》の勘繰りとでもいうべきではありませんか？」

コンラート参事官の直截《ちょくせつ》な言葉に、しかしゼートゥーア大将は苦笑する。

「最前線で、敵の弾は士官も兵卒も区別せんよ。強いて言えば、連邦軍の狙撃兵ぐらいだろうか。連中ならば、私を見るや熱烈に贔屓《ひいき》してくれるに違いない」

なにせ、とゼートゥーアは勲章をぶら下げた胸を張る。

「それぐらいには、連邦人から愛されていると自負している」

「きついご冗談を。笑うべきですかな？　それとも、御贔屓されてうらやましいとでも申し上げればよろしいので？」

「好きにしてくれたまえ。なにしろ、さして重大ではない」

素っ気ない返答は、コンラート参事官の意表を突く。

わずかだが、対応に迷うような顔。

中年の外務官僚殿にしてみれば、今少し言葉遊びを予期していたのかもしれないが……などと勘繰るも、ゼートゥーアは頭を振って葉巻に手を伸ばす。

「撃たれたら人は死ぬものだ。だが、寿命でもいずれは死ぬ定め。どちらでも構わんさ」

ぷはぁ、と紫煙を燻らせつつの言葉。

所詮、世間話だ。

軽い掛け合い。歩み寄り、にこやかに仕事を一緒にするための潤滑油。

「参事官は、死について考えたことは？」

「このご時世です。意識せざるを得ないのは事実かと」

「ご立派なことですな。私など、もう、友人の死ぐらいしか案じることがない」

ちらりとコンラート参事官を見詰めれば、曖昧な微笑みが一つ。

強張《こわば》った表情筋の裏ではこの間にも懸命に頭の中で対応を模索しているのだろう。外交官という人種は、軍人とは違う方向ながらも実にたくましい。結構なことだ、とゼートゥーアは心中で微笑む。

「繰り言ながら、私は前任者の死で今の地位に転がり込んだようなもの。時局に鑑《かんが》みて誰が死を想わざるものか」

悲しげな声でもって、ゼートゥーアは親友を悼《いた》む。

「彼があんな最期を遂げるとは。運命とは、全く、なんと皮肉なことか」

ちらり、と視線を向ければコンラートの心得顔。外交官とは、全く、器用なことだ。予定調和とばかりに参事官は沈痛な顔を作ってみせる。

「前任のルーデルドルフ閣下は実にご不幸であられました。あれほどの方を失うとは」

心からの哀悼を告げる弔問使として、外交官という人種はきっと興味のないことにも涙を流すのだろう。それが、彼らの必要であるが故に。

なにしろ、彼の顔ときたら！

傍から見る限りにおいて、見事なまでに喪失感を携えた表情だと柄にもなく拍手喝采したいほど立派だ。

「軍人の倣《なら》いとはいえ、名誉の戦死。誠に惜しい方を失ったと我々も涙していることをお伝えできれば幸いです」

頭をペコリと下げるところまで、完璧なタイミング。

哀《かな》しみを携えた声まで合わされば、もはや限界だった。

思わず、自制心の箍《たが》が緩んだゼートゥーアの手は拍手を打っていた。文字通りに、拍手喝采だ。見事なものを観劇した以上、役者を讃《たた》えざるを得ないのだから。

「素晴らしい社交辞令をありがとう、参事官殿。大した名優ぶりだ」

「失礼、なんと？」

引き攣《つ》った表情で腰を浮かせ、いかにも不愉快とばかりに仁王立ちする相手に向けてゼートゥーアは笑う。

「貴官のことは、レルゲン大佐から聞いているのでね。仮面舞踏会よりは、直截に踏み込みたいと思ったまでのことだが」

悪だくみ仲間。

売国仲間。

はたまた、哀哭《あいこく》仲間。

後世の歴史家が彼らを何と言うかは与《あずか》り知るところではないが、愛国者のことを時世に従って評するならば何《いず》れかだろう。

重要なのは、ただ、一つ。

「同じ船に乗り合わせた友人だと思っている。コンラート参事官、貴方《あなた》の聞きたいことを先に答えておくとしよう」

にっこりと微笑み、葉巻をたっぷり楽しみ、ゆったりと肩まですくめたところでゼートゥーアはそっと口を開く。

「私じゃない」

そう、本当に。

ある意味では、それが真実だ。

くすり、とゼートゥーアは意識せず頬を歪《ゆが》ませ独白を零す。

「運命の女神というのは、なんとも残酷でね。慈悲深い糞ったれだ」

殺意はあった。

意図も十分だ。

命令すら用意した。

だが、そこまで手配したのに、こともあろうに。

帝国の未来を救わぬ悪魔のような女神のくせに、奴《やつ》は、あの気まぐれな糞ったれな運命とやらは、このゼートゥーア自身の罪悪感だけはルーデルドルフ殺しから解放してくれたのだ。

「いっそ、思うよ。……友の死に責任を感じられればよいのだが、と。幸か不幸か、その権利すら、恐らく、私にはあるまい」

覚悟を決めていた。罪悪感をも義務で抱きしめ、歯を食いしばり、ただ己の為すべき事を為そう、と。

だというのに、罪の意識を覚える権利すらあやふや。

重荷を担う必要がなかった？　なるほど、救いとは言ったものだ。しかし、友の運命という荷すら背負わせてもらえず、ただ、虚無だけを渡されるのであれば何の救いなのだ？

「確信している。世界は糞だよ、君。無神論を信奉したいぐらいだね」

「ゼートゥーア閣下、軍は主と共にあるのではありませんかな？」

「生憎、主がいるとすれば、その性格は腐り果てていることだろう。世界がマシであってほしいと希《こいねが》う身としては、軍は砲兵を信仰すべきだと思うぐらいだ」

冗談を口にしつつ、ゼートゥーアは軽く目を瞑《つむ》って頭を振る。

分かってはいるのだ。

砲兵を超越した、何かが、世界を統《す》べているということぐらいは。

それが偶然というのか、神なのか、はたまた理なのか考えるのは宗教家の仕事だろう。軍人としてのゼートゥーアが知るべきはその性質ばかり。

そして、今や知っている。それは主というよりは、超常の、残酷の、悪魔の如《ごと》き権化。

考えるだに、悍《おぞ》ましい。

運命とは、偶然とは、恐るべき残酷さを持つということだろうか。

「参事官殿、聞いていただきたい。私は思うのだが……主というにはおこがましい輩が運命を支配しているのだよ。その存在をなんと定義するべきかは迷うところだが……私は、きゃつの存在を、神というよりは存在の定かならざる物体Xとでも呼ぶべきかとすら感じている」

「失礼、閣下。神学論争でありましょうか？」

胡乱《うろん》げなコンラート参事官の見下ろす視線に対し、ゼートゥーアは首を横に軽く振る。

「理解を求めたわけではない。ただの独白だ。強いて言えば、愚痴だよ」

「失礼、おっしゃっていることが今一つ……何の話ですかな？」

「信用してもらおうと胸襟《きょうきん》を開いているだけだとも。信じられるように補足しておくと、貴下の疑惑を小官が『考えた』ことは認めるがね」

「考えた？」

直立不動のまま意味深に復唱するコンラート参事官に対し、ゼートゥーアは力強く、いっそ露悪的なまでの自嘲を込めて首を縦に振る。

「おそらくは、抱かれた疑惑の通りだ。手を汚すことも含めて手筈《てはず》を整えた。だが執行する前に、親切な連中が処刑人の代役を勝手に務めてくれたのだよ」

己に都合が良すぎることだ。神よ、貴様は最悪だな、とゼートゥーアは小さな呪詛《じゅそ》を胸中で天に向けて放つ。

「嫌な奇跡を起こすぐらいならば、帝国を救ってほしいものだな。主を呪い、ジョンブルに感謝した。生まれて初めてのことだらけだ。逆であれば、どれほど救われたことか」

「……事実なのですか？」

嘘《うそ》だろうと言いたげなコンラート参事官の目。

「真実だと、母と友に誓っていい」

「では？」

疑念と不安たっぷりなコンラート参事官の視線に対し、返すべき答えは単純だ。脚本にご都合主義が良すぎるというのは、機械仕掛けの神の仕業。

演劇ならば、笑える。

現実では、嗤うしかない。とどのつまり、それは、知られているということなのだから。

「暗号が割られている。おそらく、我々の機密は駄々洩《も》れ。思えば、我々はここぞという部分で決定的に後れを取っている」

疑いはあった。

暗号が解読され、自軍の通信が読まれているのではないか、と。

「そんなはずはない、と思考を停止すべきではなかった。兆候というべきか、特にあのデグレチャフの如き猟犬が『違和感』を嗅ぎつけていた事実をいま少し重視しておけば……いや、これも未練だな」

苦笑しつつ、ゼートゥーアは嫌な事実を抱きしめる。

帝国軍の暗号による内緒話は、もはや、連合王国に隠しだてし得ず。そして、帝国軍参謀本部の暗号強度は帝国でも随一である。

帝国で一番頑丈な錠前をこじ開けた泥棒どもが、他の鍵を放置するだろうか？　中にある情報は文字通りに黄金だというのに？

理論的な帰結は、明白だ。

「参謀本部の機密電報さえも解読されているのだ。君、外交暗号も割られていると考えるべきではないかな」

ちらりと視線を向けた先には、物事の道理を理解した男の苦悩顔が一つ。

「……在外公館向けの電信は全て読まれた、と」

諦めが滲《にじ》んだ男の独白、とでも言うべき胸中の吐露だろうか。

いずれにしても、話の早いことにコンラート参事官はゼートゥーアの言わんとするところを早くも理解している。

はぁ、とため息を零した男は口を開く。

「引き継ぎ資料をご覧になりましたね？」

「ああ、勿論だよ。君たちが在外公館に向けた機密電が書類に交じっていた。なんでも、在外公館で『破壊工作の準備』だったかな？」

ゼートゥーアの言葉を受けて、コンラートは乾いた微笑みと共に頷《うなず》いていた。だが、容赦してやる理由もゼートゥーアにはない。

淡々と。

強いて言えば、同じように苦笑しつつか？　ゼートゥーアは端的に評する。

「素晴らしい実績だな。諸外国は、君たち帝国外務官僚に宛てて感謝状の一枚もおくるべきだろう。反帝国感情を涵養《かんよう》する上でこれ以上にない最高の援護射撃だった、と」

認めるようにコンラート参事官は肩をすくめていた。実際のところ、彼自身も同じ見解を持ち合わせているのだろう。

組織防衛のための反論は、ついに紡がれなかった。

その事実に不思議な満足感を覚えつつ、ゼートゥーアは手を差し伸べる。

「我々は、仲良くなれるらしいな。共通の失敗によって」

「新しい友人だと思っても？」

「もちろんだとも。何ならば、親しみを込めて特別な呼び合いをする関係になっても構わないがね」

にこやかな顔で告げるゼートゥーアに対し、しかし、返されたのは丁重ながらも断固とした謝絶の言葉であった。

「やめておきましょう。ご遠慮仕《つかまつ》ります」

「おや。我々は、信頼できる友人になれるのではないかな？」

「私は長生きして、孫の結婚式に出ると決めているのです。連合王国軍のコマンドと偶発遭遇の可能性を高める交友関係はご免こうむりたい。ですので、どうぞ、ご容赦を」

一瞬、意表を突かれたゼートゥーアはそこで肩を震わせる。思わず、愉快だとばかりに心からの笑い声を張り上げていた。

道理だ、と思う。

自分の親友を襲った運命を思えば、それも当然だ。

そのくせ、眼前の外務官僚はぬくぬくと長生きする腹ときた！

死すべき定めの軍人を前に、文民が、ノウノウと長生きを口に！

あまりの不条理を前にすれば、時に人は笑い出すしかない。常日頃感じている重圧が揺らぐというのは、歪《いびつ》であっても誠に心地よいものだ。

故に、ゼートゥーアという一個の男は嗤う。

「素敵な返答だな、参事官。心から感謝する。お礼といってはなんだが……仕留めるときは、君を最後にすると確約しよう」

「おお、恐ろしい。殺害予告でありますか？」

「まさか！　文民には生きて、たっぷりとハイマートへ奉職していただく必要があるまでのこと。ぼろ雑巾のように扱《こ》き使われるとよろしい」

にやりと悪い顔で囁《ささや》き返すときなど、……不思議と気が弾んでいた。

愉快さ故にだろうか。辛抱ならんと葉巻を片手に、たっぷりと紫煙を燻らせればこの上なくたまらぬ美味さ。愉快な一服の効能は重苦しい空気すらも甘美なソレに変えてみせるのだ。なんと素晴らしいことか。

名残惜しさすら覚えつつ、ゼートゥーアはそこで葉巻を下ろす。最後の煙を吐き出すや、彼は共犯者と目する相手へと視線を向け直した。

コンラートという参事官の度胸は観た。

ユーモアのセンスに至っては、この上なく堪能させてもらった。

言葉は尽くされた。

なればこそ、後は手を握るだけだ。素晴らしい共犯者として。世界の敵として。

「さて、相互理解には十分だろう」

「お互いのことをよく知り合えたかと思います」

握手に対し意外なほど力強く応じつつも、ただ、とコンラート参事官はそこで呆《あき》れたような笑みを顔面に浮かべる。

「参謀将校というのは、全く恐れ入る存在ですな。閣下には恐縮ですが……どいつも、こいつも、どうかしてる」

どうかしている、という単語を殊更強調し、外務官僚は『参謀将校』という生き物に対する彼の畏怖を顔に浮かべていた。

「帝国最良にして、最悪の発明品かもしれませんな」

「過分な賛辞かね？　ところで、なぜ、そんな感想を？」

「デグレチャフという中佐とも、私は面識がありまして」

「ああ、奴とか」

理解したとゼートゥーアは頷く。

「閣下といい、あれといい、全く常軌を逸している。軍大学の教育はどうなっておられるのですか？」

「基本に忠実なだけだとも」

「はて、基本とは」

コンラート参事官の真摯《しんし》な眼差《まなざ》しが問う疑問に対し、この上ないほどに最適な回答をゼートゥーアは知っていた。

「実のところ、難しくはない」

「ゼートゥーア閣下、それは基本だからということでしょうか？」

誰もが教わることを、改めて口にするのはいささか面映《おもは》ゆいもの。

逡巡《しゅんじゅん》するように頭をかき、そこでゼートゥーアは答えを待つコンラート参事官の視線に気が付く。

求められたのならば、答えるしかないだろう。

「勿論、基本だ。君も日曜教会で耳にしたことがあるはずだ」

「どうやら私は敬虔《けいけん》ではないようです。とんと思い当たりがありません。ありがたい聖句をご教示いただければ幸いなのですが」

構わないさ、とゼートゥーア大将は厳かに佇《たたず》まいを正し、教壇から説教を垂れるが如き態度で以《もっ》てその言葉を口にする。

「人の嫌がることを、率先して」

「・・・・・・・・・・・・」

「……は？」

「実に単純だろう？　人の嫌がることを、率先して。誰でも、幼い時分に教わった道徳だと思うが」

唖然《あぜん》とし、瞬きを二度行い、そこでコンラート参事官はようやく意味を理解したらしい。

「……感動的ですね。歪なまでに隣人愛の精神に溢《あふ》れていらっしゃる」

「そうだろうともね。なにしろ、個人としての私は、真に善良な個人なのだから」

「片方の頬を打たれたら、もう片方も差し出すのですか？」

「勿論だとも。だからこそ、我々は若者の死骸を世界にぶちまけているのだ。いささか、隣人愛が強すぎたらしいと反省する次第だ」

戯言に戯言で応じるちょっとした息抜き。

あるいは、親しさの表明。こうも微笑みが絶えない愉快で軽妙な会話。戦争の最中でもなければ、ワインかシャンパンを片手に談笑しているに違いあるまい。

総力戦の炎に若者を投じることもなく、暖炉にたっぷりと燃料を入れて。

宴《うたげ》を楽しみ、素晴らしい夕べで冬を迎えられただろう。

今や、落日を前に強がるしかないが。

さりとて、寒い時代には、寒い時代なりの楽しみ方もあるのだ。

「コンラート参事官、実に愉快だな」

全くだと外務官僚が首を縦に振る。

「久方ぶりに痛快なまでに知性を使いました。国家理性のある会話は、まるで新鮮で甘美な酸素のようですな。肺腑に染みわたる」

「ああ、参事官殿。それは、とんでもない誤解だろうな」

なにしろ、とゼートゥーア大将はあどけない子供のように笑ってみせる。

「君、これは、理性とは程遠いエゴだよ」

こつん、と己の胸へ拳を当ててゼートゥーア大将は続ける。

「頭ではなく、心の臓で考えているのだ。もう、私は、理性に奉仕する参謀将校としては逸脱しているという自覚がある」

一瞬、思案する素振りを見せた末にコンラート参事官は首をかしげていた。

「では、何へのご奉仕を？」

「感情だとも。あるいは、郷愁、幻想への愛着と言ってもいい」

「……予想だにしえぬ言葉です」

「私は、ハイマートを愛している」

葉巻を片手に、ゼートゥーアは真情を吐露していた。

「そこでの暮らしを、住まう人々を、我々の生活を愛しているのだ。だから私はライヒの軍人である。ハイマートの住人であるとも言えるだろう」

情感たっぷりに紡がれる言葉は、帝国におけるごく一般的な見解にすぎない。誰もが仕事をもつと同時に、故郷をもつものだから。

にもかかわらず、しかし、コンラート参事官は不思議と佇まいを正していた。

何事が語られるだろうか。

彼が全身全霊で耳を傾けているのを知ってか、知らずか、ゼートゥーア大将はわずかに葉巻を咥えて間を置く。

言葉は、燻らせられた紫煙が吐き出されるとともに紡がれる。

「ライヒ朽ちるとき、ライヒの軍人もまた朽ち果てるべきだろう」

さらり、と。

お天気の話題のように、素っ気なく。

己が呟いた言葉の意味がどれほどの衝撃をコンラート参事官へ及ぼしたかも無頓着に、ゼートゥーア大将は珈琲杯を傾ける。

「だが、では、しかし、ハイマートは？」

言わんとするところは単純だ。

疑問符のようでありつつ、その実で『朽ちること』を断固として拒否する物言い。言外の意はあからさまなまでに強烈である。

「母の手に抱かれた赤子たちの未来を守ることこそ、老人の務めだよ。そして、だからこそ、文官諸君にはオムツを交換する役割があてがわれなければならない」

「……それは。しかし、敵が許しますか？」

「参事官、戦争の本質は単純だ。戦争とは何だと思われるか？」

自分で口にした問いに対し、ゼートゥーアは常々感じている己の見解を素っ気なく場に放り投げる。

「相手にわが意志を強要する。そのために力を行使だ。とどのつまりは政治の延長と言ってしまっていい。ならば、我が意思でもって、『最良の敗北』を勝ち取ろう。最悪よりもマシな未来を帝国に」

「敗北主義的な大望でいらっしゃる。現実がそれを是とし得ますか」

「さて、どうだろうか。だが、まぁ、次善の策もある。戦後に我らがハイマートの居場所がないとすれば、別の道を歩くまでだ」

「ご参考までにお伺いしても？」

勿論だとゼートゥーア大将は軽く頷く。

「戦後に我々がいないのであれば、……ハイマートに未来を残すことが叶《かな》わぬならば、一人では死なん。連中もろともに死んでやる。大陸を青山《せいざん》に死んでやろう」

ゼートゥーアという一個の軍人は、己の意思を改めて確認する。

愛国者は願うのだ。

祖国に、未来を。

未来を、祖国に。

それが叶わぬならば。

未来に、祖国の居場所がないならば、
未来そのものを、愛国者は否定する。

祖国の居場所なき未来の世界など、愛国者がどうして許容しようか。

「世界に突きつけるのだ。我々を許容するか、我々もろとも、滅びるか」

「……本気でいらっしゃる？」

「君、見たまえ」

立ち上がるや、ぽん、とコンラート参事官の肩に手を置く。

よくお互いの目が見えるように顔面を近づけ、見つめ合えば瞳の奥底に浮かんでいるものを見間違えることはないだろう。

「よく見定めることだ。これが、冗談を語る人間の目だとでも？」

「……貴方は」

「愛国者で、人間で、更に言えば善良だ」

了解したとばかりに頷くコンラート参事官は、感服も露《あら》わに口を開く。

「閣下。必要に迫られてのご決断かと存じます。敬意を表させてください」

鬼気迫る表情を浮かべていたゼートゥーアにとって、しかし、『必要』という単語はもっとも耳障りなそれであった。

「必要、などとうんざりだ」

「閣下？」

「選ばされることには、もう、飽きた」

ゆっくりと口元に葉巻を運び、ゼートゥーア大将は片手でライターをもてあそびながら苛立《いらだ》たしげに吐き捨てる。

「必要の女神に奉仕はしつくした。今や、逆だ。あの、阿婆擦《あばず》れこそが、我々に、帝国の未来に奉仕するべき時だ。必要とあらば、前髪を摑《つか》んで引き摺《ず》り倒してでも」

「非紳士的でいらっしゃる」

「……君、それが、『必要の女神』に手ほどきされた男の見解だよ」

総力戦という焔に炙《あぶ》られつづけた詐欺師の言葉はしゃがれていた。コンラート参事官をして、咄嗟《とっさ》に返す言葉には戸惑わざるを得ない。

≫ 統一暦一九二七年十一月二十二日　イルドア戦線 ≪

イルドア軍最後衛を率い、祖国を焼き払ってまでの遅滞戦闘を担ったカランドロ大佐は戦術的にはその目的とするところを全て達成し得た。

貴重な時間の捻出には成功。

あまつさえ、激烈な抵抗となりふり構わぬ破壊工作により帝国軍の鋭鋒《えいほう》を一時的にせよ弾き返した。

時間と空間の良い取引例として、軍の教科書に載りうる成果だ。

同時に、別の教科書へは確実に載ることだろう。自分たちの故郷を、それを守るべき軍隊が率先して灰燼《かいじん》に帰させしめた歴史の物語として。

前者はさておき、後者の未来は揺るがない確定事項だとカランドロ大佐は知っていた。

故郷を愛するものが、どうして、それを、忘れ得ようか。

だが、そんな感傷を棚に上げ、彼は勝ち取った『軍事的成果』を『政治的成果』へと置換するべく動き続ける。

……政治的な側面に留意し得るという意味では、彼こそは、正しくバランスの取れた理想的な将校の完成形とも言い得るだろう。

帝国軍の攻撃を撃退し、双方が再編成に勤《いそ》しむわずかな時間。

その限られた平穏が訪れた瞬間、機を逃さず、カランドロ大佐は旧知の帝国軍将校相手に『限定的な停戦交渉』を持ち掛け、人脈と法理を武器にイルドア側にとって宝石よりも貴重な『時間』を勝ち取るべく働きかけたのだ。

そして、『レルゲン大佐』という『良い帝国人』は実に話が分かる男であった。

即日、停戦交渉のための暫定的な合意として二十四時間の猶予が成立。

両軍の部隊は神経をすり減らして接触を極力回避しつつ、懸命に負傷者や死者の収容へと動き回る。その最中《さなか》に指揮官同士で腹を割っての交渉に乗り込み、時間を稼がんとするカランドロ大佐は戦略的視座という点では正しく満点ですらあった。

かくして。

必要な時間を稼ぐべく、彼は帝国軍との更なる交渉に乗り込んだ。その結果から言えば、彼は成功した。

誰もが想像した以上の偉大な成果だ。

望外というほかにない成功を収め、しかし、彼は震えるように交渉結果を取り急ぎ首都へと打電させせしめる。

『レルゲン大佐との停戦交渉記録』

件名の通り、現地部隊同士の暫定的な停戦合意。

・北部民間人避難に関する協定成立。七日間の暫定停戦。

・現状での停戦。双方で、暫定監視規定発効。

　※七日後の軍事行動は自由。

・詳細は、首都帰還後に報告。

実に単純で、短くて、そして書かれていないことが多すぎる報告。

暫定的な停戦交渉を取りまとめ、『イルドア側』にとっては『要求の満額回答』を引き出したはずの男は、天を仰ぎため息を零す。

「怪物め……」

誰が言ったか。

「恐るべき……馬鹿な、あれが、『恐るべき』程度だと？」

つい先刻までの出来事を思い出せば、背筋が凍りつくどころの話ではない。

震える手を誤魔化すべく、彼は敵将から渡された葉巻に手を伸ばす。

紫煙は忌々しいまでに上質のソレ。

ああ、と彼は空に煙を吐き出しながら思う。

「いつだって、帝国人は奇襲が上手《うま》い」


旧知の魔導将校が直立不動で控えていた時、違和感を覚えてしかるべきだった。

ターニャ・フォン・デグレチャフ中佐。

東部に観戦武官として赴いた際、彼女の部隊の世話になった日々の記憶は今なお鮮烈なまでに刻まれている。

だが、油断していた。

帝国軍魔導部隊の誇る歴戦で血まみれで、早い話が戦争屋。二つ名の白銀よりも、錆銀《さびぎん》の方が轟《とどろ》いて久しいベテランだ。

そんなのが、司令部付きの案内役？　己は疑ってしかるべきだった。

だというのに、最初で最後の機会を逸したカランドロは易々《やすやす》と相手の思惑に踊らされてしまっていたのだ。

「大佐殿、ご案内させていただきます」

「ご苦労、中佐」

参謀本部系列ということもあり、レルゲン大佐と縁が深いのだろう。

そんな程度の思惑で、レルゲン大佐が待つと伝えられた家屋に脚を踏み入れた際、しかし、そこにいたのは旧知の軍人とは似ても似つかない老人だった。

「おや」

交渉のためのポーズか、優雅に葉巻を燻らせる老将軍がこちらに視線を寄越す。

にっこり、と。

「カランドロ大佐だったかな。すまないね、レルゲン大佐は忙しいらしくてね。私がお相手させていただければ幸いだ」

資料では嫌というほどに読んだことのある相手。イルドア攻撃を断行したとされる帝国軍参謀本部次長ことゼートゥーア大将その人。

よりにもよって、今日の事態を招いた男が呑気《のんき》に葉巻を楽しんでいるのは衝撃的な光景だ。

イルドアを、故郷を、自分たちに焼かせた諸悪の元凶。

なんとまぁ、手の届くところに仇敵《きゅうてき》というわけだ。

同時に、情報屋として冷静さを保とうとする私の頭脳は『魔導将校』がこの場に控えている意味も嫌でも理解してしまう。

デグレチャフ中佐という魔導将校が『番犬』なのだ。

こんな物騒な護衛が控えている以上、ゼートゥーア大将はカランドロという中年のイルドア人に何一つ脅威を覚えないのだろう。

悲しいが、事実だ。

ここで敵の首魁《しゅかい》を討ち果たせるほどに、カランドロ自身も人間をやめていない。腰にぶら下げた拳銃を引き抜いたとて、傍《そば》に控えるデグレチャフ中佐が自分をミンチにする方が早いのは東部での経験から嫌というほどに見知っている。

まして、使者が交渉相手に銃を向けるということの問題点を彼は誰よりも知っていた。

理性が、彼をして怨敵の前で戦時国際法に基づく礼儀を強要してやまない。

それでも。

一人のイルドア人として。

カランドロ大佐は、敢《あ》えて問うていた。

なぜ、と。

答えがあるとは期待しなかった問いかけ。

ただ、言いたかった。

どうして、だ、と。

そんな風になぜ、と問うカランドロに対して……その男は嗤った。

「なぜだと？　なぜだと今更かね？」

失望し、呆れ果てたような声。

露骨なまでに苦笑を浮かべる口元は、なんとも気怠《けだる》い気配を漂わせる。

何より、嘲《あざけ》りすら交じった嬲《なぶ》るような視線。ゼートゥーア大将として知られる怪物は、カランドロの問いに対して呆れ果てたような表情でもって牙をむく。

「愉快なご意見だな、大佐。笑えない愚問にもほどがある。冗談だとしても、時と場合をわきまえるべきだろう」

「い、言うに事欠くだらない!?　どういうことか!?　お伺いしたい！　ゼートゥーア大将、貴下は何を考えてこんなことを……」

「始めたと？　ふん、その問いからして馬鹿馬鹿しいのだよ」

言葉を失うカランドロに対し、老将軍は葉巻を片手に吐き捨てる。

「引き金を引いたのは、諸君らの行動だ。武装中立同盟などとふざけたことを。誓って言うが、私とて純軍事的観点からはイルドア侵攻などやりたくもなかったのだがね」

「武装中立同盟は、合州国の中立を確保するものでもあったのだ！　帝国にとって、域外の大国を遠ざけるだけの価値が……」

「失礼だが、君」

にっこりと微笑むゼートゥーア大将は、穏やかな声でカランドロの言葉を遮る。

さながら、教師とでもいうべき態度。なにしろあたかも不出来な生徒に対して、優しげな声色と眼差しが如きソレ。

「カランドロ大佐、君は、君たちは、全く誤解しているぞ」

椅子の上で身動《みじろ》ぎするカランドロに対し、帝国を代表する知性は何事かを得心したように一人で頷くや、どこからともなく取り出した葉巻を勧めてくれる。

「まぁ、一服したまえ」

「お言葉ながら。我々は、そのように社交を楽しむ関係でありましょうか」

交戦状態にあることを念頭に置いた抗議に対し、しかし、老人は心底からため息をつく。

「イルドア人とは思えん暴言だな。君、戦時下だからこそ外交努力が重要になるのだ。知らんのかね？　帝国軍の大将位へ敬意を払えとまでは言わんが、老人に対する敬意ぐらいはあってしかるべきだろうに」

「……頂戴いたします」

頭をうなだれるカランドロに対し、しかし、ゼートゥーア大将は乾いた声で慰めとも自嘲ともつかぬ言葉を吐き出す。

「失敗した帝国人が、成功しているイルドア人に訳知り顔で語るのも奇妙ではあるがね。さて、さて、君の疑問にどうやって答えるべきだろうな」

「……なぜ、こんな戦端を」

「単純だよ」

ぷかぁ、と。吐き出される軽やかな煙と裏腹に、ゼートゥーア大将の口は残酷なまでに重たい言葉を発して寄越す。

「引き金は、君たちが引いた。これは、本当なのだ。私にしてみれば、君たちこそが、発端にすぎん。諸君は実に余計なことをやらかしてくれた」

先ほどと何一つ変わらぬ口ぶりで、ゼートゥーア大将は葉巻を咥える。

ゆっくりと燻らせられる紫煙。

優雅にくつろぐ堂々たる自然体の余裕ぶり。

この場に君臨する怪物は、どこまでも泰然自若とした将軍の形をとっていた。慌てふためくこちらのことなど歯牙にもかけず、傲慢なまでに、ゼートゥーアという悪魔は己の勝手を押し通す。

「だから、私は反応して動いた。他に選択肢などない。哀れな私にできることと言えば、せいぜい、走りきることだからな」

「閣下?」

「私は時刻表を持っているというのにだ。君たちは、運行を遅延させようとした。だから、列車にはねられてしまう。そんな程度も、まだ分からんのかね?」

カランドロに向けられるのは、出来の悪い生徒に失望したとばかりの視線。呆れ果てたことを隠そうともしない態度でゼートゥーア大将は眉をひそめていた。

「カランドロ大佐は視点が狭いらしい。貴官は……帝国軍の参謀課程では落第だな。イルドア軍はそれでやっていけるのかね?」

そこで思いついたように、ゼートゥーア大将は傍に控えるデグレチャフ中佐に言葉を投げた。

「中佐、貴官はどうだね? 教育に一家言ある貴官のことだ。何か、イルドアのご友人に助言の一つでもあるのではないかな?」

「それぞれの国情に応じた教育体系かと。小官が申し上げるべきことはございません」

それっきり、直立不動の姿勢を崩そうともしないデグレチャフ中佐から視線を外し、ゼートゥーア大将は腕を組みつつカランドロに視線を向けて寄越す。

「ふむ、なるほど。イルドアはこの程度で事足りるほどに……天下太平というわけだ。実にうらやましい」

強烈な皮肉だろう。表層だけ見れば、嫌みでしかない。にもかかわらず、カランドロ大佐はそこに微《かす》かな嫉妬の色を見て取っていた。

「褒め言葉として受け取るべきでしょうか？　強烈なお言葉のようですが……不思議と、閣下が私をうらやましがっているのがご本心のようにも思えました」

「言葉通りに、心から嫉妬しているのだがね」

「は？」

「なにせ、貴官は人だ。まだ、人間性のあるヒトである。私が保証しよう」

にっこりと。

好々爺然《こうこうや》とした老将軍はカランドロに対し、親しげな笑顔を浮かべて葉巻を勧め直す。

「さて、君たちの行動がなぜ私の逆鱗《げきりん》に触れたかの補講をして進ぜよう」

身構えるカランドロに対し、ゼートゥーア大将は紫煙を吐き出した口から、受けとめるには重々しすぎる毒を吐き出す。

「困るんだよ、本当に。……連邦にでかい顔をされるのは」

「……っ、れ、連邦？」

疑問を叫びかけたカランドロに対し、黙れ、とゼートゥーア大将の視線が降り注ぐ。一切の邪魔を許さぬ眼差し。咄嗟に沈黙を選んだカランドロに対し、恐るべき将軍は微かに頷き、深淵の底から物語を紡ぎ続ける。

「だから、かつてルーデルドルフ大将の提案する『対イルドア攻撃』に私は反対した。交渉の窓口を蹴り飛ばす百害あって一利なしだ、と」

理性的に考えて、その通り。

誰が考えても、単純だ。

帝国軍は限界に瀕《ひん》していて、好意的中立国であるイルドアを殴り飛ばすなど百害あって一利なしだと子供でも分かるハズ。

「帝国は、どの道、店じまいだ」

おどけた調子でゼートゥーア大将が評した通りなのである。

世界を敵とし、抗《あらが》うことはできよう。けれども、世界を敵として『勝てない』ならばいずれ訪れる敗北を帝国は悄然《しょうぜん》と抱きしめるしかない。

カランドロは、そう見ていた。

世界だって、専門家は、そう見ているはずだ。

帝国人だって、俯瞰《ふかん》すれば、きっとそうなるはずなのに。

なんだこれは?

「だが、君。我々の死肉をむさぼるのは、一仕事だぞ。ただ食われるぐらいならば、毒の一つや二つも世界にバラまいてやろう」

ただでは、死なない。

世界にヘドロをまき散らし、破壊衝動のままに道連れということだろうか。困惑しかけたカランドロ大佐は、眼前のゼートゥーア大将をさりげなく観察し直す。

「私は、世界を敵とする」

異常な言葉が狂騒も狂気もなく、ただ、理性を宿して紡がれる。

何かがおかしい。

だが、何が？

「連邦風情が、私を倒すなど『あってはならない』のだ。貴官に確約してやろう。私は、世界の敵として死んでやる」

壮絶な言葉。

字句だけ見れば、常軌を逸したそれ。

カランドロ大佐の直感は、叫ぶ。

ゼートゥーア大将は、壊れているはずだ、と。

正気の輩が、どうして、こんな言葉をしらふで吐けるものか。

にもかかわらず、カランドロの知性は『相手の理性と正気』を読み取ってやまないのだ。

ゼートゥーア大将の、瞳に宿るのは確かな知性だ。恐るべき怪物は、しかし、真に恐ろしいことに知性ある怪物なのだ。

ゼートゥーア大将はどこまでも正気だった。

カランドロ大佐という練達の情報将校が、イルドア軍参謀本部きっての俊英が、どこからどうみてもゼートゥーア大将の精神状態は『正常』と言わざるを得ないのだ。

狂信的な文言、破滅的な物言い、だというのに、『瞳』に映るのは悟りきった聖者の如き至純の色。

これを恐怖せず、何を恐怖するべきだろうか。

相手に呑《の》まれかけていると悟ったカランドロ大佐は無言で葉巻を燻らせ、紫煙を吐き出すことで今暫し気持ちに整理をつけんと試みる。

わずかな猶予とても、意識を切り替える役には立った。

気持ちを瞬時に整え、眼前の怪物が物語る真意を読み取ろうとするカランドロの努力は英雄的ですらあっただろう。

「だが、ハイマートだけは、残す。なんとしても、何をしても、何があろうとも、何が立ちふさがろうとも、絶対に邪魔などさせん」

だから、分かってしまう。

理解すらし得てしまうだろう。

恐るべき思考の根底に潜む、切実な願望を。

「神だろうが、悪魔だろうが、私のハイマートに立ちふさがるならば、そんな輩に一切合切容赦なぞはしない。覚えておくがいい、イルドア人。これが、総力戦の果てに生まれた詐欺師の本性だ」

本気だ、と。

ゼートゥーア大将の言葉は、ただ、その真情を物語っているにすぎないのだ、と。

「イルドア北部は、私の遊び場として借りていこう。お行儀の良い戦争をやりたいものだがね」

お行儀という言葉を殊更に立てられれば、言わんとするところは明白だった。

到底、鵜呑《うの》みにはし得ないものだが。

「……信じよ、と？　それを、信じられるとでも？」

「語ったのは、迷惑料としてだ。君たちが受け取らないというならば、私も別に強いて受け取りを強要するほど狭量ではないつもりだがね。君たちが連邦を利したことで私も随分と頭にきていることでもある」

「閣下、我々が連邦を利した事実はありませんが」

「いやいや、合州国を『中立国』たるイルドアへ縛り付けたではないか。この決定的な局面で、合州国が数カ月程度遅れてしまえば……世界で連邦の面《つら》がでかくなりすぎる」

あまりにも、平然と吐かれた言葉だった。

意味を理解し得たとき、カランドロの脳は硬直したほどだ。

単語の意味は分かる。

語られる文脈も想像はつく。

だというのに、その結論はカランドロ大佐の想像力を遥《はる》かに超越した地平にある世界から訪れるのだ。

「……では、閣下！　まさか⁉」

「まさか？　なんだろうか？」

「閣下は、ただ、合州国を参戦させるために⁉」

カランドロに対し、ゼートゥーア大将は無言で微笑む。

沈黙といえば沈黙だろうが、その表情はあまりにも雄弁なそれ。眼は口ほどにものを言うとすれば、その解答は紛れもない肯定。

「私は、己のハイマートすら焼く男だぞ？　不思議だよ。同じことを既にやったことのある貴官にならば、分かると思ったのだがね？」

にっこりと笑ったゼートゥーア大将に対し、判断を決めかねたカランドロ大佐は怪物を撃ち殺すべきかと咄嗟の恐怖すら覚えていた。

もっとも、なにがしかの動きを彼が取る前に、今しがたまで沈黙していた一人の中佐がカランドロの背後からさり気なく『護衛者』として存在を主張していた。

「いやはや、閣下。カランドロ大佐殿にそこまでお話しになるとは」

「つまらない立ち合いを頼んだね、中佐」

だが、とそこでゼートゥーア大将はひょうきんなことに肩をすくめてみせる。

「とはいえ、イルドア人とは仲良くやりたくてね。私たち両国は良い相互理解の下《もと》に、手を携えて明るい未来を追求すべきだと思うのだからね」

大将と中佐のいささか芝居臭い会話。

だが、カランドロ大佐は嫌でも思い出す。

ラインの悪魔と呼ばれた化け物すらも、この怪物の子飼いだったな、と。

「さて、カランドロ大佐。部下が失礼したね」

背後に視線を向ければ、失言でしたと詫《わ》びるように頭を下げる小さな魔導将校の姿。一見すると可愛《かわい》らしいまでに小柄な彼女は、しかし、この場においてカランドロをいつでも喰《く》い破れる猟犬でもある。

「どうだね、私たちは未来を一緒にできるとは思わないか？　帝国はイルドアの全てを求めたりはしない。ただ、安全を確保できればそれ以上は荒らさないとも」

「し、信じよと？」

「好きにすればいいさ。だが、世界の敵になる男なのだぞ、私は。君たちが私たちの手を取らないとすればどうだろうかね」

いっそ、優しげな眼差しだった。けれども、先ほどと何一つ変わらない『正気』の宿った瞳でカランドロは告げられるのだ。

「イルドア半島の一つや二つ、私が、焼けないと正気で信じているのかね？」

やれるだろう。

否。

ゼートゥーア大将であれば、やるだろう。

必要とあらば。

きっと、いかなる良心の呵責《かしゃく》も、道徳律も、正義も構わずに。

「君は、私を信じる必要はない。世界を焼き払う悪漢だと、どうかしている輩だと、言葉の通じぬ怪物だとでも思い定めてもよし」

怪物め。

イルドアを戦火に巻き込んだ、怪物め。

「必死の虚勢を張る哀れな老人の懇願と見なし、世界を共にぶち壊してもよし。あるいは、礼儀正しい戦争を選んでもよし」

必死に平静さを装うカランドロの虚勢を見抜いているのだろう。余裕すら携えた怪物はどこか優雅に立ち上がり、小さな箱を手にこちらへと歩み寄ってくる。

「イルドア人よ、古い同盟国にして、我らが最新の敵よ。君たちには、自由がある。好きにするがいい。帝国人として、私は、君の決断を心から尊重する。だから、君の希望した通りに停戦の時間を取ろう」

「は？　全て、でありますか？」

「勿論だ。これでも、礼儀正しく戦争をしたいと思っているところでね。いやはや、有意義な停戦交渉だったよ。ご苦労さま。敵味方に分かれているにせよ、紳士的に戦争をしたいものだね、君」

その言葉と共に、別れの品だと押し付けられたのは葉巻の箱。

「ご退出でありますね？　ご案内いたします」

出ていけ、を穏便に言い換えたデグレチャフ中佐。

彼女に誘導されて外に出た瞬間、空気が、清浄な酸素が甘かった。

そのまま、彼は報告の電文を手配し、そして、呟く。

「……怪物か」

人間の形をした何か。

理知的で。

英邁《えいまい》で。

そして……底知れぬ言葉を解する悪魔が如きそれ。

「帝国は」

背筋がいくど震えたことか。

「戦争は、あんな、化け物を生み出すのか……？」

上司と取引先のお話し合いへの立ち合い。誠に信頼されていなければ、絶対にあり得ない立ち位置といえば立ち位置だ。その意味ではカランドロ大佐との折衝に臨席できたことは上司からの評価があればこそなのだろう。

ただ、手放しでは喜べない。

これは、つまり、組み込まれるということでもあるのだ。転職を考えているターニャにとっては、微妙な葛藤を招くところというべきか。

「ああ、中佐。カランドロ大佐への警戒ご苦労だった」

とはいえ、上司の本懐を知れたのは大きい。

なればこそ、ゼートゥーア大将のねぎらいに対しターニャも喜色を浮かべながら軽口の一つも社交で叩けるというものだ。

「ありがとうございます。ところで、カランドロ大佐殿の健康状態をどうみるべきでしょうか。酷《ひど》い顔色でしたし、流行病でなければよいのですが」

冬ともなれば、風邪も流行《はや》ろう。

ターニャがそれとなく嘯《うそぶ》けば、心得顔の上官がしたり顔で頷いていた。

「思うに、彼が罹患《りかん》したのは常識という病だろうね。幸い、我々には免疫があるので気にすることはなかろう」

「……脅しが過ぎたのでは？」

「考えれば分かることを口にしたのだがね」

はい、と頷きつつ『どこがだ』という一言を組織人としてターニャは呑み込む。同席していたターニャですら、上司の発想には驚かされたものだ。

まさか、事実上の『戦後構造』をただの人間がこうも読み解けるとは。

ほとんど、歴史を俯瞰した視座だ。

言い出したのが転生者であれば、まだ分かる。

冷戦のように、連邦と合州国もまた戦後秩序を巡って対立することだろう。その際に、今次大戦の勝利へ誰が貢献したかという点は途轍《とてつ》もなく巨大な政治的資産になる。

戦後のため、共産主義者を『たった一人の勝者』とさせない必要性を上司がかぎ取ったことは『慧眼《けいがん》』以外の何物でもない。

感服だ。

別世界の歴史を知るターニャをして、ゼートゥーア大将の視線の先にある未来予想図には心からの敬意と畏怖すら感じてしまう。

ああ、上司よ、貴方は実に素晴らしい。

願わくば、貴方のような方から次の職場への推薦状を頂ければ自身のセカンドキャリアも前途有望なのだが。

ただの会社であれば。

きっと、部下の転職を快く送り出してくれる大人物だとも期待できるのに。

「どうした、中佐？」

「いえ、閣下は恐ろしいと改めて痛感し、尊敬の念を新たにしておりました」

「私を見たまえ、ただの人間だよ、中佐。尻尾が生えているかね？　舌だって貴官と同じでこの一枚だろう？　私は、誠実な人間にすぎん」

「代わりに、ゼートゥーアでいらっしゃる」

実に愉快な返し文句に対し、ゼートゥーア大将は微笑んでいた。

「後世には、悪魔という意味で伝わるとよいね。そうであることを祈るよ」

いっそ、上機嫌とでも言うべきか。

兎《と》にも角にも、小気味よい返答というのは知性を大いに楽しませてくれる。

ゼートゥーアという『名前』がいずれ『名詞』になるのだとすれば、それは何とも先行きが期待できることではないか。

「痛快極まりない未来の予想だな。中佐、年寄りをあまり褒めてくれるな。世界の恐るべき敵として、歴史に名前を残すだけでも光栄だというのに」

「閣下であれば、否が応でも刻むことかと」

ターニャとしてみれば、むしろ辟易《へきえき》とした意図からの言葉。けれども、覚悟を決め切っているゼートゥーア大将にとってはこの上ない祝辞である。

いっそ、祝福なのだろう。

だからこそ、ゼートゥーア大将は満腔《まんこう》の喜びを心より表明する。

「はっはっはっはっ、そうあれかしだな。中佐も、期待してくれたまえ。貴官なれば、大いに名前を挙げることだろう。歴史に共に跡を刻めるな」

喜ばしげな上司には申し訳ないことながら、ターニャとしてはその一線へはご一緒したくないのだが。

「小官は、別に、名を残すつもりもありませんが」

「いやいや、本という本が……我々を罵《ののし》ってくれるだろう」

世界の敵として、善良なる人々の心にトラウマを刻み込み、永遠の存在と化す？

冗談ではない、とターニャは胸中でぼやく。

ゼートゥーア大将のような愛国者は、それを良しとするのだろう。ターニャのような個人主義者には、全くもって理解できないが。

「恐るべき未来ですな」

本として残るのであれば、著名な著者として名前を残したかった。

ああ、とそこでターニャはあり得たかもしれない過去の口約束に思いをはせる。あれも軽口の延長で出た言葉だった。

だが、ゼートゥーア大将に比べて、亡きルーデルドルフ閣下の何と思いやり深いことか。部下に印税生活を提案してくれる上司など、あの方が最初で最後だったのに！

「本といえば、ルーデルドルフ閣下が絵本のスポンサーになってくださる予定でした。惜しい惜しいことをしたものです」

「絵本？」

意外そうな上司の問いに対し、ターニャは頷く。

「戦争に怯える私の哀れな物語であります。費用は参謀本部持ちでしたか。可哀相《かわいそう》なターニャちゃん物語で絵本を刊行しようという戯言を交わしました。平和を願う子供のいるご家庭に大人気の絵本を目指す計画だったかと」

「ルーデルドルフのアホが、そんな愉快な計画を？」

はい、とターニャは沈痛な表情で頷く。

「ゆくゆくは愉快な印税生活を夢見ていた次第であります」

「儘《まま》ならんものだな、人生とは」

全くだとターニャは心中で深々とため息を零しつつ同意する。

「どうしてこうなったのか。常に自問自答せざるを得ません」

「全くだな、中佐」

少し寂しげなゼートゥーア大将はそこで吐き捨てる。

「だが、だからこそ、運命というのは己の手で摑み取るものだ。人間らしく、担うべき義務を、粛々と果たすとしよう」

「ご計画は？」

「師団の集中投入。局所的優位。機動力の活用。期待してくれていいぞ、中佐。イルドア方面へは二十二個師団を手配している」

さらりと吐き出されたのは機密情報なのだろうが……『ゼートゥーア大将の真意』という劇物に比べれば何一つ大したことがなかった。

軍人としてのターニャは、至極平静にゼートゥーア大将から告げられた内容を吟味する。

「たった二十二個と言うべきでしょうか。この状況下で二十二個もと申し上げるべきかは迷うところですね」

専門家として応じたターニャに対し、ゼートゥーア大将は愉快そうに笑う。

「イルドア軍は総動員が完了さえすれば……額面兵力だけでみれば百四十個師団といったところだろうな」

「彼我の戦力比はおおよそ1：7ですな。七倍の敵にぶつかれとは帝国軍参謀本部も随分なご無体をおっしゃる」

「中佐、貴官が言うかね？　ダキアでやらかしたのは誰だったかな？」

「若い時分のお茶目というものであります。それに、ダキア大公国軍は師団というよりも実弾演習の標的程度でしたので」

「しかりしかり。額面戦力よりも内実だ。イルドアとて同じだろうよ」

いや、とターニャはゼートゥーア大将の言葉に疑問を挟む。

「閣下、交戦した実感から申し上げます。イルドア軍は軍隊としてはよほど上等かと」

「国境部にいた常備や、海軍はそうだろうとも」

愉快そうに顎を撫でつつ、ゼートゥーア大将はそこで軽く肩をすくめてみせる。

「だが予備役の大量動員というのは計画通りに進むものではない。我が軍の大陸軍が計画通りに動員できたかね？」

ゼートゥーア大将の言葉でターニャは大陸軍が『遅れてくる』ことを思い出す。いつだってそうだった。

完璧だと保証されているはずの動員計画なぞ、いざ発動されると無駄だらけ。

『内戦戦略』を国防の大前提とし、ありとあらゆる努力を鉄道計画と物動につぎ込んだはずの帝国ですら、そうだった。帝国ほどに逼迫《ひっぱく》していないイルドアのそれが……という指摘には大いに説得力が感じられる。

「イルドアの動員計画にも、我が方同様に欠陥があると？」

「内実は火の車だろうな。一線級の常備が十五。そして頑張って動員すればマシな予備役五十五が実情と見た。レルゲン大佐の報告や、戦闘報告に見られる敵の動向を総合すれば、連中の第一線部隊は存外、限られている」

百四十の半分以上が張子の虎。

対する帝国軍は、二十二個師団全てが戦力として数え得る。

だとすれば、彼我の戦力比は額面で２：７。

実戦経験での優越、限定的にせよ航空優勢を確保し、かつ、戦略的奇襲により敵の防御陣地を幾つかぶち抜いていることを考慮すればやれなくはない。

やれなくはないが、とターニャは敢えて反論する。

「張子の虎でも、必要とあらば急造の防衛線を維持することぐらいは可能でしょう。東部をご覧ください。敗残兵をその場で再編し、でっち上げた急造部隊で防衛戦など連邦も我々も嫌というほどに繰り返してきました」

理想的な部隊とは言い難く、連携に難もある連中。

そんな連中でも、故郷を守るために踏みとどまると腹を決めれば？　トスパン中尉のようなタイプを見ればすぐ分かる。彼のような愚直な将校ですら、『死守命令』を受ければ後退命令あるまで、断固として踏みとどまるだろう。

ターニャには理解しがたいにせよ、愛郷心は強力だ。

「人は、自分の故郷のために死ねる生き物です。ただ銃を撃てるだけの人間でも、使い方次第かと」

「後の七十が、銃を持って踏みとどまれたら褒めるべきだろうな。なにしろ、大半は『兵役を務めたことのある成人男性』にすぎん」

　バッサリと切り捨てるゼートゥーア大将に対し、ターニャは心からの疑問を呈していた。

「しかし、七十個師団の人員と組織構造です。愛国心と愛郷心は、時に無謀な防御戦闘すら可能たらしめるかと」

「中佐、貴官は七十個師団を『戦力』として見ている」

　はい、とターニャは頷く。

「師団の基幹要員さえ確保していれば、急速動員は可能です。運動戦はともかく、据え置きの師団ぐらいにはなります。敵の常備が中核となれば、限定的な反撃すら可能でしょう」

ある意味、サラマンダー戦闘団と同じだ。魔導大隊を中核とし、必要とあらば臨時編成での任務遂行となる。確かに、イルドア軍は第一線で崩れているが……所詮は槍《やり》の矛先が瓦解《がかい》したにすぎないだろう。

「なぜそう見る？」

「師団という枠組みさえあれば、防衛には使えます。小銃を持たせ、陣地なり村落なりに放り込む急造師団もどきですら、抵抗は可能かと」

　経験に基づくターニャの進言に対し、ゼートゥーア大将は愉快げに笑いだす。

「はっはっはっ、中佐、貴官はイルドア式師団の枠組みをそう見たか」

「他にどう見るべきでしょうか。ああも大量の師団司令部を用意する理由など、それこそなりふり構わぬ防衛戦用かと思うのですが」

「ポストだ」

「は？」

想像だにし得ぬ答えは、ターニャの意表を突く。

「戦力単位の師団ではなく、ポストとしての……師団、でありますか？」

「貴官のように軍功に恵まれた士官には分かるまいが、軍隊に残りたい『高級士官』というのはいつでも煩《うるさ》いものでな」

転職したい人間にしてみれば、出ていく組織のポストなんぞありがたみもくそもない。というか、ターニャにとって軍は『自由契約』を許してくれない球団のようなものだ。

FA権が欲しい人間と、契約更新を勝ち取りたい人間の視点が同じだろうか？　要は、そういうことである。

「イルドアには、大量の将官がいる。さて、彼らにポストをあてがうためには……七十個師団と、百四十個師団。どちらが望ましいかね？　必要なのは、司令部ポストだけだとすればどうだね？」

「呆れましたな。部下なし、兵器なし、それで師団長でありますか」

部下なし管理職とは思ったことがあるが、よもや、兵隊なしで司令部のみとは！

苦笑するターニャに、ゼートゥーア大将は安心させるように微笑んでいた。

chapter I

「弱い者いじめを始めようじゃないか、中佐」
「ご命令とあらば」

[chapter]

II

第弐章

舞台

The stage

イルドアでの戦争は、奇妙な戦争だ。
まるで、ショーのようですらある。
人が死んでいなければ、
正しく、ショー・ケース・ウォーだろう。

従軍記者外電／検閲削除済み

chapter II

統一暦一九二七年十一月下旬 多国籍軍司令部

連邦の冬は寒い。

だが、ぶるり、と背筋が冷たくなった理由は？　ドレイクとしては確信している。どうあっても、季節だけに責めを負わせるべきではないだろう、と。

なにせ本国から訪れたミスター・ジョンソンは相変わらず不吉の使者であった。

仮司令部でドレイクの顔を見つけ出すや、親しげに表情をほころばせ、やぁやぁなどと陽気な素振りで手を上げやがる。

その動作ときたら、全てが実に洗練されきった紳士の中の紳士。

それら全てを視界に入れた瞬間、ドレイク中佐は文字通りに最悪に備えて精神へ喝を入れる。にもかかわらず。

あるいは、予想通りに。

ミスター・ジョンソンから投げつけられる言葉に対し、ドレイク中佐は思わず問い返さずにはいれないのだ。

「はっ？　れ、連邦より撤退し、イルドア派遣……でありますか？」

「撤退ではない。戦略的再配置だよ、中佐。ここでの任務が重要だというのも重々承知しているが、帝国のイルドア侵攻で情勢が一変したのだ」

そこでミスター・ジョンソンは軽く笑う。

「まぁ、掛けたまえ。楽にしてくれていいとも。ちょっとばかり、お喋《しゃべ》りだ」

ミスター・ジョンソン氏に勧められるがままに腰を下ろしたところで、ドレイクは自分が椅子を勧められる奇妙さにようやく気が付く。

ごく自然な流れでストーブに近い席までとられているではないか。

「ここは我々の司令部で、お客人は貴方《あなた》だと思っていましたが」

まるで、ここが自分の縄張りであるかのようにふんぞり返り、優雅な一服を始めている老紳士。サモワールに視線を寄せ、お茶を寄越《よこ》せとねだる素振りは実に自然だ。

気が利かぬ態《てい》でドレイクが黙殺するや、歓迎されていないことを悟ったのだろう。微《かす》かに眉を寄せ、そこで思い出したように肩をすくめてみせる。

我が物顔とはいったものだ。

図太い神経には感心するしかない。

「さて、仕事の話をしようか」

呆《あき》れていると、自分勝手に用件まで口にし始めるではないか！

「日が昇り、やがて沈む。大自然とは、そういうものだ。そんな具合で、本国でも政治的な都合が俎上《そじょう》に載り、現場に難題として降り注ぐわけだね」

難題と口に出す老人は、疲れた顔である。

だが、外見に騙《だま》されるほどドレイク中佐は初心《うぶ》でも純情でもなかった。なにせ、ドレイク中佐の下《もと》にやってくる同胞は……いつでも面倒事を山ほど持ち込んでくる。

「君のような現場の人間に比べるべくもないが、私とて、随所で酷使されている身だ。こんな不合理な伝言役だってその一つだとも」

しみじみと呟《つぶや》き、ミスター・ジョンソンは椅子の上でため息を綺麗《きれい》に零《こぼ》す。

「全く、国王陛下の忠実な臣民というのも大変だ。お互いに苦労することだな」

どうだね、などと親しげに煙草《たばこ》を勧めて寄越してくる所作は実に情感たっぷりだ。一見すれば、苦労を分かち合い、共に愚痴を零したくもなる。

しかして、所詮は表層の見せかけにすぎない。

真に同情されるべきは自分自身『だけ』だとドレイクは知っている。心の底から確信しているのだ。

「苦労するのは、我々です」

「ミスター・ドレイク。それはエゴだよ」

「失礼ですが、エゴでも何でもありません。撃ち合うのは、本国でも、貴方でもないのですからな。そして、我々はここで戦争をするべく派遣されました。ここで戦うべく、全ての手筈《てはず》を整えています。それを、打ち捨てよと？」

渋面を浮かべ抗弁を試みたドレイクに対し、飄々《ひょうひょう》とした表情でもって老情報部員は他人事《ひとごと》だと肩をすくめていた。

「私が言い出したことじゃない」

「存じ上げていますが、不愉快な知らせには違いありませんので」

じろりと睨《にら》みつけた先にあるのは、どこまでも悠然としたミスター・ジョンソンの如才ない笑顔のペルソナ。

裏で何を考えているかを悟らせない情報部員の鏡だ。

「単なる伝令にすぎない身だが、貴官の境遇と心境には、心の底から同情している。過酷な任には、この頭が下がる思いだ」

形ばかりの共感を口に出して寄越すミスター・ジョンソンはそこで好々爺《こうこうや》然としていた雰囲気を引っ込めて悪い顔へと化けていた。

「何より……多国籍義勇軍の戦域として、イルドアは最高の舞台だ」

違うかな？　などと視線で問われれば、ドレイク中佐とて本国の意図するところは嫌でも理解させられる。

もとより、『多国籍義勇軍』というのはマスコットだ。

本国の政治家たちが、スポットライトを当てる舞台で踊らされる一つの駒。役者として現場で戦う人間の意図など、二の次、三の次ではある。

だが、それでも。

現場で自分たちは連邦人と肩を並べ、同じ釜の飯を食い、恐るべき帝国軍と戦い続けているのだ。共産主義者はさておき、連邦人は戦友である。共に戦った仲間に対する義務こそは、ドレイク中佐の口を突き動かす。

「失礼ですが、ミスター・ジョンソン。私たちは、ようやく、連邦軍と信頼関係もどきを構築しはじめていることをご考慮いただきたい」

仲間を残していけるわけがなし。

兵士の、戦士の、ほとんど原初とも言い得る道理を説くドレイクに対し、ミスター・ジョンソンはにこやかに微笑《ほほえ》む。

「知っているとも」

周知の事実だとばかりに頷《うなず》き、大いに共感するよとドレイクの肩を叩《たた》き、当たり前じゃないかと親しみを示してくる本国の情報部員。

実に嫌な気配だ。不吉な兆《きざ》しから、ドレイクとしては最悪の可能性を嗅ぎ取る。

「現場の信用関係を、ご尊重いただけるのでありますね？」

「当然だ。我々はそれを尊重する腹積もりだよ、君。だからこそ、信頼関係の更なる発展のために必要な措置も惜しみなく実行する。要するに、共に戦う友人を裏切るような不義理はしないということだ。」

対面している相手の言葉に、ドレイクは疑問の声を口から零す。

「よい友人関係を保てると？」

どうやって？　という一言を付け足さずに済んだのは、ほとんど奇跡だろう。

訝《いぶか》しげ……ありていに言えば、不信感も露《あら》わなドレイクの視線の先では、しかし、ミスター・ジョンソンのにこやかな笑顔が縦に振られる。

「お友達を引きはがしたりはしないとも。君たちは、全員がイルドア行きとなる。ミケル大佐も、彼とそのお仲間諸君だって仲間外れなんてしないさ。君たちには皆で、暖かいイルドアに向かってもらう」

「失礼ですが、ミスター・ジョンソン。それは、まるで、多国籍義勇軍全てをイルドアに転用するというお言葉のように聞こえるのですが」

「正しくだ。その通りだよ、中佐」

話がうますぎる。

イルドアに、全員で、展開できるだと？

控えめに言っても懐疑的な視線と共に、ドレイクは疑問をぶつけていた。

「……それを、共産主義者が赦《ゆる》すと？」

「その通りだよ、中佐」

「信じられません。とても、無理だ」

彼らは、連邦は、共産主義者は『魔導師』というものを一度は徹底的に否定した。

戦時の必要から運用こそ大々的にやっているが……『監視付き』でしぶしぶというのは周知の事実。気付いていないのは、頭がめでたい一部のアホぐらいだろう。

「監視の行き届かない外国の戦地にまで、彼らが魔導部隊を派遣すると？　イルドアに行くのが我々だけであれば、共産主義者も喜んで追い出すでしょうが。しかし連邦軍の魔導部隊までもとなれば、話は別かと」

「中佐、君は誠に偏狭な考えに囚《とら》われているらしいね」

「失礼、私が、なんですと？」

ドレイクに対し、ミスター・ジョンソンは計算ミスをした学生に対し、数学教師が向けるような呆れ果てた視線と共に言葉を投げて返す。

「多国籍義勇軍は、最初から政治的な背景が纏《まと》わりついた部隊だ。元より、貴官は承知していたと思うが……戦争の中でうっかり、忘れているのかね？」

「まさか！　骨身に染みて理解させられている。忘れようにも、忘れられませんが」

吐き捨てるドレイクに対し、しかし、ミスター・ジョンソンは呆れ顔だった。

「ではもう一つの方で間違えているのかな？　管見では、貴官はイルドア方面へ帝国が侵攻したことを過小評価しているらしい。忙しいとしても、士官たる者は内外情勢へ注意を払うべきだと助言させてもらおう」

バカな、とドレイクは嗤《わら》いだしていた。

「帝国の動向から目を離せるほど、呑気《のんき》と思われていると？　とんだ侮辱です」

「中佐、君は、帝国を見ていると言いたいのかね？」

　無論のこととしてドレイクは頷く。

「帝国にしてみれば、イルドア戦線なぞは側面防護にすぎません。やつらが命運を賭しているのはここです」

「つまり？」

「ここが、連邦方面こそが、決戦場です。主戦場から魔導部隊を引き抜き、イルドアへ派遣ですと？　優先順位を間違えているとしか思えませんが」

　自信たっぷりなドレイクの断言に対し、曖昧に頷きつつも、老情報部員はにこやかに肩をすくめていた。

「貴官は軍事的に正しく、政治的には落第だ」

「は？」

「軍事的には、無論、貴官の言う通り。帝国はここで死ぬ。だが、ここは舞台ではないのだよ。表舞台がイルドアとなれば、諸君の配属先はイルドアだ。政治とは、そういうものだよ」

　ジョンおじさんより素っ気なく告げられた返答。予期せぬそれに、ドレイク中佐は思わず瞬《しばた》いていた。

「……理由をご教示いただいても？」

「単純だよ、君。我々は、世界は、善き隣人としてお互いに助け合い、団結し、強敵に立ち向かわねばならないのだからね」

椅子の背もたれにふんぞり返る老情報部員の言葉は、いとも容易《たやす》くドレイクの予想を飛び超えていく。

「は？　た、助け合いですって？　よりにもよって、こんなところで利他主義に国家理性が目覚めたとでも？」

「国家に幻想でも抱いているならば、目を覚ましたまえ」

ほとほと呆れ果てた。そう言わんばかりに天井を眺めるや、ミスター・ジョンソンはドレイクに説教じみた口調でもってちょっとした訓戒まで垂れ始める。

「我々も、連邦の、極めて全うかつ純然たるエゴでもって、イルドアに多国籍義勇軍を展開させる。それ以上でも、それ以下でもない」

紙煙草を片手に、ミスター・ジョンソンはため息を零していた。

「連邦人は、この辺を即座に了解してくれたのだがね」

灰皿に紙煙草を突っ込むや、ライターを取り出したミスター・ジョンソンはねっとりとした視線をドレイクに向けつつ言葉を続ける。

「君、善良な連合王国の臣民が、邪悪な共産主義者に政治の部分で劣っているのは嘆かわしいことだよ。共産党員のように、即座に大賛成するセンスが必要だというのに」

「失礼、その……本当に、連邦当局から同意を取り付けたと？」

「勿論《もちろん》だとも。素敵な友人がバックアップしてくれたのさ」

「友人？　失礼ですが、あなた方に、連邦のご友人？」

全身で疑問を表明するドレイクに対し、心得たとばかりにジョンおじさんは最新の取り決めを説明していく。

「我々は世界中と仲良くなれるのさ」

「ご冗談を」

「そうとも。だが、利害の一致は本当だよ。悪魔は、契約だけは守るからね」

「悪魔？」

「我らが敬愛すべき内務人民委員部。その愉快な親玉じきじきの手配さ。おかげで、出国の段取りは信じられないほど順調だ」

信じられないことなど、腐るほどに経験している。

そんなドレイクでさえも、思わず椅子から立ち上がらんばかりの言葉だった。

「待ってください、ミスター。内務人民委員部が我々に便宜ですと？」

「笑顔で、ニコニコ顔で、応援してくれるとさ。愛想も抜群だ。お茶の一杯も、彼らはつけてくれるだろうね」

連邦の事情に通じていれば、あの集団がどういう連中かは嫌というほどに想像がつく。恐るべき秘密警察どもが、笑顔でサービスだって？

「ミスター・ジョンソン。私には、信じられませんな」

「疑《うたぐ》り深い男だな、君も」

経験ゆえですな、などと返答するドレイクに対し、しかし、ミスター・ジョンソンは更なる驚愕《きょうがく》の玉手箱をひっくり返してみせていた。

「官僚組織を動かすために、推薦状まで用意されているのだがね」

「書類？」

「煩《うるさ》いことを言う奴《やつ》がいれば、突きつけたまえ。自殺志願者以外はニコニコ顔で送り出してくれるだろう」

大切に扱いたまえなどという言葉と一緒に、ジョンおじさんが放り投げた書類の束を受け取り、ドレイク中佐は啞然《あぜん》と手元の書類に目を落とす。

ご丁寧に、連邦語‐連合王国語の二言語で併記された『最優先の通行許可証』。必要があれば、船舶や車両の徴用すら可能とする強権付き。とどめは、全ての関係者は協力を怠った場合、内務人民委員部の査問ありとの一文。

「……なんです、この命令書は？」

「ミスター・ドレイク。文字ぐらい自分で読みたまえ。全連邦軍部隊は多国籍義勇軍の出国に際し、最大限の支援を提供すること。内務人民委員と連邦軍司令部による連名だね」

「……本気というわけですか」

「最初から、そう言っているじゃないか。今頃は、ミケル大佐にも同じような命令が届いていていることだろう」

にっこりと。

あるいは、断固として有無を言わせぬ不気味な笑顔でもって。

ミスター・ジョンソンはドレイクに新たな任地への赴任を覚悟させる。ドレイクとしても、認めるほかにないのだから。

だが、一つだけドレイクには聞きたいことがあるのだ。

「……こいつの裏にある事情をお伺いしても？」

視線の先では、しかし、ミスター・ジョンソンの険しい顔。察するに、自分で考えろということだろうか。

しばし勘繰り、ドレイクは頭を振る。

自分の給与等級は、あくまでも中佐のソレ。海兵魔導師なんだ。陰謀や政治について、延々と頭を悩ませるほど国家から毎月の給料を受け取っているわけじゃない。

俺の仕事か？　違うだろう、とドレイクはあっさり見切りをつける。

「ミスター・ジョンソン。私は不器用な男です。背後事情を知らずに動けば事故にあたるでしょう。適切な説明を期待したい。当然の権利かと思いますが」

渋られるだろう。

散々に情報を隠されるだろう。

Need to knowの原則だなんだと理由をつけられて、いつでもドレイクら現場の人間は必要とされる情報を与えられなかった。どうなんだ、と視線を向けた先には……向日葵《ヒマワリ》のように満面の微笑みを浮かべる老人だ。

「真っ当な要求だな、ミスター・ドレイク」

「ご説明いただけると？」

「勿論だとも！　連邦人の意向が知りたいのだろう？　簡単な話でね。連邦は『被援助者』ではなく、『援助者』でありたいのだと我々は推察している」

対帝国戦に際し、連邦は諸外国より援助を受けている。

特に合州国から送られるレンドリースは重要だろう。ちなみに、その護送役は連合王国のロイヤルネイヴィーである。更に、ドレイクらをはじめとする少数の専門家からなる援軍も受け取っているのが実態だ。

この点、ただ、援助されるだけという立ち位置を政治が嫌うのは理解できるが……とドレイクは疑問を口に出す。

「面子《メンツ》の問題ですか？　だとしても、連邦こそは対帝国戦の主翼です。彼らが、正面を担って戦っています。援助を受けることを恥じる必要があるとは、とても思えないのですが」

ドレイクなりの理解では、連合王国よりも『連邦』の方がよほど主役と言ってしまっても憚《はばか》りがないほどだ。

大陸国家の連邦こそが、同じく大陸国家である帝国軍の天敵たり得る。

「政治というものは、君ほどに合理的ではないのだよ」

そこでミスター・ジョンソンは苦笑交じりに指南の言葉を紡ぐ。

「イルドアが殴られ、合州国が部隊を出した。我々はもちろん、自由共和国ですらかき集めた戦力を植民地から絞り出している」

「頼もしい知らせですな」

「そう、正しく頼もしい」

だから、とジョンソン氏はドレイクに囁《ささや》くようにして告げる。

「我々資本主義陣営が、こうも頑張っているのだ。こんな時に、栄えある社会主義を建設するべき定めの連邦だけが『援助を求めている』のはどうだね？　イデオロギー的にも、実利的にも都合が悪いのだろう」

一瞬戸惑うドレイクだが、言わんとするところは了解できなくもない。もっとも、くだらない見栄の張り合いで現場が血反吐《ちへど》を吐くと思えば、おぞましいの一言にすぎるが。

「面子と？　だから、援軍を派遣すると？」

「そういうことだとも。東部戦線を抱える以上、象徴的な派兵が限界だろうがね」

象徴的。

嫌な言葉だとドレイク中佐は心中で吐き捨てる。

多国籍義勇軍からして、象徴だ。

「その点でいえば、君らのような少数精鋭の魔導部隊は使い勝手がいい。戦力としても常に歓迎されるだろうし、象徴的な意味合いとしても完璧だ」

予想通りの言葉を受け、ドレイクは憮然《ぶぜん》と顔を膨らます。

「……行けと言われるのであれば、小官も微力ながら全力を尽くしましょう。ですが、これは、悪夢です」

「悪夢？」

「指揮官は連邦系。主力は連合王国‐連邦混成の多国籍軍。挙げ句、イルドアと合州国の二軍に足並みを揃《そろ》えるなどというのは……」

外向けに『協力』と言うのは簡単だ。

だが、実戦で足並みを揃えることは？

有機的な戦力として、部隊として必要とされる連携は？

短期間で確立するのはほとんど無理難題であり、実戦投入なぞされれば大惨事が予見されてならない。懸念の色を露骨すぎるほどに表明したところで、なお、過小だ。ドレイク中佐としてみれば、上の楽観論はできる限り牽制《けんせい》しておきたいところでもあった。

だが珍しいことに、情報部の人間がドレイクの言葉に耳を傾ける以上の譲歩を示してくれるのだ。

「ああ、その点は心配無用だとも」

「空約束は御免ですが」

「安心したまえ。名目上の合同司令部だけを設立する運びとなった。運用上では今までと変わらず自由に動ける。いやはや、イルドア人もお見事だな」

統一暦一九二七年一一月二十七日　イルドア方面

最前線の人間というのは、結局、現場で上の無理難題を実践する側である。

この点、連邦だろうと連合王国だろうとイルドアだろうと……帝国軍であろうとも何一つ例外はあり得ない。

ゼートゥーア大将を後方へ護送し、やっとお帰りいただいたかと思う間もなく、ターニャはレルゲン大佐の第八機甲師団を援護して『前進準備』を整えよという軍令を受け取っていた。

暫定的な停戦期間が終了と同時に、全身全霊で突っ込めというご命令。

chapter II

一週間の長きにわたる停戦という慈悲深い顔の裏側で、帝国軍の兵站《へいたん》機構は無茶苦茶な速度と間に合わせの手腕でもって、停戦明けの『再進撃』に必要な物資の徴発と配分に明け暮れている。

航空魔導師もまた、驢馬《ロバ》のように空輸作戦に従事させられた。

機甲師団を動かすための燃料をひたすらカロリーだけで飛べる航空魔導師に運ばせるやり口の何とえぐいことか。部下遣いの荒さという点で、ターニャは上官には及ばないのだろう。

進撃に必要な分を運び終えたところで、本業らしい『戦闘任務』に備えて打ち合わせが控えていた。

裁量労働制の最たるものだが、ターニャも死にたくはない。

死にたくないし、部下を無駄死にさせるわけにもいかぬと努力せねばならぬのだ。

燃料宅配便の営業を終了するや、直ちに戦闘団主力もろとも、傍《そば》に展開している第八機甲師団に合流。

そのまま、指揮官同士の会合であった。

可能な限りの事前に協議できる部分を協議し尽くそうとレルゲン、ターニャの両名は業務に打ち込む。

もっとも、摺《す》り合わせに手間取るほど疎遠でも知らぬ仲でもない。

およその役割分担、双方の戦力事情、想定されている環境を踏まえての情報交換を終えてしまえば、『何を命じられるか』という一点だけが議題に残るばかり。

そして、その点について。

ゼートゥーア大将の信任が厚いという点で、ターニャも、レルゲンも、ゼートゥーア大将という指揮官の気性については重々承知していた。

「東部の薄暗い戦線から、イルドアの温かい太陽の元へ転地療法をお決めあそばされたゼートゥーア閣下は、絶好調ですな」

ターニャのボヤキに似た呟きは、レルゲン大佐の深い頷きを獲得する。

「しかし、中佐。私の記憶では……東部の頃もこうだった気がするが」

確かに、と首肯するやターニャは野戦仕様の折り畳み机に広げられた地図を指さし、端的に状況を要約する。

「ご覧の通りです、大佐殿」

ゼートゥーア大将の命令に従い、展開した帝国軍がいかに間延びしたかが地図の上には露わになっている。

イルドア戦役は開始十二日目にして停戦が発動し、一週間もの長きにわたり民間人の避難を

解説

【機甲師団】 なんで『戦車』師団じゃなくて『機甲』師団なのか？　一応、機甲師団は『戦車』＋『機械化歩兵等』＋『その他』だから機甲じゃよ……って言えなくもないけれど、本当は外国語が難しいからだと思います。

名目としたかりそめの平和が立ち込めている。

だが、内実は空恐ろしいものだ。

「友軍部隊は、衝撃力を喪失。戦線が延びすぎました。表層的な配置だけみれば、無秩序状態も同然です」

目を凝らせば奇妙な地点で停止した師団が目に付く。かと思えば、後退を行っている師団もある。それでいて、断固たる攻撃を命じられて突き進んでいたと思《おぼ》しき鋭鋒《えいほう》の部隊も前線付近にいた。

こんな状況で、停戦というのだから恐れ入る。

士官学校の候補生がこんな采配をすれば、即座に落第だ。

「このままいけば、我が方は優勢を喪失するでしょう。他方で、敵側は時間の経過と共に着実に増強されるものと予想されています」

敵に与えられた時間は、一週間。

作戦次元においては、異常なまでに長い。

がむしゃらに突進した帝国軍部隊が反撃で瓦解《がかい》するのを防ぎ、兵站を再調整するだけの時間を捻出するにも十分すぎる時間だが……敵に再編を許して余りある時間でもある。

ターニャの指摘に対し、レルゲン大佐は同意とばかりに首を縦に振る。余裕綽々《しゃくしゃく》というよりは渋々の頷きこそは、『分かっていてもどうしようもない』という帝国軍の苦境をこの上なく雄弁に物語るものだ。

「同盟軍として敵方で参戦してきた合州国も無視できんな。連中の先遣部隊と思しき新手まで幾つかの戦線で確認されるに至っている」

はぁ、というぼやきがレルゲン大佐の口から零れ落ちていた。

「時間は敵の側に味方する……か」

「で、ありましょう」

応じつつ、ターニャは腕時計を忌々しげに撫でてみせる。

「時間に見放された挙げ句、戦線がデコボコ。混乱と無秩序、有り体《てい》に申し上げれば我らが『帝国軍』らしからぬ醜態とも言えますな」

少なくとも、この大戦中期以前においては絶対にあり得ない。今のように疲弊した帝国でなければ、敵方も大いに違和感を抱くことだろう。

そう。

自然すぎるぐらいに、帝国軍が混迷している。

「だからこそ、小官はゼートゥーア閣下の手品を予期する次第でありますが」

「手品？　手品だと？」

そこまで呟き、レルゲン大佐はわずかに辺りを憚るように声を落とす。

「中佐、貴官も……そう見たか？」

二人は、東部で巨大な詐欺を見た。

意表を突かれる配置の裏に潜む、一か八《ばち》かの戦略。まして、ターニャ自身は嫌というほどにこの身でもって経験しているのだ。

「勿論です、大佐殿。帝国軍人であれば、誰でも理解せざるを得ないものです」

ああ、とそこでターニャは微妙に修正する。

「そういう意味では、もう、彼らもですか。連邦人も騙せませんな」

今回の敵が、イルドア人や合州国人などではなく、百戦錬磨に育った連邦人であれば。コミュニズムなどというイデオロギーではなく、戦争屋というプラグマティズムに支配された連中であれば。

「彼らだってゼートゥーア閣下被害者の会に参加している連中です。会員の一人として、小官は心より断言いたしましょう。彼我を問わず、一度でも苦汁を舐《な》めれば状況の不自然さを見て取れるはずです」

目を丸くしたレルゲン大佐は、しかし、そこで軽く微笑む。

「非常識なようで合理的だろう。どうにも、否定しえぬ卓見だな、中佐」

なにしろ、と彼は続けていた。

「私も同感だ」

とはいえ、レルゲン大佐には疑問も残っている。

「しかし……これが意図的で『凶悪な牙』を磨くための工夫だとまでは読めたが、私ではそこまでだ。閣下は、いったい、何をお考えだ？」

「はっきりとは、分かりかねます」

「推測でもかまわん。デグレチャフ中佐、私は、閣下のご存念が知りたい」

では、とターニャは口を開く。

「率直に申し上げまして、軍事的合理性からしてみれば現状の作戦指導は問題含みです。在イルドア帝国軍においては少数派になる東部方面経験者のみが、ゼートゥーア閣下の悪辣なアルテが仕込まれていることは理解し得るでしょうが……」

「その先が私には分からん」

レルゲン大佐のボヤキに応じ、ターニャは自説を開陳する。

「この混沌《こんとん》こそが、必要なのでは？　ある種の下準備と解するべきかと」

「政治だとでも？　ああ、だから、イルドアの王都前で我々が停止させられたのか。交渉の糸口を閣下は模索されておいでと読むとすれば……」

講和か、と言葉にされない一言を呑《の》み込むレルゲン大佐の臆測に対し、しかしターニャは、その可能性は疑問が残るものです、と口を挟む。

確かに、ゼートゥーア大将は帝国の終わりを見ている。

けれども、そのありさまときたら良き敗者として運命を受け入れる類いのそれとは程遠い。

どちらかといえば、運命を殴り殺しに行くようなもの。

「街が見えてきたところで、進出準備の命令に続き『王都攻略を禁ず』という命令が届いたのは結構です。『イルドアの王都を殴るな』というのは政治的な判断ですから」

問題は、それほどに重要な案件を『直前』まで伝えられていないという点にある。

ターニャの見る限り、これは異様だ。仮に停止命令が間に合わなければ、停戦成立前に突っ込んでいたかもしれない。

だが、とターニャは口にする。

「あの停止命令は、ひょっとすると最初から考えられていたのかもしれません」

「なぜ、そう考える？　自惚《うぬぼ》れるつもりはないが、緒戦における我々の進撃は迅速そのものだった。控えめに評しても快進撃だ。上の予想を超えた、という可能性もあるだろう」

レルゲン大佐の指摘にも道理は多々ある。けれど、ターニャとしては敢《あ》えてながらも言わざるを得ない。

「即興で、『攻略せよ』と命じられるならば理解できます」

戦果拡張の命令は、至極当然だ。好機に乗じて賭けに出るのは戦理に適《かな》う決断であり、行けと言われれば迷うこともない。

「しかし、『攻略できる可能性』が見えた瞬間に停止を決断するとなれば、それは悪辣な策略の前触れでは？」

実際、ターニャとしても攻略できるならばしてしまいたかった。なにせ転職活動前だ。どうせならば、何か転職先へアピールできるポイントが欲しい。

そんな最中、攻略を禁じるという指示だ。

功名の機会を前に、拍子抜けでもあった。

とはいえ、一佐官であるターニャ如《ごと》きの功名心で、敵国の首都を攻略する、しないを決定できるはずがない。

そんなことをすれば、業務命令も守れぬ危険人物の烙印《らくいん》待ったなし。

転職前にやらかすには最悪のヘマだ。得点を稼ぎたいターニャは考えに考え、自分のアピールポイントがどこかに落ちていないかと一生懸命に客観的な視点で考え続けている。

結局、得点稼ぎの機会には恵まれないという事実が明白となった。それはそれで辛《つら》いが……上司の意向もある程度は読めてしまう。

「小官が愚考するに、本国、というよりもゼートゥーア閣下は……イルドアの王都を遊び場とする腹かと」

「遊び場？」

「おもちゃ箱ではありませんか？　戦闘状態こそ再開していませんが、無理やりにも王都付近に有力な部隊を進出させている段階です。他方、敵軍もまた増強されています。遊び仲間が集結したと考えることはできないでしょうか」

礼儀正しい戦争という割には、えげつないことだが。

「戦争というよりは、政治のための軍事力行使の可能性が……」

あり得るとターニャが口にしかけたところだった。

少佐の階級章をぶら下げた若い参謀が、規則も礼節もかなぐり捨て大急ぎという態《てい》で指揮官会合の行われている天幕へ駆け込んでくる。

「失礼します、師団長！」

「私は代理にすぎんぞ。それで、何事だ？」

敬礼もそこそこに、若い少佐が差し出すのは小さな紙きれである。受信したばかりと思しき命令書。

「こちらを！　本国から最新の命令です」

突き出すようにして提出し、大急ぎで走っていく少佐は熱心と言うべきか。もっとも、ターニャの興味は人よりも命令書に移っていた。

「話題のゼートゥーア閣下からですかな？」

ターニャの探りに対し、レルゲン大佐は無言で頷くや書類に目を向けていた。

「閣下らしいご命令だ」

では、と意気込んでみせるターニャに対し、レルゲン大佐は頷いて応じる。

「停戦明けと同時に、間髪を開けず敵野戦軍を狙うとのことだ。貴官には、魔導部隊を率いて、魔導撃滅戦をやってもらうことになるようだな」

「敵魔導部隊を撃滅し、かつ、合州国軍の撃滅に全力をあげよ？　それが上のご意向ですか？」

「貴官への命令はそうだ。軍全体では敵野戦軍、それも敵の体制が再建される前に撃滅の指向だ。正攻法というわけだな」

「合州国の新人に、戦争の味を教育してやれ、でありますか」

お客さんを歓迎する。新人指導もやる。どちらも手抜かりなし、だ。それが、帝国なりのおもてなし。

礼儀正しいとは、全く言ったものだ。呆れかけたターニャの意識を、レルゲン大佐の忠告するような声が引き戻す。

「ただし、貴官に向けて追記がある」

「小官に？」

疑問を口にしかけるが、それでこそゼートゥーア閣下だとターニャは思い直す。

言ってしまえば、単なる正攻法など無茶振りを寄越して久しい上司からの命令としてはいっそ不自然なぐらいだ。

いつだって、どこでだって、参謀本部直属の第二〇三航空魔導大隊は酷使されている。

転生前の平和でホワイトだった定時の日々を、ターニャは失ってしまった過去として今もなお恋しく思わざるを得ない。

ああ、平和。

ああ、定時。

ああ、日常。

失ってしまったものは、なんと甘美だろうか。

だからこそ、取り戻すのだ。

「無理難題でありましょうか？　お任せを。イルドア首都であろうとも、直撃して焼いてご覧に入れますが」

「ゼートゥーア閣下は、貴官のことをよく知っているらしいな」

「大佐殿？」

「……貴官だけはイルドアの首都に対して、脅かすにとどめろとのことだ。軍令として、明記してある。首都への近接すら制限されているぞ」

苦笑するようなレルゲン大佐の言葉に対し、ターニャは咄嗟《とっさ》に確認してしまう。

「大佐殿、失礼ですが……それでは、攻略どころか攻撃そのものを小官に禁じるというご命令でしょうか」

よもやとの疑念だが、ターニャの眼前ではレルゲン大佐がしたり顔で頷く。

「実質的に、その通り」

つまり、と二人の思惑はそこで一致する。

ゼートゥーア閣下は、現状で『イルドアの首都』を放置せよとご命令なわけである。それも、繰り返して念を押す形で。

「ゼートゥーア閣下が、それをお命じになるとは」

背後にある思惑は、さて、どんな悪辣なものか。

いずれにしても、ハッキリしている。

これは、前兆だ。

ターニャら、帝国軍参謀本部直属のコマに降ってくるのは、政治的意図に制約されての命令だらけとなるだろう。

「戦争のやり方が変わりますね」

「しかり。……もっとも私はとやかく言うつもりはない。それが必要であるならば、必要に奉仕するだけだ」

とはいえ、とレルゲン大佐は少しばかり疲れたような顔を浮かべてみせる。

「戦争だけできるのであれば、どれほど、気が楽なことか」

しみじみと呟かれる言葉に滲《にじ》む苦労の跡。

「政治と戦争ですからな。立ち回りを我々も意識せざるを得ません」

誰でもそうだろう。

戦時下において、身の振り方はとても大事だ。

ターニャもまた立身出世と自己保身の観点から、なるべく星が欲しい。転職用の履歴書で強烈にアピールするためにも手柄はいくつあってもいいのだから。

「……できれば、王都は直撃しておきたかったのですが」

混じりけのないターニャの本音は、さすがに生々しい出船願望を垂れ流し過ぎたらしい。ちょっとばかり強張《こわば》ったレルゲン大佐の顔を見れば『自重』の必要性を上官が感じ取っていることぐらいは見て取れる。

ターニャは人間心理に詳しいとの自負があるだけに、『誤解』をほどく必要があるのは即座に理解できた。

「大佐殿、ご安心ください。私だって、軍人です。命令は守ります。誤解されるのは不本意でありますが、待てと命じられたらば待つのが小官の役割ですのでご安心を」

「ああ、その……中佐。貴官は首都狩りの趣味でも？」

「は？　首都狩り、でありますか」

「ダキア、連邦、そしてイルドア。結構な国の首都を直撃したがる癖があるかと……」

なるほど、とターニャは得心する。確かに、言われてみれば顕著な軍功欲しさに目立つ標的を叩きに行ったのは自分の手癖のようなものか。

イルドアの王都にも興味はばっちりである。

だが、別段、理不尽でもない上の命令を無視するほどではない。愚かさの自己アピールなぞ、誰がやるものだろうか。

故に、善良な士官としての振る舞い方を心得ている――少なくとも、当人としては心得ていると確信しているターニャは背筋をキリリと伸ばし、義務と責任を自覚する将校として模範的かつ感動的なまでにしっかりとした態度でもって、レルゲン大佐の誤解に向き合う。

「大佐殿、それらは誤解です。軍務の命令故に、やったまでのこと。必要があれば、どこへでも赴き、どこをも焼き払い、そして悠々と凱旋《がいせん》してご覧に入れます」

「頼もしいことだな。ならば、今回も期待させてもらおうか」

「勿論のこと。敵魔導師の撃滅はお任せを。敵野戦軍への撃滅とても、なにがしかの成果は叩き出してご覧に入れます」

そうか、などと応じるレルゲン大佐がそこで社交辞令を口にしたのは参謀将校としては善良すぎる彼の人柄ゆえだろうか。

兎《と》にも角にも、レルゲン大佐は迂闊《うかつ》なことに問うてしまったのだ。

第八機甲師団として、何か手伝えることはあるか、と。

それに対するターニャ・フォン・デグレチャフ中佐の返答は、誠に邪悪なたくらみを携えていた。

「では、レルゲン大佐殿。恐縮ですが、おねだりをさせてください。これまでに鹵獲《ろかく》した敵の車両をあらかたお貸し願えますか？」

新大陸人にとって、旧大陸というのはどこか『憧れ』を含むものだった。

それがある種偏った視点だとしても、古いが故に旧大陸が蓄積した文化の香《かぐわ》しさは初心《うぶ》な若者にとって憧憬を抱くに足るものなのだろう。

ただ、ちょっとばかり、時代が悪い。

イルドアへ渡海した合州国先遣部隊が出会うのは、旧大陸の怪物。

総力戦によりやせ細り、しかして総力戦により錬成されてしまった『帝国軍』というなりふり構わぬ戦争の獣である。

それも、あるいは、文化かもしれない。

蓄積された戦争芸術の産物。

万骨を枯らし果てた末に、参謀将校という悪魔に、経験という羽を付け加えたキメラの如き世界の敵。

喝采せよ。

喝采されるに値するのだから。

超常の英雄ならざる人びとは、それでも、勇者として『人類の天敵』と化した『帝国軍』という必要の怪物に相対するのだから。

統一暦一九二七年十一月二十九日　イルドア戦線

増強された一個航空魔導大隊の『車列』。

そう、車列だ。

こともあろうに、魔導反応を垂れ流し、無様な隊列でもって、この上なく目立つ一群が『街道上』を悠々と大名旅行である。

避寒地での愉快なピクニック日和とばかりに、例えばある帝国軍女性魔導士官などバイクを運転しながらチョコレートバーを呑気《のんき》に齧《かじ》っている始末。そのサイドカーでは、小柄すぎる将校がこれまた魔法瓶から取り出した珈琲の芳香を吸い込み、頬をほころばせている。

はっきりと言えば、戦地を行くという緊張感はない。

まるで夢見る遠足旅行気分。行楽に出かけるが如しありさまの彼らの正体は、しかし、帝国軍第二〇三航空魔導大隊の精鋭である。

第八機甲師団が鹵獲したばかりの車両を拝借し、分捕ったハイオクタンガソリンをジェリ缶に注入。ちなみに、停戦期間中に驢馬のように魔導部隊はこいつの搬送に明け暮れていたので、愛憎半ばするジェリ缶でもある。

そんなジェリ缶をイルドア軍制式採用二輪車の側面にぶら下げるや、一路、ドライブだとばかりにイルドア街道を王都方面へ南進していく。

これらは、ある種の陽動であった。

敵魔導部隊をつり出し、きっちりと料理してやるための偽装策。

要するに、脇の甘い『油断した帝国軍魔導部隊』という旨《うま》そうな餌をイルドア - 合州国両軍の前にぶら下げて、反応を引きずり出すのが主目的である。

東部では散々に暴れまわった魔導部隊とても、遠く東部を離れたイルドアの地では『さほど警戒されない』という初見殺し狙い。

最も、少々、トラブルはあったが。具体的には、肝心の偽装に難があった。

ずばり、魔導反応の制御である。

ターニャが求めたのは、偽装のために意図的にお粗末な魔導封鎖で反応を漏らすこと。敵をおびき寄せるのだ、と部下に意図を説明するまではよかったのだ。

目的は理解され、やるべきことについても部下の一人一人に周知徹底できた。

何一つ問題がない。

上下が意識を共有。自らの行為がいかなる目的と役割を果たすか、全要員が知悉《ちしつ》すらした。

ところが、いざ、実際に魔導反応の封鎖を粗雑にしようとすると……成功どころの話ではなかったのだ。

酷《ひど》いものだった。

魔導反応を盛大に漏らせと命じ、繰り返し指導したにもかかわらず、ほとんどの魔導師は漏らせなかった。『漏らせません』と絞り出すようにセレブリャコーフ中尉が告白してきた時点で、ターニャは難題を覚悟した。

己の教育に一部間違いがあったとも認めたぐらいだ。

なにしろ、これまでの戦場においてターニャはいつだって『完璧』な魔導封鎖を部下に要求してきた。

当然といえば当然である。

魔導封鎖はゼロか一か。

反応が漏れてしまうような封鎖など、本来は全く意味がない。

断固たる封鎖。秘匿性の最重視と、奇襲効果の徹底追及。

それが、第二〇三航空魔導大隊の当たり前である。

そんな環境でなまじ神経質なまでに魔導封鎖を繰り返してきた部隊は、『魔導反応を漏らすな』という命令には完璧だった。

なんという皮肉だろうか。逆はできないとは！

「私の教育に問題あり、か。漏らすなと強調しすぎたな」

教育家としての堅固な自信へ、大きな罅《ひび》が入った瞬間であった。

なまじ歴戦の勇士たちである。彼らに染みついた実戦経験が、魔導反応を漏らすことに生理的嫌悪感を覚えてしまうのだとも理解できた。

いわば、前線の癖。

修正をターニャが試みるも、タブーを忌避せんとする部下の習性は根深い。歴戦のベテランほど、演技に手間取ってしまう始末。逆にヴュステマン中尉のように、新しく合流した将兵の方がこの点ではターニャの希望に近い動作ができたほどであった。

もっとも、問題というほどの問題はその程度。

ベテランだって慣れれば、何とかはできる。というか、した。させた、ともいう。

おかげで、魔導反応をちょびちょびと垂れ流しにしつつ（偽装度合いでいえば、かなり不満が残るが）、第二〇三航空魔導大隊の面々は悠々とイルドア街道を飛ばしていく。

穏やかなドライブ日和ということもあり、天候は良好。視界も明瞭なれば『敵』の存在については、彼らは発見されるよりも前に発見していた。

先制して発見、先制攻撃、一撃離脱。

理想的な戦闘とは、要するに、そういうものだ。

ただ、とターニャは迂闊《うかつ》な部下がいつもの癖で『仕留め』てしまわないように注意喚起を怠らない。

「サラマンダー・リーダーより総員へ。コンタクトした合州国の魔導部隊を確認せよ。規模はペア、高度七五〇〇。警戒態勢で哨戒《しょうかい》中と思われるこれは『無視』せよ。間違っても、いつものように撃つなよ？　ついでに、いつもの癖で魔導反応を絞るのも今回だけは自制しろ」

ターニャ自身の命令に対し、傍《そば》でバイクを愉快げに飛ばしていた副長が形ばかりの抗議を口にする。

「02より01。敵を放置すれば、やがてケツを掘られますよ？」

「01より02。冗談はほどほどにしておくことだな」

「失礼いたしました」

ヴァイス少佐が敬礼しつつ、器用に頭を下げるのをターニャは笑い飛ばす。別段、副長も本気で危惧していたわけではないのだ。

緊張を解きほぐそうとするジョークの類い。

危機に瀕《ひん》して、冗談を言うのはいつだっていいことだ。

満足げに魔法瓶から珈琲をカップに注ぎ、ターニャはイルドアの小春日和を楽しみつつ、気持ちのいい一杯を堪能する。

「セレブリャコーフ中尉、相変わらず、貴官の淹《い》れてくれるこれは旨いな」

て差し出す。

運転中の副官に礼を告げつつ、ターニャは背嚢《はいのう》から取り出した板チョコレートを副官へ向け
恐縮しつつも、しかし、ちゃっかり受け取った副官がチョコ板をかみ砕くのを他所《よそ》に、ターニャは空に浮かぶ二つの粒のような敵に視線を向ける。

「しかし、見事なものだ」

愉快さを感じるや、ターニャは思わず口をほころばせていた。

ペアで飛ぶ敵の何と美しい直線飛行だろうか。並走しているヴァイス少佐相手に上空の敵を鑑賞し、批評すらしてしまう。

「連中の飛行を見たまえ。実に『綺麗《きれい》』だ。私が諸君にあの隊列を取らせるには、きっと猛訓練が必要になるぞ」

「ご勘弁ください。今更、あんな閲兵式向けの整った隊列飛行など……」

おいおい、とターニャは苦笑してしまう。

「我が軍にだって、探せばまだ古い教範ぐらいあるだろう？」

「古いマニュアル通りというのは、怖くてできません」

ぶるりと震えてみせる副長も、昔はマニュアル馬鹿だったのだがな、とターニャは小さく苦笑する。

アレはダキア戦役のころだったか。

懐《なつ》かしい限りだ。あの時、ターニャの副長は……古臭い教範に従って、戦列歩兵の方陣から離脱しようとしたものだが。

それが、どうだ。

今や、ヴァイス少佐という一人の人財は教範通りの綺麗な飛行隊列をくさすまでに実戦ズレしつつあるのだ。

「人は育つものだなぁ、少佐」

「は？」

「いやいや、貴官がマニュアルを馬鹿にするとは」

感慨深さを覚えるターニャに対し、ヴァイス少佐は赤面も露《あら》わに手を振る。

「それは、昔のことです！　私も、若かったということかと」

「違いない。若い頃は、そういうミスを繰り返して学ぶに限るよ。私としても、グランツ中尉やヴュステマン中尉に対しても寛容になるべきなのだろうな」

そんなターニャの何ということのない感想に対し、しかし運転席のセレブリャコーフ中尉から意外なコメントが投げられる。

「……その、たまに思うのですが」

「なんだろうか、セレブリャコーフ中尉」

「中佐殿に年齢の話をされるのは……」

はて、と納得のような違和感のような感情をターニャが味わう。もっとも、その傍《かたわ》らでは副長が副官の思い違いを正しにかかるのだが。

「おいおい、中尉。間違っているぞ」

「ヴァイス少佐殿？」

きょとんとした副官に対し、真面目な顔を造るや、副長は重々しく口を開く。

「こういうのは、実戦経験暦だろう？」

「実戦……経験暦？」

「ほらみろ、それならば中佐殿が一番の年長者じゃないか」

だっはっはっはっは、などと笑いが広がる車列はまさに呑気なピクニック日和の行楽一行である。

ターニャの観るところ、ヴュステマン中尉はまだまだ堅いというか、緊張感が『ほどほど』に残っているものの、残りの連中は見事に敵を呑《の》んでいる。

セレブリャコーフ中尉に至っては、相変わらずどこから取り出したのか分からないチョコレートバーを齧っている。自分の差し出した板チョコは早くも消えているのだが、さて、不思議なこともあるものだ。

かくも地上の弛《ゆる》み切った空気とは裏腹に、上空の敵は酷く真面目に飛んでいる。きっと、マニュアル通りに違いない。

チョコを齧りつつ、空を見上げて観測を続けていたターニャはそこでため息を零す。

「戦術としては、間違ってはいないな。全く、うらやましい余力だ」

魔導部隊を前方展開させ、空中哨戒任務。

珍しくもないし、古典的とすら言い得る基本でもある。ただし、それは『教科書』の世界に限った話。

なにせ、哨戒要員として魔導師を複数の前方空域へ分散配置である。広いエリアをカバーしようとすれば、必然的に人手を喰《く》われてしまう。

敵にはできるのかもしれないが、今の友軍には望むべくもない贅沢《ぜいたく》だ。

「ラインの頃は、我々もあれができたのだがな」

ぽつりと呟き、ターニャは頭を振る。あるいは、そこで人的資源の浪費を繰り返したが故に、今日の人手不足を招いたと言うべきか。

レーダーピケット艦と同じだ。

意図的な損害担当部門を前方展開させせしめ、必要に応じて本隊より増援を派遣。それは、富める者にのみ許されし正攻法である。

そして、正攻法というのは選べるならば……手堅い。

合州国の連中はその意味で言えば、恵まれている。だが、経験という点では帝国に『まだ』一日の長がある。経験という教師に、死体という束脩《そくしゅう》で授業料を納めたのだから。

ふん、と鼻を鳴らしターニャは改めて敵を見る。

「規則的な動き。ペアの距離も常に一定」

頑張ってはいる。

努力の方向性も、正しい。

けれども、とターニャは最高の愉悦と共に確信を抱くのだ。

『まだ』怖くない。

かつての連邦軍も、そうだった。

勝てるときに、勝たせてもらうとしよう。

同日　イルドア半島上空

合州国イルドア派遣軍第一軍団所属、第七航空魔導連隊・コリントに属する若い魔導師らは意気揚々と旧大陸の空を遊弋《ゆうよく》していた。

十一月の空は肌寒いが、それ以上に戦争の濃密な気配に満ち溢《あふ》れている。

青い空と、時折の砲声。そんな実戦の空気をたっぷりと肺腑《はいふ》に吸い込めば、度胸もつくというものだ。

イルドアに緊急展開して以来、帝国軍に対する数度の遭遇戦を経た時点でコリントは自己の能力に自信を持つに至れるだけの成功経験も重ねていた。

急伸してくる帝国軍への阻止戦闘。停戦前のごくわずかな衝突にせよ、コリント所属の魔導師らは敵の撃退にも成功していた。損害は軽微であり、帝国軍に対する微かな恐怖心は早くも薄れ去っている。

実績に伴う自信。あるいは、勇気だろうか。

そんな彼らの心中に湧き上がってくるのは、わずかな冒険心と、同僚にいいところを見せたいという若者らしい見栄っ張りな気持ち。

それに、若い魔導士官らは色恋沙汰を楽しむという余裕もある。

彼、ジャクソン中尉も例外ではなかった。

気になっている異性にいいところを見せたい。

下心というにはやや純情すぎるも、ええかっこしいの気配は消えぬという微妙な思いを抱きつつ、ジャクソン中尉はペアのジェシカ中尉と二人で警戒飛行という嬉《うれ》しい任務に励んでいた。

もっとも、彼の気質は真面目すぎるほどに真面目なもの。

戦友曰《いわ》く、糞《くそ》真面目。

隣を飛ぶ彼女に視線を向けるよりも、イルドアの主要街道へしっかり目を向けていたという点では『職務熱心さ』という点で、前評判を彼は裏切らない。二人を組ませた上官をして、自分の目の正しさを誇るにたる職務態度であった。

故に、彼は接近しつつある微かな魔導反応の漏れをきっかりと捉えてしまう。

「ジェシカ、ジョン。魔導反応あり！　コンタクトだ！」

「02よ、ジョン。じゃなかった、01！」

咄嗟のことでコールサインを忘れたことに気が付き、お互いに苦笑しつつ、彼らは魔導反応の追走を開始。

移動している魔導反応は、複数。

「01より、02。明らかに部隊規模だ。君の方は？」

「同感。ただ、反応が薄すぎて……」

彼らの知る限りにおいて、これは実に高度な偽装だった。これまでの帝国軍も強敵ではあったが、今度の敵はそれまで以上だろう。

「あれが、帝国軍の本命かな？」

「道理で、こうも反応が拾いにくいのかもね。これ、相当な大物かも」

やったわね、なんて気になる相手から褒められたジャクソン中尉である。少しばかり鼻を伸ばしながらも、それでも彼は警戒を怠らずに周囲をきちんと確認する。いうなれば、常在戦場への取り組みだ。何だかんだで己の職務をきちんと手堅くやれる男であった。

敵と接触したを幸いなことに、観察しつつの状況報告である。

「CP、CP、こちらボクサー01！　哨戒エリアにて、帝国軍魔導部隊を確認！」

「CPよりボクサー01。こちらの当直要員は、敵魔導反応を確認できていない。敵魔導部隊を目視したか？」

電波の波を通じて指揮所から問われる確認に対し、ジャクソンは双眼鏡を覗《のぞ》き込みつつ力強くも正確に応答する。

「ボクサー01よりCP、間違いない。敵は地上を車両にて移動中だ！　戦訓にあった、魔導師の地上移動と思われる。有力な敵部隊が、極めて高度な魔導封鎖を行いながら接近中！」

魔導師が敢えて魔導反応を抑えて奇襲を狙う手口はよく知られたもの。

少なくとも、『コリント』ではそうだった。

帝国軍の精鋭部隊が東部で散々に各種新戦術を活用したことを、『コリント』では連隊長自身が深刻に受け止め、戦訓はジャクソンやジェシカといった現場の人間にも惜しむことなく再三にわたって注意喚起されている。

正に、組織の力が勝利する瞬間だとジャクソン自身も疑わない。

「生憎《あいにく》、こちらでは確認できない。魔導反応は確認できるのだな？」

「極めて微弱だが、反応があるのは間違いない。敵魔導部隊は、魔導封鎖状況でわが軍の哨戒線を潜《くぐ》り抜けようと試みているものかと思われる」

ジェシカと並行して飛びつつ、二人で精査してもようやく拾えるかどうか程度の微弱な漏れ。帝国軍がこんな手口でくると知って、目視して初めて確信できるほどの徹底した魔導封鎖となれば……。

「お手柄だな、ボクサー！」

「自分でも、運がよかったと思うよ」

「CP了解。さて、状況了解だ。コリント連隊は直ちに即応出撃可能とのこと。コリント01に引き継ぐ。敵情を報告せよ」

自分たちの発見で、部隊が動く。

ひいては、戦況にも影響が及ぶだろう。

そんな高揚感すら覚えつつ、ジャクソン中尉は声の平静を保つべく深呼吸を一つ入れ、なるべく状況を適切に伝えようと眼前の光景に集中する。

「コリント01より、ボクサー01、状況を知らせられたし」

「ボクサー01よりコリント大隊。敵一個大隊規模魔導部隊を視認。地上車列にて、戦線の突破を図っている。空域は……」

どこだ？

分かっているのに、口先まで出かけているのに、こんな時にジャクソンは自分の飛んでいる空域の通信番号が頭から抜け落ちてしまい狼狽《ろうばい》しかける。

どこだ。

違う、どうして、思い出せない？

単純なことを思い出せないと慌てる彼は、ぽん、と肩に手を置かれていた。

「02より、コリント01。空域エリアＣＶ42。ＣＶ42」

柔らかく、優しい声が後を引き継いでくれた。

ジェシカに頭を下げる彼に対し、彼女は軽く手を振って笑ってくれる。

「コリント01了解。ボクサーペア、よくやってくれた。首都防衛ラインを守る上でも、ここで断固として迎撃しなければならん。直ちに急行する。敵情を引き続き確認せよ」

「ボクサー01了解！」

「さて、敵の詳細が知りたい。お手柄のボクサー諸君、敵の正体は？」

落ち着いてしまえば、全てはジャクソンが訓練で幾度となく繰り返した手順通りの段取りだ。

敵の正体を摑《つか》もうと探査に励むが、どうにも手掛かりなし。

「敵魔導部隊の反応は微弱で、今一つ精査できません」

「ボクサー02も同じく。ただ、部隊規模に比して漏洩《ろうえい》具合が少ない気がします。相当にベテランかと」

二人の報告に対し、連隊長は了解と応じるやチャンネルに待機したまま上級司令部との空中協議に耳を傾けるように手配してくれる。

「コリント連隊より司令部。敵魔導大隊が単独で浸透するとは考えにくい。後方への航空偵察を要請する」

「大正解だ、コリント01。海軍の艦載機が、つい先ほど、敵第八機甲師団と思しき敵機甲戦力を捕捉している」

上官と司令部の通信を傍で聞いていたジャクソンはハタと手を打つ。いよいよ、これは帝国軍が仕掛けてくる攻勢に違いない。自分たちが見つけ損ねていれば、この恐るべき隠ぺい具合を誇る敵の精鋭が味方の防衛線を奇襲していた可能性もあるのだ。

眼下の敵を睨みつけつつ、彼は責任感からか武者震いを覚えていた。

だからこそだろうか。連隊長からの次のコールが入った時、彼らは与えられる命令が重大なものになるだろうという予感があった。

「ボクサーペア諸君。聞いての通りだ。その敵は恐らく、大規模な攻勢の先陣だろう」

そこで、と連隊長はどこか申し訳なさげな声色で続きを言葉にする。

「貴官らの索敵能力に期待したいのだが……敵勢力圏へと更に進出し、本命らしき敵機甲部隊を直接確認できるか？」

連隊長からの質問に、ジャクソンはジェシカの方へ確認するように視線を向ける。

ペアで敵勢力圏深奥への単独進出。

あまりにも危険だが、同時に今の状況では必要なことだとも理解はできる。

「敵魔導部隊の監視から外れてしまいますが、位置はお伝えした通りです。我々が、更に敵の情報を掴むことでお役に立つのであれば」

「……すまんが、志願してくれるか」

「勿論です。志願いたします！」

間髪を空けず、ジャクソンは請け負ってみせる。

「なに、やれますよ！　僕らにも気が付かないような魔導部隊でしたし……敵も存外と脇が甘いようです。ご心配には及びません！」

「コリント01、志願を感謝する。とはいえ、油断は禁物だ。何より、敵の戦術はさえわたっている」

だから、と連隊長はどこまでも慎重だった。

「敵を過小評価するのは危ういぞ。進出に際しては、勇気と無謀を峻別《しゅんべつ》するように。危ういとみれば、即座に離脱して構わん」

「ボクサー01了解。02も同意見です。行けるところまで、進んでみます！」

ジャクソン中尉とジェシカ中尉は、危険を覚悟の上で志願していた。

どんな危険が待ち受けているかは一切を考慮しない気高い覚悟であり、無邪気なまでの純粋さでもある。

ペアのみで敵中進出。

ベテランとて二の足を踏むそれを、彼らは本隊を援護するべく毅然《きぜん》と引き受けた。

だからこそ、というべきか。

彼らは、運命の顎から幸運にも免れる機会を与えられていた。


運という点で、神は合州国航空魔導連隊コリントに微笑まなかった。

全くもって残酷な黙殺と言っていいだろう。コリントは、人事を尽くし天命をまつと豪語するに足る存在だったというのに。

なにせ、彼らは旧大陸に派遣されるにあたり『選抜』された選良であった。一〇八名からなる連隊は錬度、装備、素質のいずれにおいても第一線級。

事実、後世の歴史家すら何の留保もつけずに認めている。

コリント連隊は、同時代において最優の誉《ほま》れを受けるに値するだけの部隊であった、と。

連隊長に至っては、用意周到。

戦訓の収集にはとりわけ熱心であり、兵要地誌の熟読度合いは同業者からも高く評価されるものだ。

なにより、彼は指揮官先頭を文字通りに実践する魔導将校でもあった。

リーダシップに優れ、知的で、部下を労《いた》わる勇敢な士官。

率いる部隊はよく訓練され、組織的な戦闘能力を磨き上げた一線級。航空魔導連隊コリントは、神に見放された以外、精鋭が望みうる全てを兼ね備えていたと専門家は一致するほどだ。イルドア王都の首都防衛線を確保するため、進出したコリント連隊の判断さえも堅実以外の何物でもない。

空中待機兵力として、一個連隊規模の航空魔導部隊を即応に。

贅沢な兵力運用ながらも、適切極まりない判断であり、だからこそ……突如として複数の魔導反応が地表より生じたとき、彼らは『固まらない』だけの反応をなし得た。

事前想定通りだった、と生き残りは語る。

敵魔導部隊が『隠密裏』に地表を這《は》って進出する可能性は、ボクサーペアの発見以前からも想定されていた。である以上、突如として地上より続々と発現する爆裂術式に対する混乱もまた最小にとどまる。

コリントの魔導師らは迅速かつ適切に初期対応をやり遂げた。

防殻でもって受け止めつつ、咄嗟に高度を稼ぐ。その対応ぶりは敵魔導部隊から地上からの奇襲を受けた反応としては、正に教科書通りの模範解である。選抜された優等生の面目躍如《めんもくやくじょ》というところか。

牽制《けんせい》として反撃の術式まで打ち返すあたり、上出来そのものだろう。彼らは畳の上の水練に

chapter II

溺れる世間知らずとは異なり、練達した戦士である。

いずれにしても、合州国航空魔導連隊コリントは瑕疵《かし》一つなく入念に練られた連隊長の指示を完璧にやり遂げ……そして、その日、『不幸』と踊る。

彼らのミスはたった一つ。

優秀な彼らの敵は、蠱毒《こどく》の果てに生み出された大戦の魔物。

第二〇三という人を喰らう悪魔という一事を読みそこなった点であった。


「術式やめー!!!　突撃！　突撃せよ！」

ターニャの簡潔な号令とともに、術式をぶちかました大隊は今の今までまたがっていたバイクを放り出し、空に飛び出す。

敵魔導連隊に対する爆裂術式は、あくまでも『陽動』。

あからさまに地上からの襲撃を警戒している相手を、ただの術式一つで蹴散らせると妄信するほどにターニャらは爆裂術式の威力を評価していない。

東部での戦訓曰く、頑強な防殻を持つ魔導師（特に連邦系のソレ）は、生存性に極めて優れる。

コンバットプルーフ済みの事実を勘案すれば、もはや、魔導師を軟目標と目して爆裂術式一発でケリがつくと期待するのは素人であった。

術式は、世界を歪《ゆが》めるだけ。銃剣と同じだ。魔導刃こそが、問題を切り裂く。

「切り込め！　敵をかき乱す！」

個々の資質で勝る場合、乱戦こそが唯一の突破口であることも珍しくはない。

第二〇三航空魔導大隊は、遊撃を冠する精強な『大隊』なのだ。『連隊』を相手に戦争をするならば、切り込むしか道はなし。

最低限の防殻のみを発現し、残る全てでもって上昇へと投入。

エレニウム工廠《こうしょう》製九十七式『突撃機動』演算宝珠は、伊達《だて》に『突撃機動』の四文字を冠しているわけではない。

双発の宝珠核、そして何よりも加速性能が極端に優れる『暴れ馬』。生半可な使い手は文字通りに吹き飛ばすことで悪名高いじゃじゃ馬であり、使用者のことを微塵《みじん》も考慮しないと呆れられた宝珠でもある。

にもかかわらず、これは名作なのだ。

練達の騎手が乗りこなせば、手の付けようもない悍馬《かんば》が、最高の軍馬に化ける。

止めることの能《あた》わぬ脅威的な加速力、言ってしまえば……かつての重騎兵だ。適切な環境において、訓練された将兵が活用すれば、無二と評すべき衝撃と破壊力を帝国の敵へと存分にぶち込むのだから。

「魔導刃発現！　諸君、教科書野郎に、暴力と野蛮さを教育してやれ！」

明瞭に指示を飛ばしていたターニャはそこで、ふと文学的思考に囚われる。部下に意図を補足説明するべく、彼女はシンプルに言葉を選び直す。

「お上品な新大陸人に、今次大戦の神髄を教えてやるぞ！」

ターニャが振り返れば……大隊は、見事に加速していた。

ヴァイス少佐やグランツ中尉をはじめとする古参連は元より、ヴュステマン中尉ですらきちんと遅れずについてきている。

かたや、敵の動向と見ればあわれそのもの。

啞然とした敵兵は、動きをわずかに止めている。

「お上品な連中は、射撃戦をご想定だったようだな！」

にまり、とターニャはほくそ笑む。

誰だって、魔導連隊の火力を前に正面突撃など想定していなかったのだろう。

混乱から、反応が途絶えたのはわずか一瞬の出来事だが……九十七式の加速力と航空魔導戦の基本を思えば、脚をわずかに止めるだけで十分に致命的だ。

我に返った敵兵が下界からの強襲者へ対応すべく動き出した際には既に手遅れ。

散開してしまった陣形で、騎兵突撃を受け止め得るだろうか？　それも、規律訓練されて久しい歴戦の重騎兵を相手に。

答えは残酷なまでに明白である。

無理なのだ。

それさえできれば、歩兵は騎兵を恐れないし、ラインの悪魔だって、今少しばかりは可愛《かわい》くなったことだろう。

ターニャがセレブリャコーフ中尉に背中を預け、ただ、眼前の敵に切り込めば熱したナイフでバターを切り裂くように、いとも容易く連隊を大隊が貫く。

それは、理《ことわり》だ。

戦理であり、天秤《てんびん》を傾ける重りの差である。

獣が、合理と必要の獣。

恐るべき帝国の怪物ども。近代の科学で研ぎあげた牙の獣。それが己の才覚でもって、ヒトに食らいついてくるのだから。

対して、突撃を受け、わずかに混乱へ陥った合州国軍魔導連隊コリントは、良くも悪くも『真面目』で『堅実』な部隊であった。

彼らは、教科書で繰り返し戦訓を学んでいる。

「コリントリーダーより、総員！　距離を取れ！　立て直す！」

連隊長の冷静な命令は、いかなる基準からしても適切であった。

『奇襲』を受けたならば、一度は速やかに後退すべし。

混乱を収拾するために時間と距離を確保し再編、ついで反撃に転じるべし。教範は、奇襲に対する最適解としてよく知られたもの。

戦線整理を試みるという合州国魔導連隊長の判断は、どこまでも『正しい』。

しかし、世の中というのは残酷だ。

適切な判断以外の何物でもないその命令こそは、しかし、『経験不足』の魔導師らには命令を予期し、即応するにはわずかに荷が重い。

足並みの乱れは、ささやかな『重荷』の末にもたらされてしまう。

ある者は、訓練通りに動いた。

指揮官の思惑に従い、適切に動けた、と言うべきだろうか。彼らは、体勢を立て直すべくきちんと後方に距離を取ろうと引き下がった。

ある者は、しかし、わずかに反応が遅れた。

命令の意味を理解するや、後退するであろう味方からはぐれることを彼らは恐れる。遅れを取り戻さねばと、我に返った彼らは急いで敵との距離を取るべく能う限りの能力でもって加速していた。

そして、またある者は……切り込まれたことに集中するあまり後退命令そのものを咄嗟に拾いそびれる。

次の瞬間、彼らは気が付く。――味方から孤立しつつある自分たちの危うさに。

もはや、眼前の敵どころではなくなった彼らをパニックが襲い、パニックが訓練で学んだはずの知識を一瞬のうちに押し流していく。

彼らには、意味が分からないだろう。

どうしてこうなったのだろうか？

彼らが思い悩むことは、しかし、帝国軍魔導師の突きつける魔導刃の魅惑的な煌《きら》めきと共に脳漿《のうしょう》を地面に向けてぶちまけることで解決を見るに至るのだ。

同時に、天秤そのものが帝国軍に傾く。

乱れ切った隊列。

整っていたはずの合州国魔導連隊は、皮肉なことに、本来であれば適切なはずの命令たった一つで隊列を崩し、無秩序に空を漂う獲物と化してしまう。

コリントの諸君らにとって不幸なことに、その襲撃者こそは邪悪な第二〇三という今次大戦の猛禽《もうきん》類である。


「大隊戦友諸君！　蹂躙《じゅうりん》せよ！　蹂躙せよ、蹂躙せよ！」

対峙《たいじ》していたターニャはこれぞ幸いとばかりに手を振り、声を張り上げ、拳で敵の影を打つことまでやってのける。

古今東西、追撃戦こそは指揮官の夢だ。

敵兵の背嚢は、いつでも魅力的なもの。まして、敵のヘマで見られる背嚢ともなれば、愉快痛快極まりない。

命令はシンプルに。

しかし、やる気を喚起し得る程度にはクリエーティブに。

善き上司として、良き個人として、ターニャは労働環境の改善のためにありとあらゆる努力を惜しみなく投入する。

「大隊戦友諸君、パーティーだぞ！」

「中佐殿、メインはどうされますか？」

副官ののんびりとした問いかけに対し、ターニャは苦笑しかけて思い直す。パーティーのメイン料理は大事だろう、と。季節を読み、客ともてなす主人役の関係を定義するのは正しく食事の肝である。

まぁ、どの道、ここには新鮮な季節の輸入品が雁首《がんくび》を並べているのだ。

「少し遅い秋の感謝祭をくれてやる。新大陸産のチキンをターキーシュートしてやれ！　ジビエというやつだぞ！」

はっはっはっ、と小粋なジョークをターニャは飛ばす。連隊に切り込み、縦横無尽に暴れまわる最中の風流さ。

戦争は馬鹿馬鹿しい。

だからこそ、笑わねばならぬのだろうとターニャは一人得心している。

勿論、とターニャはそこで部下のフォローも忘れない。

「どうだね、ヴュステマン中尉。パーティーを楽しんでいるかね!?」

「は、はい！」

拙い返答だが、こんな空戦の最中に軽口へも真面目に応答できるというのはよいことだ。視野を広く保ち、眼前の敵以外にも留意できている証拠なのだから。

経験の浅い将校だと思っていたが、彼も立派に教育できたとみていいだろうか。

「はっはっは、貴官も十分に慣れたな。誇りたまえ、ヴュステマン中尉。貴官の敵はたっぷりと教科書を詰め込んだエリートのようだがね？」

敵魔導師の胸元に魔導刃を沈めこみ、イルドアの青い空に赤いシミをぶちまけつつ、ターニャは部下を労わるように褒め上げる。

「百聞は一見に如《し》かず。経験値を侮るべきではないし、貴官はよくやっている。スコアに期待しているぞ？　そろそろ、貴官もネームドを目指すことを考えるべき時期だろう」

ターニャの激励は、しかし、敵一個中隊を叩きのめす最中のグランツ中尉が叫ぶ声によって遮られる。

「ずるいですよ!?　こんな新兵、撃墜スコアにカウントすべきじゃありません！」

苦労してスコアを稼いだ中尉の叫び声。

ライン戦線の頃は、撃墜スコアを稼ぐのにも相当に苦労していたなぁと思い出し、ターニャはそこで微笑みを深めながら、新たな敵兵に狙いを定める。

照準、補正、よし。

短機関銃を近距離でぶちまかし、敵兵を敵兵だった水分たっぷりな物体へ加工しつつ、ターニャは部下の嫉妬に苦言を飛ばす。

「おいおい、グランツ中尉！　時代は変わるものだ！　昔の働き方と、今の働き方が同じわけないだろう？」

「そんな!?」

「諦めたまえ！　働き方とは常に改革されるものだ！」

敵魔導連隊の残骸が、兎にも角にも立て直さんと中隊単位で固まろうとするたびに、第二〇三の各中隊が即座に襲撃。敵の組織的再編を妨害しつつ、敵戦力そのものを削り取る戦闘の最中にあって、第二〇三航空魔導大隊は四個中隊を有機的に常に連動させ続ける。

同時に、飛び交う『魔導師の笑い声』は合州国航空魔導連隊コリントの士気をこの上なく削《そ》いでいた。

無理もない話だ。

自分たちが膾《なます》切りにされている時、ニコニコ笑って笑顔で魔導刃を振りかざし、アホみたいな速度で突っ込んでくる航空魔導師など彼らの想定には存在し得ない。

未知との遭遇。

それが、ブラッドバスをお届けする怪物よりも怪物じみた敵なのだ。不条理さであると同時に、理解し得ぬ化け物の顎を幻視すれば戦意がついには砕け散る。

それでも、コリント連隊に属する合州国の軍人らは踏みとどまる。

厳しい訓練を重ねた仲間と共に『やるべきこと』をやろうと銃を手に取り、宝珠を握りしめ、敵に立ち向かおうと心を震わせた。

連隊長その人が、部隊の統制を保ち……辛うじてにせよ、組織的戦闘を諦めようとしなかったことが極めて大きいとも言えるだろう。

連隊が大隊に擦《す》り減らされるほどの激戦を経て、しかし、コリント連隊の統制は今なお崩れなかった。

「意外と粘るな」

ターニャをして、その粘りは実に見事というほかにない。

だが、とそこでほくそ笑むが故に彼女は帝国軍の誇る戦闘知性であり、同時に錆銀として恐れられるラインの悪魔たる由縁でもあるのだ。

ぱん、とターニャは手を打ち、敵陣で一番よく動く敵士官と思しきそれに指をさす。

「そろそろ、あれも用済みだな」

その呟きに対し、副官は心得たりとばかりに頷く。

「あの方がまとめてくれたおかげで、取り逃がす心配もなくなりましたからね」

その通り、とターニャは微笑む。

「連隊がバラバラに逃げると、追撃の手間が大変だったからな」

逃げる連隊を大隊で仕留めるのは骨だが、踏みとどまる連中ならばいちいち追いかける必要もないのだ。そして、大隊と大隊の同数において第二〇三が後れを取ると危惧するべき理由がターニャにはない。

終わらせるぞ、とターニャは腕を振り回す。

「逆落としを決めてやるぞ!」

その号令は、ただ、それだけで何を意味するかが明瞭であった。

航空魔導戦に限らず、空戦では一つの単純な原理がある。

『高度は高い方がよい』というもの。

高所というのは、高いという一事でもって優勢を意味する。そして、九十七式突撃演算宝珠は高度の面において……『比較優位』を持つ宝珠なのだ。

固まった敵魔導部隊に対し、上空からの逆落とし。

単純にして、しかし、明白な暴力の行使。

それは、空に咲き乱れる赤い花びらとして、紺碧《こんぺき》の空を染め上げる。

同日　帝国軍第八機甲師団

レルゲン大佐に言わせれば、顔は口よりも雄弁だ。

敢えて言葉に出すことに意味を見いださぬわけではないにせよ、敵の返り血と思しき何かを制帽に付けた若い魔導中佐の笑顔を見れば、意味を読み取るには十分すぎる。

それだけで分かる。

デグレチャフ中佐が持ち帰ったそれは、朗報と言っていいだろう。誰から見てみても、そうだ。彼女の微笑みは待ち望んだ知らせと了解できるようなもの。だが……不思議なことに、第八機甲師団の若い少佐参謀は少々落ち着かなさげな様子であった。

若い将校とはいえ、限度がある。彼は一体、何に怯えているのだ？　本気で困惑し、理解しかね、『まてよ』とそこでレルゲン大佐はようやく我に返るのだ。

小さな少女が血まみれで笑顔。

眼前の光景を客観的に言い表せば、怪奇的ですらある。そして、レルゲン自身はそれについぞ違和感を抱いてなかった。

「……これは、参ったな」

自分も、随分と感覚がマヒしているらしい。もっとも、気が付いたところで手の施しようもない話なのだが。

小さく苦笑しつつ、視線を動かせばその先には綺麗な敬礼をするデグレチャフ中佐。

勝利の知らせを持ち帰った勇者を拒む理由など、第八機甲師団師団長代理のレルゲン大佐には皆無なのだからどうしようもない。

若い少佐を傍に控えさせ、レルゲンはターニャより端的に報告を受ける。

「敵魔導部隊はほぼ駆逐しました。元より、友軍が航空優勢を確保しつつあることと合わせて我が方の航空支配は当分揺らぐことはないでしょう」

「ご苦労。大いなる朗報だな」

航空優勢という単語は、いつでも魅力的だ。

速度を出したい機甲部隊にとって、敵航空機を恐れずに街道を突き進めるというのは巨大な戦術的利点でもある。

「残る問題は、敵野戦軍か。どうにも、厳しいな」

「レルゲン大佐殿、もしや、撃滅の状況が？」

「芳《かんば》しくないな」

「なぜでしょうか？」

なぜか、とレルゲンは一瞬どこまで話すか迷いかけ、若い少佐を指揮所から放り出せばよいことに思い至る。

早速、若い少佐に用事を言いつけ追い出せばそれで事足りた。

足早に立ち去っていく若いのを見送るや、レルゲンはそこでため息交じりに指摘する。

「ゼートゥーア閣下の政略が戦術に優先するのはやむを得ないが、停戦が祟《たた》った。こちらも停戦期間中に燃料等をわずかに集積したとはいえ、敵地ではなんともな」

慢性的なもの不足に加え、友軍の位置も悪い。

レルゲンはそこで大きく元凶を口にする。

「なにより、敵野戦軍を撃滅するには……明らかに手が足りん。敵首都を直撃していいならば多少は違うが。……手出しをするなという命令は実に深刻な制約だ」

「空間の制約でありますか」

しかり、とレルゲンは肯定する。

部隊展開と運用には制約が多すぎる一方で、数多《あまた》の役目を果たすべき肝心の兵力そのものは全く足りていないのだ。

「中佐、貴官の部隊をすりつぶせば、金槌《かなづち》になれるかね？」

「では、大佐殿の部隊を金床にできると？」

暫く、デグレチャフ中佐と顔を見合わせた末にレルゲン大佐は頭を振る。

職業軍人であれば、両者ともに同じ結論に至るのは訳もない話だ。無理だ、とため息の二重奏が余人の目がない司令部に零れ落ちる。

「現状、我々は機動力で敵をある程度まで脅かしはしました。しかし、これは……」

「皆まで言う必要はないぞ、中佐。このままでは完全な膠着《こうちゃく》状態になりかねん。……閣下はなにをお考えなのだ？」

弱音を吐けるのは、指揮官同士の会合ならではだった。

その上で、レルゲンの言葉に反応するような形でターニャが口を開く。

「イルドア半島は、地理的事情からさほど横幅がありません。防御線の構築には理想的です。塹壕《ざんごう》戦に陥るとなれば、突破は極めて困難かと」

地形は戦争を左右する。

なにしろイルドアは半島という特性上、戦線が極めて狭い。

狭いということは、守り易さと同義だ。『すり抜ける余地』が乏しく、少数の防衛部隊であっても容易に守りを固められてしまう。

「……中佐、貴官と見込んで話そう。イルドア戦線に投じられたのは、二十二個師団だ。戦略単位としては小さくもないが、東部に比べるべくもない」

「存じ上げております。内訳まで閣下よりお伺いしました。明らかに、運動戦を志向できる優良部隊を複数イルドア方面に投入しているようですが」

「そうだ、内実は異様に充実している」

レルゲン自身、つい先日までは参謀本部で数字の内訳を覗き込んでいた人間だ。

東部に送るべき兵力と最後の戦略予備をまとめたにせよ、イルドア方面の兵力は久しぶりに見る充足した戦力である。

「六個は完全編成の装甲師団だ。更に五個の機械化師団。これら十一個師団の大半は、私の第八機甲師団並みに定数を充足するか、最低限の数をいずれも確保している」

「半数が脚自慢とは。明確な運動戦志向です。よくもまぁ、東部を抱えた本国がそれだけ絞り出せたものですが……それが、ここで足踏みですか？」

レルゲンとて突破できる好機に乗じることの価値と、足踏みした際の悲惨な結末は嫌というほどに体験している。なにせ、つい先日、第八機甲師団を率いて南進した際は『突破』に成功したばかりだ。

「怖い限りだな。無理をして絞り出した兵力を遊ばせた挙げ句、好機を摑み損ねないか、ただ、ただ、案じている」

「奇妙極まりません。足踏みするほど、補給に問題でも？」

師団レベルでの兵站を不安視したのだろうか。補給面での懸念を口に出したデグレチャフ中佐に対し、レルゲンはハッキリと首を横に振っていた。

「物が潤沢とは言えん。燃料も不足がちだ。だが、ウーガ中佐とゼートゥーア閣下だぞ？　概《おおむ》ねにおいて、東部の時に比べれば疎漏《そろう》なしだ」

燃料供給さえも、最低限だが規定通り。

弾が届く。油も届く。更に言えば、脂のある温食だって三食に二度は出せている。よくぞまぁ、こんな敵地の奥深くまでと感嘆させられる仕事ぶりだ。

「私にしてみれば、そもそも、イルドアと停戦したことすら理解しがたいよ。聞くところによると、私の名前でゼートゥーア閣下が先方に働きかけたというが？」

ちらり、と問うような視線を向ければ心得顔が一つ。

「はい、小官が閣下の護衛として引っ張られております」

彼女は、ゼートゥーア大将に信用されているのだろう。よほど、と評していいほどに。そんな印象を抱いたレルゲンは薄々《うすうす》感じていた疑問を改めて口に出す。

「なぜ、閣下はこれ以上の進撃を止めるのだ？　そもそも、なぜ、停戦を一週間も手配したのか？」

「ゼートゥーア閣下が進撃をとどめ、停戦を長引かせる理由は小官にも思い至りません」

「会談に居合わせてもか？」

確認の問いに対し、デグレチャフ中佐は無言で首を縦に振る。

この場において、共通する認識はたった一つだった。

『なぜ、あのタイミングで脚を止めねばならぬのか』。

経験則上、帝国軍人らは嫌でも認識している。このまま脚を止めれば、恐らくは塹壕戦に突入する、と。

敵が穴を掘って、穴倉に籠《こ》もってしまえばそうなる。

まずいことに、イルドア半島の地理的条件は……狭い戦域だ。縦には深い縦深《じゅうしん》、横には狭い幅。おおよそ、攻めるにこれほど難しい条件も稀《まれ》だろう。下手に泥沼化すれば、手詰まりさえ避けられない。

ライン戦線と同じ地獄の塹壕戦という影がちらつくのが、レルゲンには空恐ろしい。

「塹壕戦はなんとしても避けたい。今しか、突破できぬだろう」

「……一応、過去にも大規模陣地を正面突破した成功例はありますが」

「開けゴマを再び、というわけにもいくまい。坑道戦術は時間がかかり過ぎる。どう考えても、イルドア情勢のように早期決着が望まれる戦線でそれをあてにするわけにもいかぬ」

腕を組み、煙草に手を伸ばしかけたところでレルゲンは眼前の中佐がこちらの表情を窺《うかが》うような視線を向けてきていることに気が付く。

「どうした、中佐。私の顔に何か？」

「大佐殿が渋面でしたので、やや安堵《あんど》しておりました。」

「何？　まて、どういう意味だ」

「ここでゼートゥーア閣下のように微笑まれていたらば、それはそれで恐ろしいものがあるのではないかな、と」

ああ、とレルゲンは相槌《あいづち》を打つように苦笑していた。

「……笑顔か」

こんな時に、早々浮かべるべきものでもないだろう。

分かりきっている話だ。

にもかかわらず、『ゼートゥーア』という『閣下』ならば、笑っているだろうという不思議な確信もあるのだから世の中というのは魔訶《まか》奇妙である。

煙草を下ろし、レルゲンは大いに首をかしげていた。

「上官批判のつもりではないが、どうにも、ゼートゥーア閣下の意図が分からん。貴官ならば心当たりの一つもあるだろう」

「臆測と機密で醸造された原酒ですよ。飲み方はいかがされますか？」

「差しさわりのない水割りで構わんさ。あの方は、何をお考えなのだ？」

「世界平和でしょう」

迷いのない真っすぐな断言であった。レルゲンを見つめる瞳には、砂一粒も冗談の色は見受けられない。世界が世迷い事と断じるであろう事柄を、あたかも公理であるかのようにデグレチャフ中佐は歌い上げる。

「ゼートゥーア閣下は、稀代《きだい》の平和主義者でいらっしゃるかと」

「中佐、辞書をひきたまえ」

「それには及ばぬかと。平和を何よりも貴いとするのであれば、ゼートゥーア閣下は、正しく平和主義者であると小官は確信する次第でありますが」

「本気かね？」

呆れたような視線を向けられたデグレチャフ中佐は、真顔で言葉を継ぎ足す。

「ゼートゥーア閣下は、帝国の平和を世界の誰よりもお望みです。理論としては、世界平和の達成により、帝国の平和もまた保たれるでしょう」

帝国の平和。

世界平和。

そして、目的。

淡々と語られる単語は、しかし、レルゲンの脳裡《のうり》を刺激する。

「で、その閣下の下《もと》で我々はなぜイルドア攻撃を？」

「世界平和の夢が叶わぬのであれば、せめて、世界もろとも華々しく死んでやるという決意の断固たる表明かと」

「……何？」

唖然と瞬くレルゲンに対し、デグレチャフ中佐は淡々と言葉を繰り返す。

「世界もろとも、死んでやる、でありますか」

「無理心中ではないか」

はっ、はっは、はっ、と途切れ途切れな苦笑を無理やり零し、レルゲンはそこで思ったほどに自分が笑いとばせていないことに思い至る。

「叶わぬことと笑いとばしたい。……ん？」

「レルゲン大佐殿？」

胸中を突くのは、笑いだすしかない気付き。

『そんな願望は叶わぬと知って、足掻《あが》くならば？』道化の苦しさをレルゲンは嫌というほどに知っている。講和を求めてもがき、その道を歩み続けられなかった敗残者として、己の悔悟でもって。

世界は吐き気を催すに足る邪悪だ。

だからこそ、気を保つためにありとあらゆる努力が欠かせない。

腕を組み、レルゲンは妄想を振り払うように頭を振る。だが、頭の中に居ついた何かが追い払えなかった。

まさか。

あり得るのか。

そんな疑念は、やがて、自分の口からふと零れ落ちてしまう。

「イルドアの首都を圧迫せよ。このご命令だけならば、外交上のカードとして脅迫するのかとも考えた。だが、そんな常識を捨てればどうだ？」

「大佐殿？」

「……中佐。整理したい。我々は、現状、合州国からの援軍によって増強されたイルドア軍により『足止め』されてしまっている。敵の首都すら狙えるのに、だ」

「さようですな。……ん？」

レルゲンの前に、得心顔が一つ。

デグレチャフ中佐は、なんとも形容しがたい顔で言葉を紡ぐ。

「通常であれば、我々の現状は停滞と評すべきでしょう。なにしろ、本来取るべき王都に指一つ掛けられていないのですから」

少なくとも、素人目には間違いなくそう見える。

攻略に失敗した帝国軍。守り抜いたイルドアと合州国の将兵。

前者が健在で、後者が主力を大きく損なっているなど、新聞ではわざわざ事細かく確認されはしまい。

「その通りだろう。軍人でも時間を浪費し、敵首都入城を逸した、と読むかもしれないな」

「しかし、ゼートゥーア閣下は『入るな』と明示されました。我が軍は首都入城を逸したのではなく、逆だとすれば？」

　そこで両者は思考をひねくれたモノの見方へと置き換える。端から、『イルドア王都』を『攻撃』することはどこもまでも手段であって、そもそも現時点での『攻略』が目的ではなかったとすれば？

　レルゲンは咄嗟に思い付きを言葉として吐き出し、整理を試みる。

「合州国軍の来援。撃退される帝国、犠牲を払って『敵』が勝ち取った勝利の喜び……」

　ああ、と何か小さな齟齬《そご》が彼らの脳内で組み合わさっていく。

　勝利からの敗北。

　敗北。

『防衛成功宣言』からの転落を敵に堪能させるのだとすれば？

　天国から地獄。

　要するに、素晴らしい性格ということだ。

「大佐殿、分かったかもしれません」

「ほう？」

　それは、と問いかけたレルゲンの言葉は割り込んでくる外部の音によって遮られる。つい先ほど、追いやったはずの参謀少佐が司令部へ足音も荒く飛び込んでくるではないか。

「失礼します、師団長代理！　司令部より、緊急の命令が……」

ご苦労、と受け取ったレルゲンは少佐を通信室に戻るように促して手元に視線を落とす。読み終えかけたところで彼は隣に立つ中佐がふと微笑んでいることに気が付いた。

「デグレチャフ中佐？」

「当てて御覧に入れましょう。命令、総攻撃。目標、敵野戦軍。方法は……片翼包囲あたりでしょうか」

さらりと歌い上げたターニャに対し、レルゲン大佐は硬直したまま手元の紙とターニャの表情の間で視線を彷徨《さまよ》わせる。

数秒、目を瞑《つむ》ったところで彼の口から放たれるのは純然たる疑問である。

「知っていたのか？」

何を、と問うまでもない。

「……では？」

「正解だ、中佐」

みたまえと渡された命令書を一読し、ターニャは苦笑する。

なにしろ、それは悪辣そのものである。

「……酷い詐欺です」

命令書曰く、『イルドア首都を『防衛』してしまった敵野戦軍は、政治的都合により『後退』できず』。従って、『敵首都を餌に『現在地』に拘束することに成功』と謳《うた》い上げる始末だった。

これらの状況を踏まえ、伝達された帝国軍の方針は……総攻撃あるのみ。

機甲戦力の半数でもって突破梯団を編成し、『敵首都以南』を攻撃せんとし、敵野戦軍に『対応』を強要し、敵が陣地転換を試みると同時に残存全戦力で攻勢を開始の腹。

一週間の停戦期間中、ために貯めた力をただ一点、『首都防衛』のために集結した『敵野戦軍』にぶち込み、首都防衛戦力を首都前面で『撃滅』せよという分かりやすいシンプルなそれ。

「守り切れる、という夢を持たせて叩きつぶすわけですね」

「……勝利の栄光から、転落、か」

「精神的な拷問もいいところですな」

違いない、とレルゲンは魂がどこか軽くなったような実感とともに言葉を紡ぐ。

「仕事は、ローストヒューマンとはな」

「そして、何もかもをロストすると？」

「……だな」

そこでふと、嫌なことに気が付いたレルゲン大佐は小さく頭を振る。

「……勝利の栄光から、転落、か」

「大佐殿？」

訝《いぶか》しげな視線を向けて寄越す中佐に何でもないと手を振り、レルゲンは心中に湧き上がっていたある感想を押し殺す。

chapter II

とても言えたものではないのだ。

……まるで、帝国のようではないか、などと。

[chapter]

III

第参章

アポイントメント

Appointment

在イルドア大使館を訪問する際の留意点。
禁忌：シャンパンについて、外交官に訊《たず》ねること。
重大な外交プロトコル違反とみなされます。

―――― 外交プロトコル全集　今日の標準（統一暦 1960 年版より） ――――

連合王国大使館―通話記録HFZ115号

Z：やあ、もしもし。会食の予約をお願いしたい。祝杯用に上等なシャンパンも頼むよ。なるべく泡のきめ細やかなやつを希望したい。オススメはなにかな？　ああ、折角だから、ワインはイルドアワインに限るだろうね。ペアリングも考えてもらいたいところだが、ひとまず白と赤で、こちらもオススメを伺えるかな？

T：こちらは連合王国大使館です。失礼ですが、通話先をお間違えかと。

Z：いやいや、間違ってなどいないさ。君が口にした通り、連合王国大使館に会食の手配を是非ともよろしく頼みたい。なにせ、大使閣下と私の仲だ。話の一つもつくと思うのだが。

T：失礼ですが、お名前を頂戴してもよろしいでしょうか。

Z：ハンスだよ。君、君の名前は？　大使館の電話番のくせに、私のことも知らないのか？

T：ミスター・ハンス。大変申し訳ありません。確認できるまで、大使館職員の個人情報をお渡しすることは致しかねます。

Z：別に君の名前になぞ興味はない。ただ、この歴史的な一日において会食の手配を私が希望しているという事実こそが大切なのだ。大使館がパーティーの手配もできないのかね？

T：お言葉ですが、現在の在イルドア大使館は平常業務を中止しています。帝国軍接近中のため、邦人保護と避難業務が最優先です。貴方《あなた》がどなたか分からずに恐縮ですが……

Z：君、君、しっかりしたまえ。だからこその予約ではないか。物の道理をわきまえたまえ。君の母校で校長が泣くぞ？　想像するだけで哀れを催す光景だ。
T：お話が見えません。支援を必要とされている連合王国の関係者なのですか？
Z：いや、いや、いや。君、それは君が自分で口に出した通りだよ。
T：私が？　申し訳ないですが、悪戯《いたずら》であれば……
Z：やれやれ。何とも察しが悪いことだ。では、大使閣下に一言一句余すことなく伝言してくれたまえ。
T：失礼ですが、悪戯電話でしょうか。そろそろ、お切りしますね？
Z：帝国軍参謀本部のハンス・フォン・ゼートゥーア大将より大使閣下にご挨拶申し上げようというのに、かね？
T：は？　は……!?
Z：私は君たちの良き友人、ハンスだ。明日の夕食をイルドア宮殿で食べるつもりでね。大使閣下のような賓客は生死を問わず招待させていただく。なんなら、君も招待して礼儀を教育して差し上げよう。捕虜暮しの準備をしておくことだ。それでは、明日、また。せいぜい、良いシャンパンを期待させてもらおうか。
T：失礼、失礼？　もしもし？　もしもし!?

統一暦一九二七年十二月五日　イルドア戦線

イルドア戦線視察の名目でイルドア入りして以来、ゼートゥーア大将一行の動きは迅速を極める。

停戦明けの攻勢が始まるや、大胆にも前線付近へと進出を強行。

多くの将校がリスクを危惧し、再考を要請するのを振り払い、ゼートゥーア大将は司令部用として手配された航空魔導小隊を護衛に一路南進。

護衛部隊こそ疲弊するも、ゼートゥーア大将が乗り込んできたという事実で前線は『それができる』程度に自軍が優勢であることを改めて確信し得た。なにより、安楽椅子将軍を侮蔑する帝国軍において、前線付近というのは神聖な意味合いを放つ。

結果、現地に展開している師団長らとの会合はとんとん拍子で整えられていく。そして護衛部隊はめでたくお役目から解放されるに至った。もっとも、ゼートゥーア大将に随伴し、あるいはわずかに先回りして進出していた幕僚らは段取りの整備でてんてこ舞いであるが……彼らは兎《と》にも角にもやり遂げる。

会場は、なんとちゃんとした屋根付き。野戦天幕の代わりに徴発されたのはイルドア側の小学校であった。

かくして、小学校の職員室の事務椅子に帝国軍の将官らが腰を下ろす。

急な接収ということもあり、職員室はそっくりそのまま小学校教師の仕事場という雰囲気を保ったまま。

従兵、副官連が大急ぎで小学生用の教科書、宿題と思《おぼ》しきプリントの束を脇によけ、作戦会議用に地図を広げたとしても、どこかチグハグな空間であるのは否めない。子供の未来を紡ぐ現場で、若者の未来を薪《まき》としてくべる構図のなんと皮肉なことか。

もっとも、会合は極めて和気藹々《あいあい》とした雰囲気で始まる。

「敵野戦軍の撃滅は順調だ」

教頭席に腰を下ろしたゼートゥーア大将は何げなく告げる。

「我が方は、停戦明けと同時に攻勢発起。目下、敵の抵抗を排除して南進中。戦果を着々と拡張しつつある。理想的な展開だろう」

明日の夕飯について語るような素っ気ない態度。

だが、専門家として居並ぶ将師らはゼートゥーア大将の物語る言葉に同意を示すように軽く頷《うなず》いていく。

軍人である彼らには、この偉業を成し遂げた眼前の人物に感服している。

「敵兵力は額面こそ百四十個だが、内実においては七十個程度。しかも、敵の第一級の主力部隊と装備は初撃で削っている。一週間の時間という資源だが、有意義に活用し得たのはどうやら我々らしい」

ルーデルドルフ大将が不慮の事故死を遂げた後のイルドア攻撃は予想に反して順調そのもの。上層部の混乱に伴う作戦や統帥面への危惧も、彼らの表情からは見事に飛散していた。

事実を語ろう。

帝国軍は、イルドア方面において勝っていた。

結果、ゼートゥーア大将は、ただ数字を口にするだけで自分たちの状況を実に端的に言い表せる。

「要地を放置し、敵の野戦軍撃滅に集中した戦果は絶大。有力な残敵はおおよそ七個師団にまで削りきれた。対する我が方は、二十二個が健在。経験とは偉大だな、諸君。我々は、実に容易《たやす》く勝ちつつあるわけだ」

ゼートゥーアが放り投げた誘うような言葉に対し、居並ぶ将官らは苦笑と愉悦の折衷様式とでもいうべき曖昧な微笑《ほほえ》みで応じていた。

歴戦の彼らをして、なんとも形容しがたい感情が生まれるものだ。

『こうもあっさり勝てるとは』、と。

対イルドア攻撃そのものが、戦略的な奇襲ではあった。

よもや、このタイミングで、と。

季節の問題があり、かつ、イルドア‐合州国の同盟という微妙な対帝国牽制《けんせい》があるタイミングで帝国が大攻勢だ。意表を突かれたイルドアは初戦で躓《つまず》いた。

通常ならば、そこから一週間の停戦は『立て直す』に十分だろう。

それにもかかわらず、帝国軍は再び勝利しつつある。

主導権を手放すことなく、帝国軍が縦横無尽に暴れまわれた秘訣《ひけつ》は、空間に拘泥《こうでい》せず、『敵野戦軍撃滅』を兵站《へいたん》の許容限度内で行えているから。いわば『戦略次元』での勝利だ、と将官連は心中でながらも手放しで賛辞を惜しまない。

とはいえ、とはいえ、彼らは軍人だ。

まして、将官である。

ともなれば輝かしい勝利をむさぼり耽《ふけ》る贅沢《ぜいたく》からは瞬時に眼を醒《さ》まし得た。

「閣下、質問です。現状、我が軍は敵野戦軍を酷《ひど》く叩《たた》けていますが、さすがに残敵が七個師団相当のままというのは……いささか疑わしいのでは」

「なぜだね？」

「時間です。敵の予備役が動員されるのは、必然かと。更に申し上げれば、イルドアは大戦で魔導将校を大量に消耗した既存の交戦国と異なり、魔導面では人的資源に相当な余裕があるはずです」

「その通りだ。敵は予備役を招集しているし、魔導部隊の拡充にも乗り出してはいる。ただし、彼らが用意できるのは人だけだろうがな」

キョトンとした高級将官らは、一様に疑問符を頭の上に浮かべていた。ゼートゥーアが察するに、彼らにとっては想像の範疇《はんちゅう》外ということだろう。

「手ぶらの兵隊だよ、諸君」

「手ぶら？　武装の手配が間に合っていないと？　とはいえ、それらとて時間の経過が粗方《あらかた》は解決してしまうことかと」

ああ、全くと『解決してきた側』のゼートゥーア大将は、『解決を要求している側』の軍人どもに向けて軽く諭してやる。

「確かに、時間が解決するだろう。誰かが、物を揃《そろ》えるのだからな」

しかし、と彼はそこで訂正を放つ。

「諸君が思っているほどには、近い未来の出来事ではない。いつとは言えないが、それだけは私が確約しよう」

なにしろ、とゼートゥーアは間をとり全員の視線が集まったところでニンマリと余裕綽々《しゃくしゃく》に微笑む顔を作る。

「重装備は我々が、そっくり頂いているのだ」

戦務で物動を監督し、掌握し、誰よりも国家の船底を覗《のぞ》き続けた軍人だからこそ、ゼートゥーアは居並ぶ属僚らに断言し得る。

「基盤もそのまま手に入れた」

「では、ゼートゥーア閣下。敵の生産ラインも？」

勿論《もちろん》だと彼は頷いていた。

「優に十個師団分以上の砲兵装備とそれら火器の製造ラインをも我々は北部イルドアと共に確保した。帝国の規格に適《かな》うものは、停戦期間中にかき集めたぐらいだよ。いやはや、イルドア人に足を向けて寝られんな」

目で高笑いしつつ、ゼートゥーアはごく平静な声色を保ったまま口を動かす。

「破壊した旧式装備、敵が遺棄した備蓄等も含めれば、我々はほぼ敵の優良装備を帳簿上の存在たらしめたと見ていい」

北部イルドアは、イルドアでもっとも先進的な工業地帯である。

インフラ、工場、人財。どれ一つ欠けても、イルドアにとっては致命傷だ。掛け替えのない戦略資源を帝国は手にした。

喪失した側からすれば、被害は莫大だろう。

それこそ、帝国が、低地工業地帯を喪失する以上の打撃といって差し支えはなし。今次大戦以前の戦争であれば、文字通りにイルドアの敗北が現時点で確定したに違いない。

にもかかわらず、イルドアは抗戦しえている。

その事実にこそ恐怖すべきものだ。同時に、ゼートゥーア大将は魂で理解している。この室内で、恐怖におびえるのは孤独な自分一人だろう、と。

危機感も恐怖も共有できる朋友《ほうゆう》に恵まれることはなし。

なんと寂しいことか。

友よ、貴様がいないのは、なんとも虚《むな》しい。

だが、それが罪なのだと彼は知っている。故に、恐怖も危機感もおくびにも見せず、ゼートゥーア大将は現実の世界では平然と言ってのけた。

「我が方の局所的優勢は、今なお続いている」

傲岸不遜《ごうがんふそん》なまでに、さながら、ルーデルドルフのアホのように。

一切合切を畏れぬ軍人としての己を前面に打ち出し、ゼートゥーアは大将たるものとしての偶像さながらに、自信で満ち溢《あふ》れた言葉を紡ぎ続けるのだ。

「純軍事的に見た場合、我々は敵を足蹴にする権利の有効期限を延長し得た。今以外にはあり得ん特権だ。従って、私は全力でもって敵野戦軍の残骸を蹴り飛ばす」

異議を探し、ゼートゥーアは視線を彷徨《さまよ》わせる。

政治を思えば、反論を叫ぶべきなのだ。

室内には、しかし、反論の兆しすら見受けられない。誰もが爛々《らんらん》と瞳に力を入れつつ、ただ、紡がれる言葉を待ち望んでいた。

よろしい、とゼートゥーアは微《かす》かな諦観とともに頷く。

「作戦目標は単純だ。この優勢を活用し、イルドア王都を攻略する」

おお、と。

微かに息を呑《の》み、あるいは意気込む声が響く。

だが、ゼートゥーアとしては属僚らに対して少しばかりくどいほどに釘《くぎ》を刺す。

「ただし、諸君。どうか、絶対に心得ておいてもらいたい。断じて、占領など端《はな》から主目的ではないのだ、と」

一拍を置き、静まり返ったところで表向きの狙いを告げる。

「我々の追求すべき本質的な目標とは、依然として、敵野戦軍の撃滅のみである。従って、目的に手段を奉仕させねばならん。『王都防衛／攻略』の枠組みに敵軍の戦略を拘束し、自由な機動の余地を敵に与えないこと。これが、肝心なのだ」

己の言葉が指揮官らの脳裡《のうり》に染みわたったであろうところを見計らい、ゼートゥーア大将は俄《にわか》に状況について述べる。

「先に我が方が行った威力偵察を撃退した結果、敵軍は『首都防衛』という果実を誇らしげに咥《くわ》えた。新聞報道を分析させれば、戦勝気分らしい」

帝国軍に押し続けられていたイルドア軍が踏みとどまる。

それだけで、戦意高揚には抜群だろう。

まして、新手の合州国軍の力もあってなれば……人は夢を見るものだ。

「良い餌を用意したところ、大いに召し上がっていただけた。彼らは、誇りという毒餌を自ら呑み込んだのだ。腕を振るっただけに、彼らに喜んでもらえれば嬉《うれ》しく思うがね」

犠牲を払い、勝利を所有した。

ひとたび手にしてしまえば、それは、もう、手放せない大切なものだ。なにせ、『勝利』を勝ち取ったのだ。

誰が手放せるだろうか？

勝利の美酒は、さぞかし敵方のエゴと世論を十分に肥大させたに違いないとゼートゥーア大将は確信し得ている。帝国の国情という経験から、断言し得るのだ。国家理性遵守《じゅんしゅ》を奉じるイルドアとて、世論という怪物には屈するのだ、と。

故に、集結した将官らに対してゼートゥーアとしてはうそぶく余裕さえある。

「敵にとって、王都は白い象だ」

『手に負えないほど名誉な品』を敢《あ》えて嫌いな相手へ。『表向き』の名誉と共に、『放棄もできない不良債権』を送りつけ、相手を破滅させるという雅《みやび》な手法。

古《いにしえ》の先人からは、学ぶところがあまたある。

「守り切れないものを護るべく、敵は相当な無理をすることになるだろう。苦しいだろうからな。楽にして差し上げようじゃないか」

一度守った王都を棄《す》てて逃げ出せる軍隊など、皆無だ。

『ただの陣地転換』で戦線を後退させるときでさえ、『守り抜いた陣地を放棄する』ことへ将兵が忌避感を示すのはよく知られたこと。

これらの論理に関していうならば、帝国軍の将官らは誤解の余地なくゼートゥーア大将の意図を解した。

目的は、敵野戦軍の撃滅。王都は、そのための舞台道具だ、と。だからこそ、健全な精神の発露として疑問の声を若手の将官が颯爽《さっそう》と挙手とともに口に出す。

「ゼートゥーア閣下、質問が」

「なんだね？」

「占領後、撤退はあり得るのでしょうか？　目標が敵野戦軍であり、王都の占領そのものが主目的でないとすれば、場合によっては放棄も十分に考慮すべきかと思われますが」

ふむ、とゼートゥーアは若い師団長に対して鷹揚《おうよう》に頷いていた。

「実に正しい疑問だ」

『与えられた枠組み』の中で最適解を模索するという意味では、専門家としての帝国軍人が今なお知的に優秀であることを物語る問いかけだと認めてもいい。

だが、その程度だ。であれば、ゼートゥーアにとって返答を迷う余地すらないのだ。

「結論から言うならば、どちらとも言えない」

「……失礼ですが、閣下は二兎《にと》を追われるのですか？」

若い師団長からの訝《いぶか》しげな視線に対し、ゼートゥーアは敢えて肩をすくめ、おどけてみせる。

「確かに占領後の撤退は常に考慮している。土地と兵力であれば、結局は、敵の兵力を刈り取ることが最優先だ。ただし、首都というのは世界に対する赤マントと言ってもいい。これが敵を誘引し得る要素である限り、扱《こ》き使う」

故に、とゼートゥーア大将は声色を平静に保ったままぶちまける。

「この街に関する限り、我々はオークションを仕切るのみだ。敵が高い入札を入れ、これに誘引されてくれるようであれば、可能な限り値段を吊《つ》り上げ、頂けるものは頂いたうえで残骸として引き渡す。なるべくであれば、高く売りつけたいものだがね」

ああ、とそこでゼートゥーアは軽い一服だとばかりに葉巻を咥える。自分の言葉が職員室の愉快な将官らに染みわたるのを暫《しば》し見守り、そして、彼は言葉を紡ぐ。

「相手が入札するか。ひとえに、ただ、これだけが肝だ」

故に、とゼートゥーアは他人事《ひとごと》のように口を動かす。

「新大陸人が興味を示さない場合、つまり合州国軍のようなニューフェースがこれを無視するのであれば、我々が空虚な王都に拘泥する必然性がなし。都市には平和が。我々には肩透かしが与えられることだろう」

もっとも、食らいついてもらうことがゼートゥーアの目的だ。

ここで相手が興味をひかれないようであれば、王都に注目させるための手練手管の限りを彼は尽くすだろう。

これは、世界に対する策略なのだ。嘘《うそ》をつこう。世界を欺こう。それが、帝国への義務であり愛であれば、いかなることもゼートゥーアは許容する。

「いずれにせよ、イルドア方面における我々の究極的な戦略目標は『帝国の脇腹』を固めることと以上ではない」

大嘘を、公然と、平然と。

「そして、わが軍は目指すべき第一段階を完全に達成している。既に、勝った」

嘘つきは泥棒の始まりである。

ゼートゥーアは知っている。己の言葉が、どれほど虚飾と虚構に依拠しているか。どれほどに空っぽかを。

ルーデルドルフのアホが、どれほど、その立場故に見栄を張ったかを思えば……奴《やつ》の強情さの裏返しと評すべき孤独な苦しさも少しは理解し得るもの。

ああ、なんと孤独なことか。

悲しむべきことに、恐れるべきことに、真に忌々しいのは感銘を受けた顔の属僚らの顔である。『さすがはゼートゥーア閣下だ』……などと小さく頷いている顔を見つけたときは、なんとも曖昧な表情しか浮かべようがない。

世界を欺くのに良心の咎《とが》めを覚える理由もなし。

だが、さすがに身内は違うということか。

それとても、己の罪と役割だ。全ての葛藤を裏側で押し殺し、ゼートゥーアは臆面もなく淡々と表向きの言葉を紡ぐ。

「敵野戦軍、特にイルドア野戦軍に与えた打撃は絶大だ。イルドア北部の占領は本国への戦略的縦深《じゅうしん》のみならず、イルドア軍向け産業基盤による多少の利得さえも期待していい」

総評する限り、状況は帝国軍にとって久方ぶりの成功だ。だからだろうか。ゼートゥーアの観察する限りにおいて……列席している将官らの顔色は実に明るい。

作戦次元‐すなわち、純然たる軍事の領域における自信の吐露だろうか。属僚らのめでたさには心中で微かに苦笑が零《こぼ》れてしまう。

「おや、ゼートゥーア閣下。微笑みが零れていらっしゃいますぞ」

朗らかな声の指摘に対し、ゼートゥーアは曖昧に手を振る。

「心中の物が零れたらしい」

満場に満ちる朗らかな笑い。

なんとも明るいことだろうか。あるいは、これもイルドアだからか。

だとすれば、逆恨みとはいえ……イルドアが本当に嫌いになる

「イルドアに赴いてよかった」

「ゼートゥーア閣下？」

「空気は旨《うま》い。空は綺麗《きれい》だ。避寒地というだけあり、実に天候もいい。そして、戦争に勝てる。諸君、こんなに我々好みの大地が他にあるかね？」

おどけた発言は、場を笑いに包み込む。

いい年をした将校や将官らが、あたかも無邪気な子供のように腹を抱えての爆笑。腰を下ろし、ゆったりと属僚らと軽い雰囲気での談笑というところか。

影のない笑い声が満ちる学び舎《や》には屈託がない。

この異郷の地で、学校で夢を見るわけだ。よりにもよって、いい年をした軍人どもが。果たして摂理に適《かな》うだろうか。

己も、若い頃は……いや、とゼートゥーアはそこで苦笑する。

己は、随分と人間の真似《まね》が過ぎた。

もはや、己を無垢《むく》な人間と呼ぶには憚《はばか》りがあるのに。

嘆くべきか、嗤《わら》うべきか、いっそ、笑うべきかと迷いかけたゼートゥーアは頭を振って余念を追い出し、内心のぼやきを整え直す。

敢えて兵隊煙草に手を伸ばし、一服。

言葉にできぬ愚痴を紫煙となさしめ、周囲の笑いが収まるのを見定めるや、咥え煙草のままゼートゥーアはやおら立ち上がる。

周囲の視線がほどよく集まったところで、彼は口を動かす。

「さて、勝利した我々の第二段階における目的は、防衛線の確立である」

言葉への反応は、心得顔。指揮官らは、一様に了解というように頷く。

ハッキリ言ってしまえば、帝国の脇腹たる南方への脅威が激減した今、帝国軍は獲得した地歩をがっちりと囲い込み得る段階だ。

問題は、その先にある。

「我が軍は、イルドア半島を縦深として確保、活用すべきだろう。私としては、東部戦線に全力を投入し得る環境を構築したい」

戦力の転用。すなわち、一方面での勝利でもって他方面に戦力を再配置。ドグマと称しても差し支えのない正攻法の内線戦略だ。戦前を覚えている老練な帝国軍の将帥らにとっても、膝を打って理解できるやり口である。

「とはいえ、私としても敵を叩けるときに叩くことへ躊躇《ため ら》いはない。最小限の犠牲で、最大限の代価を敵に払わせることはいつでも望ましいことだ」

だからこそ、とゼートゥーアは意識して悪い微笑みを浮かべてやる。

「東部への遠足前に、イルドアの悪童どもを教育してやる。新大陸人にも、だな。帝国軍を恐怖するという経験知を与えてやろう。従って、イルドア王都攻略というのはどこまでも延長戦だと心得られたい」

防衛線を固める前の、ちょっとしたつまみ食い。

ついでに、敵を威圧。

言ってしまえば、それだけだ。

それだけだが、軍事作戦としては進退の妙をそれぞれの指揮官が問われる……という点では将校としてやり甲斐《がい》すら感じられるもの。

その点では、何一つ心配はなかった。会議室を一瞥《いちべつ》して、ゼートゥーアは確かな手ごたえと共に、古い教員の椅子へ腰を下ろす。

暫く兵隊煙草をふかし、幾つかの簡単な質問に答えていれば、吸い殻を突っ込まれた灰皿の上に山が形成されるまでもなく……会議は終わる。

実に和やかな会議であった。

叫び声も、苦悶も、無理難題に対する恨み言もなし。

勝利の栄光と順調な進捗《しんちょく》は、人を団結させてやまないのだろう。結局のところ、勝利は疑似的な万能薬なのだ。

だからこそ、戦時においては異様な魅力を誇る。

軍事的勝利は、諸般の葛藤からくる耐えがたい疼痛《とうつう》すらも、その瞬間においてだけは確かに掻《か》き消し得るのだから。

もっとも、勝利を飲み干すのも存外に大変なことだ。

ゼートゥーア大将当人としては……勝利を目指すとして語った事柄の多くは『軍事的合理性』で糊塗《こと》した副次的目標にすぎないものだ。『帝国軍人』が誤解しやすいように糖衣でくるんだ甘美な理屈である。

糖衣錠の中身は、勝利の追求とは程遠いゲテモノ。

実際のところ、ゼートゥーア個人はもう少し深淵《しんえん》を狙い、ついでにどうしようもなく悪辣な攻撃を目論《もくろ》んでいる。

イルドア王都攻略の勝敗なぞ、そもそも、眼中にすらない。

全ては『合州国』を今次大戦に引き込み、都合の良い敵手として活用するための前座にすぎないのだ。こんな思惑など、大半の指揮官は、理解もしないだろう。なにせ軍隊の仕事というよりは、詐欺師のやり口。

冷徹かつ邪悪、ただただ相手の感情を狙い撃ちにした策略は……政治の類いでもある。

軍人、特に政治的ならざることを誇る帝国軍人は、決して己の視界に入れようとしたがらない領域の話こそが国家の大事だというのだが。

だからこそ、居並ぶ指揮官らの明るい顔が眩《まぶ》しい。

憎たらしくすらあるのは、なぜだろうか。

それも、己の弱さか。


会議を終え、学び舎から三々五々に散っていく軍人らの中にあって、ゼートゥーア大将もまた迎えの自動車へと……単身で乗り込んでいく。

副官も、お供の参謀連もなし。

護衛の魔導小隊すら帰していることもあり、外から見れば、とても帝国の参謀次長とは思えぬことだろう。

車からして、気の利いた従兵がどこからか見つけてきた小型車。

徴発されてきたイルドアの自家用車は乗り心地に優れ、機能性という点では決して悪いものではない。だが、悪だくみする悪の首魁《しゅかい》の絵としては弱すぎる。

応急に設けられた仮設拠点の司令部で、何もかも間に合わせの悪だくみごっこ？

これで、イルドア王国北部を震撼《しんかん》させている帝国軍の親玉とすればお寒い限りだし、何より歴史書で嗤われることだろう。

帝国側の窮乏度合いは、少なくとも、『外面』に関しては取り繕わねばならぬのだ。

歴史に対して、世界に対して……『幻想』のために。

もっとも、世界を欺く前に自分を欺く必要をゼートゥーアは痛感する。

なにせ、この路面の状況ときたら！

後部座席でゆったりと葉巻を楽しむ素振りを示しつつ、ゼートゥーア大将は揺れぬ乗車経験を嫌というほど味わっている。

舗装された地面。

整備の行き届いた街並み。

彩《いろど》りが豊かな風景。

何もかもが、帝国とは違う。何もかもが、燃え尽きて斜陽に沈みつつあるライヒのそれとは異なる。

嫌でも思わざるをえない。

「なぜ、だろうな。この違いは……どこで、間違えたのだろうか」

帝国人は軍事に優れている。

そして、その祖国は灰色だ。

イルドア人の軍事は、見ての通りに貧弱で無駄の多いそれ。

だが、強力な軍隊を持つ帝国の街頭に比して、イルドアの街並みはどうだ？

この色鮮やかで、豊かな世界は？

かつては。この彩りが帝国でも見られたのに。

祖国の街並みという街並みで、豊かさを、自分たちが削《そ》ぎ落としてしまった。

祖国は、ひいては軍は、真に守るべきものの優先順位を取り違えたのではないか？　という悪寒は、酷く虚しい。

イルドア人は少ない軍事力を政治的に活用してきた。帝国人は、多大な軍事力を政治に委ねることなく振り回した。

そして、今日に至っている。

後部座席で一人考えれば、嫌でも思ってしまう。

帝国軍の将軍連は、彩りの違いにさえ気が付けないのか、と。

「……やはり、誰も問わぬ、か」

愚痴だ。だが、言わざるを得ない愚痴である。

戦場に集中し、政治を軽視したツケはもっと理解されてしかるべきだろうに。

「……いや、もっと悪いか」

帝国軍人はアホとは程遠く、理解せよと命じられれば政治も『上っ面』は得心顔すらし得るに違いない。けれども、それは、強いて命じられてのそれだ。

作戦の政治的利用という自発的な発想など、影も形もなし。

「帝国の軍人としては正しい」

従兵の前ということもあり吐き出しかけたそれ以上の言葉は呑み込む。だが、惜しい。時には、間違えばよいものを！

『間違い』を自覚できるのは、間違いを許容できる人間だけだ。

それは、単に正しさに安住する以上の何かを必要とする。

どうしても、ため息が零れてしまう。

今次大戦に誰も彼もがのめり込み過ぎている。もはや、後には引けぬ地点をとっくの昔に超えてしまえば、国難にある祖国の人材とて思考を固めていくのだろう。

いささか以上に杓子《しゃくし》定規すぎることだ。

優秀な軍人だというのに、大半の帝国軍将官らですらも、戦闘のやり方しか視野に入れていない。

戦争とは、戦場だけではないというのに。

「総力戦なのだがなぁ」

ふう、とため息を零し、ゼートゥーア大将は頭を振る。

総力戦だ。

イメージも、神話も、それこそ、必要とあれば演出さえも必要だ。

「数的優勢は事実で、我々は局所的優勢を堪能し得る……か」

イルドア方面における局所的優位。

その勇ましい文字の並びは、しかし、どうしようもなく虚無的で残酷なまでに無意味な虚しさをゼートゥーアにもたらす。

東部方面は危機的劣勢。

西方航空戦も防勢一方。

帝国の命運は東西から締めあげられ、命脈の砂時計は回天のさせようすら見当たらない。こんな状況では、部分的優位など大局に与える影響なぞ、『客観視』すれば微々たるものだ。

だが、とゼートゥーアはそこで腕を組む。

『客観視』され、このイルドア戦線における帝国軍の内実を『正確』に第三者に評価されては困るのだ。

「イルドア戦線は、イルドア半島は、数少ない興行の場だ。話題性というものは、いくらあっても不足というものではあるまい」

世界を欺く覚悟は決めている。

世界を手玉に取るため、道化師として遊びつくさねばならないだろう。

「これは、ちと外連味《けれんみ》を出すほかにあるまい」

何げない独白であり、同時に状況を最も適切に捉えたものであった。思い付きとしては必要の要請から生み出す類い。

必要だ、という点を理解すれば否応《いやおう》はなし。ゼートゥーア大将は仮設された司令部へ戻る道中、ひたすらに悪戯《いたずら》の内容について思案を練り続ける。

難渋するかとも思われるそれは、しかし……いい先例があるのだ。いささか面映《おもは》ゆくもあるが、デグレチャフ中佐の若々しい感性に倣うのがよいだろうと結論づけ、ゼートゥーア大将は『予告攻撃』という一手に思い至っていた。

彼女のモスコー攻撃は理想的な一撃だった。ダキアに対する例の放送も実に笑えた。自分なりに組み合わせて模倣しよう。

自分が役者として演じきれれば完璧だ、と彼は腹をくくる。

というよりも、諦観と共に認めたと言うべきか。

『帝国軍のゼートゥーア大将』には、演出と外連味以外の選択肢が、もはや残されていないという寂しい事実を。

決意を胸に仮設司令部に戻り、警護要員らが割り当てて寄越《よこ》した宿舎の天幕をくぐれば心得顔のウーガ中佐が万事を整えていた。

移動に次ぐ移動。

急な予定変更なぞは日常と化して久しいにもかかわらず、仮設司令部の設備は指揮系統を円滑に機能させるために必要な機能を全て完備しているほどだ。

帝都から随行してきたウーガ中佐の手腕は、全く見事というほかにないだろう。

「ウーガ中佐、ちょうどいい。移動計画を立案せよ」

「はい、ご予定の変更でありますね」

いかなる無理難題にも応じようとする部下の健気《けなげ》な覚悟に対し、ゼートゥーアはさりげない爆弾の投下で応じていた。

「方面軍に伝達。作戦発動せよ。なお、本官は督戦《とくせん》す。以上だ」

「と、督戦?」

ゼートゥーアの言葉に予期するところがあったのだろう。嫌な予感が大的中、といったところだろうか。

顔を顰《しか》めたウーガ中佐だが、彼もさすがに不躾《ぶしつけ》であることは承知していたのだろう。我に返るや、彼も慌てて表情を取り繕っている。

ゼートゥーアはそれを愛《いと》おしく許し、そして、笑い飛ばす。

偽りの遊び心をかかげ、決意を胸に宿し、世界でもてあそぶのだから。

「おい、電話を貸したまえ」

にっこり、と。

手を差し出して通話機を受け取るや、ゼートゥーアは交換室を呼び出すのだ。勿論、『規則』に基づいて。

もっとも、使い方は公的とはおおよそ言いがたい。

帝国軍人のそれではなし。

あくまでも、ゼートゥーアという一個の個人が行う私的な通話。

世界を騙《だま》すためという意味では愛国的ではあるのだろう。

だが、表面上だけでも……作戦中の私用電話は許されるだろうか？　平時ですら、数多《あまた》の規則が立ちふさがること間違いなし。まして戦時、それも作戦行動中である。

無理難題だと大勢が思うことだろう。

だが、許されるのだ。

「司令部？　そうだ、私だ」

一言、二言。

たったそれだけ。

説得の必要すらない。

うだうだと言う連中とても、帝国軍の大将閣下を相手にすれば形無しだ。通信の責任者ともなれば耳が良い。だからこそ、忖度《そんたく》してしまうのだ。

そして、それ故に、世界に刻まれるべき言葉をゼートゥーアは放ちうる。

「イルドアの番号は？　うん、うん、ありがとう」

さっそく繋《つな》いでくれたまえと希望するや、ゼートゥーアの電話は希望通りに手配される。呼び出す先は、在イルドア連合王国大使館。

「さて、大使館の人間がなんと言うかな？」

期待だった。

端的に言えば、ゼートゥーアとしては……わずかな稚気と自覚しつつも相手方の反応に機知と知性を期待してもいた。

おもちゃ箱の中身に対するある種の期待というべきか。

このタイミングでもって、殊更に自分が目立とうとするのだ。連合王国の外交官に洞察力を期待するのは、決して過剰な要求ではなかっただろう。

だが通話を終えるや、ゼートゥーアは退屈そうに受話器を下ろす。

「全く、戦争のやり過ぎだな。連合王国人め、ユーモアを枯らすとは、紅茶が足りていないのではないか？」

ぼやくが、それは愚痴だ。

万事がつつがなく運ぶことを想定していたとすれば、それは傲慢《ごうまん》というものだ。いずれにしても、分かってしまうものだ。己なぞ、運命の支配者たりえないと。電話一つで嫌というほどに実感してしまう。

己は自軍の官僚機構を随意に動かし得た。

力と技、権威を梃子《てこ》に軍官僚と規則集に宙返りをさせることだってできるだろう。だが、己を天は見放している。偶然と相手方の創造性は常に自分の願望を裏切るのだから。

「やれやれ、融通の利かない堅物だな。若く青いことだ。さて、明日、彼と会えるといいのだが……」

連合王国の大使官職員。

機知と機転が自慢の連中だ。

そんな連中を相手にしてさえ……ウイットに富んだ会話一つ、己は運に任せて引き出すことができないのだ。

そんな諦観の溶けたため息を吐き出したところで、隣に近侍していたウーガ中佐がようやくれる。


というように声を上げる。

「か、か、閣下！　攻勢の発動は、軍事機密です！」

こんな時に、こんな正論。

ウーガ中佐の表情を見れば、彼が本気で抗議を口に出しているのがゼートゥーアにも見て取
能力のある将校ではあるのだが、専門外だと存外に純情なのだろう。

「貴官は、演劇の演出を知らんのかね？」

「は？　閣下、それは……？」

「謀略というものを理解するべきだ。あるいは、人間心理の機微と言い換えてもいいがな」

「閣下⁉」

慌てふためくウーガ中佐の純情ですらある叫び声に対し、ゼートゥーアは擦《す》れ切った態度で肩をすくめていた。真面目だの、正気だのと、全く、大した人間性だ。

ゼートゥーア大将としては、ウーガ中佐の未熟さを笑える。

だが、ハンス・フォン・ゼートゥーアという個人としては己と比較し、眩しさすら覚えるものだ。こんな時に『そんな正しさ』を保てる部下への嫉妬すら覚えてしまう。

未練だった。

今日は、嫌というほどに、己の感情が己の魂に鉋《かんな》を掛けてくる。

だからこそ、ゼートゥーアはそこで頭を振ってそれ以上の余念を頭から追い出し、己の行動をウーガ中佐が理解できる文脈に置き換えて説明していた。

「敵の総大将、それも、私のような『詐欺師』が攻めに行きますとお電話だ。それも、イルドアではなく、連合王国の大使館に、だぞ」

「……控えめに申し上げても、意図が分かりません」

「その通りだとも、この意味が敵は分かるまい」

「は？」

キョトンとしたウーガ中佐は、本当に混乱しているのだろう。そして、それこそが正しくゼートゥーアの望む敵の反応でもある。

どうか、お願いだから。

不気味で悍《おぞ》ましい存在として、この自分を認識してほしい。

「分からないものは、不気味だろう。疑心暗鬼の温床とは言ったものだ」

不安というのは、往々にしてこのような形で育まれる。

恐怖してくれたまえ。

帝国ではなく、『帝国のゼートゥーア』を。

「なまじっか、謀略を得意とする連合王国人だ。可能性の亡霊に取りつかれて、思考が固まるだろうて」

敵の得意な領域で、一芝居。

ただの演出にすぎず、言ってしまえば詐欺の手口。

あまりにも小汚く、名誉ある軍人がやるべきやり口ではない。しかし故郷と祖国に想《おも》いを寄せたゼートゥーアにとってみれば全てが手札であり、全てが合理性だけで判断されるのだ。

なにしろ、とゼートゥーアは自嘲交じりに続ける。

「私は運命の女神に見放された男だからな」

「閣下？」

「運にさえ任せなければ、成功するんだよ、私は」

自戒とも自嘲ともつかぬ独白。ほとんど、無自覚に紡いだ本音だった。だが口に出してしまえば、自覚できる。胸の奥底から感情がこみあげてくる中、恨みつらみを敵への呪詛《じゅそ》に置き換え、ゼートゥーアは吐き捨てていた。

「ジョンブルの外交官どもには、私の八つ当たりに付き合ってもらう」

「八つ当たり、でありますか」

「紳士的な、だがね。彼らの好きなことを延々と考えさせてやるのが紳士というものではないかね？」

げっそりとする表情を浮かべたウーガ中佐には、言いたいことが数多あるのだろう。言わんとするところの大半は分かるが、機先を制するべくゼートゥーア大将は言葉を紡ぐ。

「なに、退屈するには早いぞ。我々は我々で楽しむのだからな」

不心得顔の参謀に対し、ゼートゥーアは悪い遊びへと朗らかに誘う。

「我々は、我々の得意とする戦争を大いに楽しむとしようじゃないか」

どこかピントの合わないカメラを覗き込むような視線でこちらを窺《うかが》うウーガ中佐に対し、ゼートゥーアはそこで軽く告げる。

「私は、なんとしても見学にいくぞ。特等席だ。歴史の大舞台で、見学者にして登場人物となるのだよ」

きょとんとしたウーガ中佐だが、さすがの彼も『特等席』という単語で言わんとするところを理解する。「失礼ですが、閣下、今、何をお考えに？」

最大限礼儀作法に適った翻意の訴えを寄越《よこ》す部下に対し、ゼートゥーアはにっこりと満面の笑みでもって告げる。

「最前線も、たまには悪くない」

「閣下！　お立場をお考えください！　指揮系統が……！」

全うな抗議。

全うな理屈。

ゼートゥーア自身が信奉していた『合理性』はウーガ中佐の言葉を是とする。

だが、もう、そういう時代ではないのだ。

総力戦の焔《ほのお》に身を焦がせば、議論はお終《しま》いである。言葉よりも、理性よりも、ただ、衝撃を世界に及ぼすことが肝要となるのだ。

「運命とやらをぶち殺さねばならん。人が歴史を、世界を刻むということを、糞《くそ》ったれの神様とやらに突きつけるぞ」

だから、お願いだ。

世界よ、騙されろ。

世界の敵だと、自分を認知しろ。

同日　帝国軍最前衛　サラマンダー戦闘団

事件が起きているのは、いつだって現場だ。

ただし、事件を起こすのは時として現場以外である。

むしろ現場の人間は被害者である。そんな不思議な気持ちと共に、ターニャはヴァイス少佐にその凶報を告げてやった。

すると、どうだろうか。

『信じがたい』。露骨に声にならざる本音を顔に貼りつけ、ターニャの信頼する副長は唖然《あぜん》とした顔で口を動かす。

「は!?　し、視察!?　……でありますか!?」

そうだ、とターニャは頷く。

いつになく狼狽《うろた》えたヴァイス少佐の様子からは、現実を受け入れがたい模様。無理もないことだが、現実は残酷だ。ターニャはこの上なく明瞭な言葉でもって彼の疑念を肯定してやる。

「ゼートゥーア閣下は視察をご希望だ。ここで、我々を」

「な、なぜここで!?　最前線も最前線なんですよ!?」

副長の疑問も道理だろう。イルドア側部隊と接触を保ち、必要があれば直ちに喰《く》い破るべく前進中の『前衛』だ。

鉄火場もいいところ。

このタイミング、この場所、そして、『やってくる人物』を思えばあまりにも酷い。

いっそ、小説か物語の一シーンかと思えば他人事だが……自分たちの部隊が巻き込まれるとなればターニャだって冷静さを保つのは難しいほどだ。

「ヴァイス少佐、落ち着きたまえ。私だって、ここが帝都の愉快な閲兵式場でないことは心得ているとも」

「でしたら、ご翻意を！　中佐殿でしたらば、説得も！」

「無理だ」

なおも食い下がろうとする副長に対し、指揮官としてターニャは手を振って無駄なことをやめろと伝えてやる。

「覚えておきたまえ。ゼートゥーア閣下は、ゼートゥーア閣下という生き物だ」

「大将閣下を、その、新種の生き物のように……。それに、前線はやはり危険です」

「確かに前線は危険だ。我々のいる帝国軍の最前列ともなれば、敵の斥候程度は日常的に覚悟せざるを得ん。敵の狙撃兵がいれば喜び勇んでスコープを構えるに違いあるまい」

だがな、とターニャは腕を組んでため息を零す。

「で？　それを伝えたところで、ゼートゥーア閣下が『よろしい』と翻意なさるか？　本気で、そう貴官は思うのかね？」

全部承知で乗り込んでくるはた迷惑な上官の笑顔がターニャの脳裡《のうり》に踊るのだ。

優秀で、物分かりがよし。おまけにターニャを公平に評価してくれる。この辺は、間違いなく得がたい稀有《けう》な上司だ。

ただし、たった一つだけ欠点もある。

致命的なことに、それは過度の愛だ。『国家』を、『祖国』を、『想像の共同体』を、彼は愛し過ぎている。ターニャの見るところ、それは合理的とは程遠い。

だからこそ、時折だが、ターニャはゼートゥーアという上司の行動が読めない。理解できない上司の言説は、ストレスの原因である。だが、さすがに折り合いの一つや二つはつけねばならないのが辛《つら》いところ。

「必要と判断したら、我々以上に前線に飛び込むことも辞さない方だと諦めるしかない」

つまるところ、戦争屋だ。もっと言えば、『戦争屋』以上の何かに変質しているやもしれないが。実のところを言えば、ターニャ個人としてもゼートゥーア閣下はもっと理知的でお仲間だと思っていたのだが……ストレスで壊れてしまったのだろうか？

やはり戦争は、残酷だ。

もっとも、部隊でナンバー2の副長相手だとしても、参謀本部の主を非理性的と評するのは不遜すぎる代物だろう。

軽くぼかすのが限界と見極め、ターニャは殊更深刻に響かないような声色で告げる。

「あれほど理知的な方が……と思うことはあるが。通り一遍というよりは、戦闘まで観察される腹の気がするな」

「し、信じられません。最前線で物見遊山でも？」

「東部を思い出せ、副長。見物どころか、嬉々《きき》として参加しかねんぞ」

「まさか、と言えないのが恐ろしい」

そうとも、とターニャは頷く。

「あの閣下だぞ。舞台があれば、そこに登壇せずにはいられないというべきかな？」

うっと表情を引き攣《つ》らせたヴァイス少佐は、ついに反論を呑み込む。あるいは、現実を直視したというべきか。

かくして、指揮官と副長は既定事実を粛々と遂行するべく行動を開始する。

具体的には共に責務を担う将校連との会合であった。

当然と言えば当然だろうが、ゼートゥーア大将の最前線視察に選ばれたという知らせは『今日一番の凶報』として士官連には衝撃と共に受け止められる。

アーレンス大尉は天を仰ぎ、メーベルト大尉は砲にもたれかかる。トスパン中尉は、咄嗟《とっさ》に陣地構築へ逃避した。

三者三様の反応は、厄介ごとに対する各兵科の癖だろうか。

いずれにしても、彼らは軍人であった。

避けられないと理解しさえすれば、心の準備ぐらいはなしえるもの。


ターニャ・フォン・デグレチャフという人格は、転生者である。帝国的軍国主義の他に、比較対象として参照し得るもう一つの『価値観』を持ち合わせている。

それは、平和的で文化的で創造的な社会人としてのごくごく平凡な規範だ。

その価値観故に断言できる。

戦争に行くか、上司を接待するかという二択であれば、迷うまでもなく接待の役目を選好するのだ、と。勿論、仕事の段取りが乱されるのは愉快とは言いがたい。けれども、組織人としての自由を永遠に満喫し続けることもまた難しいとは理解はできる。

何事にも、費用がかかる。戦時下の軍隊において、悲しいことに自由は無限の浪費が許される対象ではない。

どっちもいやだ、退職する！　などという自由はないわけだ。

選べるのは、戦争か、接待か。

もう、怒濤《どとう》の接待攻勢だ。誰だってそうだろう。上司の接待など、敵陣に切り込むことに比べれば百億倍気楽である。

故に、出番となるのは張り付けた笑顔だ。

可能な限り、背筋をぴしりと伸ばした出迎え要員ら。

要するに、社会人、組織人としての歓待プロトコルを起動させ、部下ともども歓迎のために整列するぐらいはどうということもない。

などと、腹をくくったターニャの元に姿を見せる大将閣下ご一行は実に軽装であった。なにしろ、数からして少ない。

護衛というか、随伴してくるのはバイクにまたがった憲兵がごく少数。大将閣下の乗用車に至っては、なんと、その辺の民間車と思しき自動車。護衛担当者の胃を思えば、心から同情したいところである。

だが、何よりまずいのは車から降り立った上司様の表情である。

燦燦《さんさん》と降り注ぐイルドアの陽気な太陽に勝るとも劣らぬ晴れやかで、上機嫌で、ニコニコとご満悦と思しきゼートゥーア閣下である。

「やぁ、やぁ、中佐。貴官の顔が見られて嬉《うれ》しい限りだな」

手を振り、親しげに笑う上司。しかも、軽やかな足取りで、こともあろうにターニャの傍《そば》へ近寄ってくる。

はっきり言えば、妙に演技臭い。

脳裡に響くのは、警報音。邀撃《ようげき》管制の管制官が緊急のスクランブルだと血相を変え、冷静さをかなぐり捨てて即応部隊を呼び出す脅威度である。

「どうだね、調子は。中々、気持ちのいい小春日和じゃないか」

「これは、閣下！」

最大限の警戒とともに、ターニャはありったけの社交辞令を総動員していた。

「閣下のご尊顔も、おや、イルドアの陽気のおかげでしょうか。ご尊顔を拝し、元気づけられる思いであります！」

目には目を、歯には歯を。

笑顔に対しては、それ以上の笑顔を。

空疎な美辞麗句に対しては、世界中からかき集めたありったけのふわっふわな感嘆表現と大《おお》袈裟《げさ》な身振り手振りで迎撃である。

「おや、嬉しいことを言ってくれるじゃないか。最近はどうだね？」

「陽気な日々が続くので、お天気模様に悩む機会が増えました。あいにくの快晴のため、敵砲兵が意外に活発なことだけが悩みの種でありまして」

ほう、ほう、などとゼートゥーア大将は穏やかに相槌《あいづち》を打つ。

「イルドアの穏やかな天候も、良し悪《あ》しか。とはいえ、華やかなことは結構なことだとは思わないかね？」

「と、申されますと？」

「花は散る前が美しいではないか」

唐突に紡がれる素っ気ない言葉に対し、引き攣りかけた笑顔を保つのは……ターニャをしても中々の一苦労であった。

物騒な発言。

それも、極端に。

桜の花が散るのを眺めての発言であれば風流なのかもしれないが、桜の木そのものをチェーンソーで切断しようとしているゼートゥーア大将が発するとは。

「千切れ、と？　実に名残惜しい限りです」

「感傷とはな。貴官も、戦場で、実に風流なことだな」

軽いからかいの交じる声に対し、ターニャとしては憮然《ぶぜん》と返答するしかない。

「……小官如きでは、閣下には及びません」

「なぜだね？　貴官のことは、高く評価しているのだが」

「光栄であります！　しかし、小官は、一介の軍人にすぎず、ただ、国家の命令を忠実かつ誠実に実行する歯車です。閣下の手足にすぎません」

責任なし！

合法的な命令に従っただけ！

法律を学んでいれば、それが『間違い』だというのは周知の事実だろう。けれども、法学史というものを齧《かじ》っていれば学説の変化も理解できてお得である。

例えば、『命令に従っただけだ』という一言。

これを『免責の理由』として第一次世界大戦時は両軍が乱用した。

それ故に、『命令だから』といっても機械的に免責されない法廷が必要とされ、必要であるが故に生まれたのが……『二度目』の時なのだ。この世界における今次大戦は、『一度目』だとターニャは確信し、安堵《あんど》すらしている。防衛医療さながらに、完璧な対応だ。

そんなターニャの危機感と軽い現実逃避に対し、ゼートゥーア大将の言葉は情け容赦なく現実を突きつける。

「ならばよし。イルドアに残された最後の華かもしれないが、そんなことは知ったことではない。派手にやってくれたまえ」

たまえ、という言葉と共に注がれる視線はごまかしを許す類いではない。

組織人として、諾という返答以外は許されまい。そんな諦観を押し殺し、凛々《りり》しい表情を作り上げたターニャは口元を押さえながら教本通りに背筋を伸ばす。

「ご命令とあれば」

「命じるとも。命令書を手配してある。敵の撃滅は、常に優先されねばならぬ」

そこまで言われれば、手足の側に選択肢はない。

否応なしかとターニャは腹をくくり命令を恭《うやうや》しく拝受して見せる。

「頂戴いたします。では閣下、小官はこれにてお暇を。取り急ぎ、前線で戦闘指揮をとらねばなりません」

失礼します……という別れの言葉をターニャが放つ前であった。帝国軍の大将閣下ともあろうお方が、にこやかに右手を差し伸ばしてくるではないか。

はて、と手を凝視したターニャに対し、ゼートゥーアは嗤う。

「お別れの前に、欲しいものがあってな」

は？　と疑問を零す間もなし。

「護衛だよ、デグレチャフ中佐。私の護衛に……そうだな、無理を言うのも憚られるところであるからな。ささやかな一個魔導中隊でかまわん。手配してくれたまえ」

護衛。

一個中隊。

このタイミング。

ターニャの脳裡に踊る文字は、衝撃に比例して巨大だった。動揺を織り込めば、正しく驚天動地というほかにない。

「指揮官はなんといったかな……ああ、グランツだ、グランツ中尉を貸してくれ。気心のしれた彼ならば、私も色々とやり易い」

「閣下、お言葉ではありますがご容赦を。小官はたった今、ゼートゥーア大将閣下から敵地襲撃命令を受領したばかりであります。『敵の撃滅は、常に優先されねばならぬ』とも命じられたのでありますが」

異議の申し立て。

たとえ、それが、儚《はかな》い望みだとしても……努力は尽くす。できる限り、足掻《あが》く。身に染み付いているのだ。負けている軍隊特有の悲しい習性が。

「そうか。では、どちらもやってくれたまえ」

ああ、とターニャはため息を零す。

分かっていたことだ。

命令は命令であり、上司は上司である。

護衛も碌《ろく》に引き連れていないのではなかった。ゼートゥーア大将は、現地で護衛を調達するあてがあったので『煩《うるさ》くない』程度に護衛を抑えたのだろう。

そして、現場でターニャは直接命令されたのだ。

帝国軍という軍事機構において、今、ゼートゥーア閣下の命令こそが文字通りに至上の命令と同義。故に、ターニャ・フォン・デグレチャフという中間管理職にできることはたった一つである。

否応のない速やかな実行であった。

なにしろ……とわずかに視線を上げれば、御顔に満面の微笑みを貼り付け幸せそうに微笑まれる大将閣下の笑っていない目が一対。

NEIN《ナイン》と言える環境ではない。

頭が痛いが、やるしかないのだ。

「……グランツ中尉をここに！　ゼートゥーア閣下直々《じきじき》のご指名だぞ！」

解説

【NEIN】　NO！　と言えるターニャちゃん？　いいえ、これは上司のポチ。清く正しい中間管理職なのです。

地図を眺めていたグランツ中尉は、形容しがたい寒気に駆られて思わず叫んでいた。

「うおっ」

背筋に走る悪寒。イルドアとはいえ、冬も近い。そう思えば不思議でもないのかもしれないが、どうにも嫌な寒さだなと地図から視線を逸《そ》らし、グランツは温めてあった飲み物に手を伸ばす。

「……グランツ中尉？　どうかされましたか？」

「ああ、いや、なんか調子がな。大丈夫だ」

心配そうなトスパン中尉の案ずる視線に対し、グランツは温かいお茶で一服し、大したことじゃないと軽く手を振る。

「ちょっとした悪寒があっただけだ。太陽の光は温かいが、まだまだ、寒い時期だからじゃないかな」

「あとで軍医にかかられるべきでは？」

「ただの寒気だと思うさ。こんなことで、一々、医者にかかっていたら冬は病室から抜け出せないじゃないか」

ああ、とそこで彼は軽口を挟む。

「冬の間は、ベッドでゴロゴロするのも悪くないかもしれないが」

「戦闘団長殿だけが、冬ごもりの脅威でありますね」

「違いない！」

はっはっはっ、などと快活に笑い合いつつも、グランツ・トスパン両中尉は広げてある地図に視線を戻す。

刻一刻と変化していく敵情を把握するためにも、得られた情報を地図へ正確に反映し、かつ修正は絶対に欠かせない。

同時に、その全てを頭の中に叩き込んでおくのも士官の務めだ。

砂糖をぶち込んだ安っぽい糧食の茶を啜《すす》り、地図を読み、地図を覚える作業というのは中々に集中力を使う。

もっとも、更新した最新の情勢は特段に変化がない。

今現在の時点では敵に大きな動きもなしだろう。

仕事がひと段落さえすれば、後は気の抜けたものだ。官給品のお茶に合わせ、自腹で買い込んだ茶菓子を取り出してカードで遊ぶぐらいの余裕は漂っている。

気楽といえば、気楽であった。なにせ、メーベルト、アーレンスといった大尉級の面々だけが司令部行きだ。

chapter III

中尉階級としては羽を伸ばせるわけで、魂の洗濯はありがたいものだった。

勿論、ゼートゥーア大将の視察とやらでサラマンダー戦闘団全体がピリピリしているのは先刻承知ではある。だとしても、それは偉い人の問題だと出世願望を投げ捨てたグランツ中尉は割り切っている。

中佐殿、少佐殿、大尉殿がゼートゥーア大将の随行役だとすれば、グランツとトスパンは下の取りまとめ役。雲上人と関わる機会などもとよりなし。しいて関わる部分を探せば、閲兵式もどきか。それだって閲兵のために整列するぐらいだろう。

上に顔を売りたいなどでなければ、無理をする必要もない。

地図を改めて眺め、地理の一つ一つに至るまで徹底して記憶してしまえば……ささやかではあるが、持ち場を守るだけでゆったりすらし得るわけだ。

いうなれば、平穏。

敢えて語るならば、予見できる日々。霧一つない、予見可能性に包まれるよさときたら！良い軍人であるグランツ中尉にとって、幸せを見いだすには十分である。自分だけの小さくとも居心地の良い場所を見いだせれば、さもありなん。

ついでに、トスパン中尉と軽口を交わし、カードで遊べれば言うことはなし。

さぁ、と一仕事を片付け、カードの面子《メンツ》を探そうと周囲に視線を巡らせたところでグランツ中尉の下《もと》へ歩み寄ってくる兵士が一人。

ちょうどいい、と声をかけようとした彼にとって……伝令役の兵士からもたらされしは、青天の霹靂《へきれき》であった。

曰《いわ》く、戦闘団司令部からの出頭命令。

通常、本当に急ぎの場合は無線での呼び出しだろう。伝令が口頭で呼び出しを告げてくる類いというのは、そう急ぎでもないのが常。戦闘団司令部さし向けのサイドカー付きオートバイで『問答無用で即時出頭の命令』とくるのは異例だった。

「中佐殿に何かあったのか？」

オートバイを運転する兵士に問えば、しかし、中佐殿ご自身からの呼び出しだという。歴戦の将校であるグランツ中尉は、これだけで覚悟を決めていた。

敵部隊の新手か。

はたまた、作戦の変更か。

大胆な挺身《ていしん》攻撃の可能性すらあるだろう。

何より、それを『無線』に載せることを歴戦の魔導将校たるデグレチャフ中佐が拒否しているのだ。

事態の重大さは、正しく、それ相応に違いない。……いずれにしても、歴戦の魔導将校をして覚悟を決める必要がある戦場だということは予見可能だ。

安穏《あんのん》たる安息日は遥か彼方。

仕事の時間が迫っている予感は嫌でも感じられる。そして、グランツ中尉という善き魔導将校は……役目から逃げることを是としない。

深呼吸を一つ。

それで、決意を固めるには十二分だと彼は知っている。

腹をくくり、意思を固め、いかなる事態に遭遇すれど狼狽えず。冷静沈着な意志の鎧《よろい》を心に纏《まと》う戦支度。

いかなる艱難辛苦《かんなんしんく》へも戦友らと共に飛び込む覚悟で指揮所に顔を出した彼は、一瞬のうちに緊張しきった場の雰囲気を感じ取る。

なにより、指揮官その人が苦渋の決断を迫られるが如き引き攣った顔ではないか。

内心、グランツは恐怖すらした。

なんと、デグレチャフ中佐殿に、覚悟を決めさせる事態だ！

この場に居合わせているのが副長のヴァイス少佐だけというのは、よほど機密を要するのだろうか。

しかし、と彼は同時に疑問を抱く。

だとすれば、なぜ、自分も呼ばれたのだろうか。

他の中尉連中、はたまたメーベルト大尉やアーレンス大尉といった上官らはなぜここにいないのだ？

混乱に拍車をかけるように、なんと、上官はグランツに微笑むではないか。

「グランツ中尉、おめでとう」

「は？」

「……貴官を上がご指名だ。気にいられたな」

上官をぽかんと見つめていると、ぽん、と肩に手が置かれていた。

はて、と振り返った背後には老人の顔。

ちょうど、自分の後ろ側を占めるように気配を隠していたのだろうか。この距離に近づかれるまで気が付きもしなかったという時点で……と混乱しつつ、見覚えのある顔に誰だっただろうか、と考え始める。

そして、答えを得かけた瞬間、脳が一瞬のうちに現実と向き合うことを峻拒《しゅんきょ》したがり始めていた。

しかし、悲しいかな、職業軍人として規律訓練されている身なのである。

その視線は自然と相手の襟元に輝く階級章のそれへと目が行く。

将官と見るや、条件反射で背筋が伸びていた。デグレチャフ中佐の薫陶《くんとう》染み渡りしかな、というところだろう。

くるりと周り、踵《きびす》を打ち付け、ピーンと姿勢を正す。

無意識のうちに全てを整え、そこでグランツの意識はようやく目の前の人物へと向かう。

「やぁ、中尉。久しいな。東部以来だが、息災かね？」

ハンス・フォン・ゼートゥーア大将その人が微笑みと共に声をかけてくれるというのは、無邪気な上昇志向の持ち主であれば歓喜に値するだろう。

生憎《あいにく》、グランツ中尉の野心は早々とつぶれているのだが。

「はっ、その、えっと……」

返す言葉に詰まる部下を憐《あわ》れんだのだろうか。

あるいは、それが、戦友愛だろうか。窮地におちたグランツに対し、デグレチャフ中佐から助け舟が差し向けられる。

「閣下、グランツ中尉を虐《いじ》めてくださいますな」

「顔見知りと親しく挨拶しているだけではないか。中佐、あまり年寄りの楽しみを奪うものではない。敬老の精神を一つ養うべきではないかね」

「小官は、年頃であります。若者の労苦に共感しがちでありまして」

上官の英雄的な姿は戦場で見知っていた。だが、こと、畳の上の戦いでもとなるとグランツとしては感無量極まりない。さりげなく、しかし、確かな牽制射撃を口頭で放つ中佐の姿は、光り輝く姿も同然であった。

その背中は偉大である。

「貴官に言われると、返す言葉もないな。よろしい、本題に入るとしよう」

ふむ、と愉快そうなゼートゥーア閣下を見る限りでは半ば予定調和のようなものなのかもしれないが……と気が付いたところでグランツは改めて疑問を抱く。

なぜ、自分は、呼ばれたのだろうか？

分かってはいるのだが、だとしても、それでも。

儚い願望だとしても、グランツは神に願う。

どうか、自分の恐怖が思い過ごしでありますように、と。

そんな彼の儚い願望に対する無慈悲にして残酷な宣告は思いやり深い上官の言葉によって文字通りに粉砕される。

「小官の部下としてみれば、グランツ中尉は実に優秀な魔導将校であります。もっとも、気配りや調整の能力はご期待されるだけ無駄でしょう。従兵や副官のような役割には実に不適です。折角のご指名ではありますが……」

「中佐、貴官は……つまり、猟犬に牧羊犬の真似事をさせるな、と？」

「牧羊犬とするには、少々、癖が強いかと」

「ふーむ？　つまり、貴官としては……私の護衛役としてグランツ中尉が不適格だと言いたいわけかね？」

やりたくないですと面と向かっては言えないグランツとしてみれば、どうか、とデグレチャフ中佐を見つめるしかない。そして、彼の視線の先にいる上官は正しく部下のためとあらば雲上人とでもいうべき将官相手にすら喰《く》ってかかってくれる。

「適任であるかを疑問に思う次第です。我が魔導大隊の魔導師は、いずれも槍《やり》の矛先こそが本分。防御すらも、矛としてのそれであり、盾としての役割を想定するものではありません」

「構わんさ」

「向き不向きがあると具申させていただきたく」

サラマンダー戦闘団の誇る戦闘団長。

その粘り強い抗戦は英雄的だ。グランツ中尉の憧憬交じりの視線を受けるデグレチャフ中佐の誠実な背中は、年齢を感じさせない大人のソレ。

「閣下、彼は私の部隊に必要な人材です。前線でこそ、国家のお役に立つでしょう。適材適所という言葉もございます」

「つまり、貴官は反対というわけか」

「お言葉に対し、賛成いたしかねると申し上げております」

大将を相手に、佐官が口にするには勇気を要することだ。

反論、反対、はたまた抵抗。

いずれにしても、デグレチャフ中佐はグランツの眼前で能《あた》う限りの反論をぶちかましてくれる。なんと、頭の下がることだろうか。

部下思いの上官だとは、グランツとて知っていた。

けれども、これほどまでとは！

胸中からこみあげてくる感動が、どうしようもなく胸を突く。

だからこそ……彼は破局の訪れをも理解せざるを得ない。

「デグレチャフ中佐、貴官の異議申し立ては『記録』し、『控えて』おこう。さて、他に何かあるかね？」

上位者の権限という圧倒的な戦力差。

「閣下、小官は参謀本部直属の航空魔導大隊を運用する責任者としての義務を、帝室と国家に対して負うものであり……」

「一個中隊抜けることによる戦果不足は、私が職権により免責しよう。とはいえ、何、貴官のことだ。一個中隊かけたぐらいで問題かね？」

「万全を期したいのです、閣下」

「悲しいかな、戦争だ。手持ちで最善を尽くすほかにあるまい」

「手持ちの確保に最善を尽くすことは、小官の責務かと」

じろり、とゼートゥーア大将に睨《にら》みつけられ、なお、デグレチャフ中佐はグランツを手放すまいと必死の抵抗を繰り広げてくれていた。

正直、大将閣下相手だ。

どこかで『切り捨てられるのではないか』と危惧していたグランツにしてみれば、もはや、言葉もない。

けれども、厳然たる事実が場に横たわっている。

デグレチャフ中佐は中佐であり、ゼートゥーア大将は大将だ。

前者は部下であり、後者には命令権がある。

「他には？　すまんが、これは決定事項だと解してもらいたいのだが」

沈黙する直属の上官。ちらりと向けられた憐憫《れんびん》の交じった中佐の視線を受け取れば、状況は明らかだ。

もはや、救援軍はなし。

軍歴において、初めて文字通りに孤立無援であることをグランツ中尉は自覚する。

啞然とする彼の前で、無慈悲な裁決を下すが如く、将官の綺羅星《きらぼし》をぶら下げたご老人はにこやかな表情をあからさまに作ってみせていた。

「どうやら、残るは彼の意志だけのようだね。違うかな、中佐？」

「…………はい、閣下。おっしゃられるとおりであります」

不承不承という顔ながらも、小さく、確かに、上官が頷く。

上官という最後の堡塁《ほるい》が失陥せり。そして、救援軍のあてはなし。グランツ中尉の眼前ではニコニコと不気味に微笑む雲の上のお偉いさん。見つめてくる視線は柔らかさを装った鋭い刃のそれ。経験則上、もはやこれまで。抵抗の無益さを悟ったグランツもまた……ついに白旗を掲げる。

「び、微力ではありますが、再びお傍に仕えさせていただきます！」

「やぁ、ありがとうグランツ中尉。貴官のことだから、そう言ってくれるとは分かっていたとも。志願してくれて、真に幸いだ」

覚えがないのだが、志願したことになっている。

呆然《ぼうぜん》と落とす己の肩に対し、ぽん、と置かれたゼートゥーア大将の手が何と重たいことだろうか。

「仲良くやろうじゃないか、中尉。なに、心配は無用だよ」

「と……おっしゃいますと？」

「貴官の経歴にはなるべく配慮を用意するつもりだ。叙勲申請で仲間に後れをとる心配はいらないさ」

同日　イルドア軍参謀本部

イルドア軍参謀本部の門をくぐった瞬間、カランドロ大佐は『確かにあったはずの過去』と

『今ここにある現実』の間に越えがたい断絶を見て取った。

「……世界が、変わっていくわけだ」

慣れ親しんだはずの職場に踏み込み、カランドロ大佐は思わず天に嘆く。

「狂った総力戦、か」

かつて自分たちイルドア軍人は、帝国軍人を笑ったものだ。

『総力戦』など、頭がどうかしている、と。平時のイルドア軍人らは優雅にサロンでワイングラスを片手に語らい合ったものだ。

国家理性がある限りにおいて、国家をして戦争に奉仕させるなど理解しがたい愚行だ。

なにしろ戦争は、政治の延長にすぎず、だとすれば『戦争を目的とする戦争』など本末転倒にもほどがある。国家に戦争が奉仕すべきであり、戦争に国家を隷属させようなぞ歪《いびつ》すぎる捻《ね》じれもいいところ。

だと、思っていたのに。

「……当事者となると、世界が違って見えるか」

いざ、戦争となれば、どうだ？　帝国を、抗戦当事国を笑えたはずのイルドアが戦火に焼かれてしまえば……参謀本部に漂っていた貴族的な残り香とでもいうべき超然とした態度は文字通りに消滅。今や、行き交う制服組、文民のいずれも表情が険しいことこの上なし。

切迫し、破産を余儀なくされ彷徨うが如き悲痛の表情といったところか。

第三者であれば、哀れさすら催さずにはいられない零落ぶり。イルドアの余裕は今や変質してしまっている。

「だが、無理もない」

ぽつり、とカランドロの口を突くのはどうしようもない現実のすさまじさだ。

主軍が瓦解《がかい》し、予備役の動員前に装備を喪失。

こんなことが、ありえるのか。

いくど自問自答しようとも、悲惨な現実は厳然たる事実なのだ。

明らかな帰結として、帝国軍の猛攻を前にイルドア王国軍は瓦解しつつあった。奇跡的な停戦合意で一週間の執行猶予がなければ、どうなっていたことか。

前線に投入しうるはずの師団は大半が壊滅し、わずかな時間で根こそぎかき集めても残っているのは辛うじて二十個師団程度。それとて実働師団と数えるには……内実が寂しい限り。定数割れの残骸のようなもの。

国家理性を投げ捨てた戦争屋と内心で馬鹿にした帝国軍人は、しかし、こと、『戦闘』に限っては世界に冠たる『戦争屋』であることを証明してのけ続けている。連中を戦争しか能のない無能めと嗤おうにも、自国の様《さま》ときたら、なんたることか。

そして、あのゼートゥーアという怪物ときたら。

……ほんのすこし前、あれと会話を交わしたという事実が今なお恐ろしい。

あれが、あれの軍隊は、きっと、と恐怖させられるのだから。

「東部で免疫を獲得したつもりの自分ですら、こうか」

敵に呑まれ、不合理な畏れに支配されかける時点で心理戦に敗北しているのは明らか。そして、それはカランドロ個人にとどまらないのを彼は自覚している。

ただでさえ、状況は芳《かんば》しくない。

勝ち戦に意気を上げる帝国軍に対し、実質的に半数以下の兵力で防衛にあたることになるイルドア軍。

瓦解しないのは、ひとえに、彼らにはまだ最大の希望が遺《のこ》されているからだ。

同盟国 - すなわち、合州国軍である。

既に到着した先遣隊の存在は、イルドア当局をして愁眉《しゅうび》を開くにたるものだ。ここからは時間さえ稼げれば、合州国軍の更なる来援がある。

となれば……イルドア側のやるべきことは徹底した時間稼ぎ。

だが、とカランドロ大佐は頭を振る。

「時間を稼ぐためにも、『自信』が必要なのだが」

前線で、そして、ゼートゥーアという悪魔を見知った彼にとって……敵の悪意を、恐るべき執念を受けて立つ軍隊の心理状況はどうしようもなく心もとない。

「悪魔を相手に、戦い抜くという意味を上が理解してくれるかどうか……」

無論、彼は帰還するなり意見具申ならばした。

警告とて山ほど発した。

そして、悲しいことに『貴官の懸念は理解した』と上司に答えられてしまうのだ。

実際、ガスマン大将を指揮官とするイルドア王国軍防衛部隊の将校らは、戦略次元の認識においては実に優秀であっただけに『一面』は適切に理解してくれたのだ。

帝国軍の進撃速度が衰えつつあることを捉えるや、防御陣地による阻止を決断。

張子の虎師団とて、陣地防衛で張り付ける分にはまずまず機能すると彼らは算盤《そろばん》を弾《はじ》く。自軍戦力を冷静に把握し、かつ無理のない範囲で可能なことを確実に進めるという方針は至極真っ当で、至極穏当だ。

だからこそ、カランドロ大佐その人だけは断固として防衛計画に反対した。

『守ること』を目的とした陣地構築は、あまりにも危ういのだ、と。

そして、今もまた、彼はガスマン大将その人ににじり寄り、どうか、と懇請する。

「火力が中途半端である以上、我々は殴り返す拳を用意しなければなりません。帝国軍に休息を与えるが如き時間の浪費は……」

許容されない、というカランドロ大佐の上申はしかし『戦線を支えるのが優先されるべき』という真っ当な常識――あるいは戦前の良識によって棄却される。

護るべきものを護るというイルドア軍の決断。尊く、政治的に正しく、なおかつ軍事的に合理的でもあるだろう。

だからこそ、カランドロ大佐がカッサンドラとなる。そう、彼は、悲劇の預言者なのだ。

凶報を告げる正しい予言こそは、正確に悲劇の到来を予見するが故に、決して、受け入れられない。

統一暦一九二七年十二月六日　イルドア戦線

グランツ中尉という尊い生贄《いけにえ》により、ターニャら、サラマンダー戦闘団の将校らは行動の自由を回復した。

『敵の鼻をぶち折れ』なるご無体な命令は残っているが、仕事のやり方に関して社長直々に監督されることから営業部全体が解放されたようなものだろう。

ならば、とターニャは部下の将校らを招集し、上の方針を速やかに実行へと取り運ぶための最終確認を始める。

補助はセレブリャコーフ中尉。

他の列席者はヴァイスス少佐、メーベルト大尉、アーレンス大尉、そしてトスパン中尉という各兵科の責任者らであり、彼らは一様に難しい顔で地図を覗き込んでいた。

同時に、勉強させるためとしてターニャはヴュステマン中尉を同席させている。

「さて我が戦闘団の将校諸君、どうだね、敵は？」

ターニャの問いかけに対し、真っ先に答えを返すのはやはりというか、機甲屋らしいアーレンス大尉である。

「やはり、何度確認しても同じです。地図から判断する限り、非常によく構築され、突破しにくい陣地です」

同感だ、というようにメーベルト大尉が言葉を継ぐ。

「よく練られています。恐らく、陣地のつくりからして後方にある敵の砲兵陣地からの緊密な援護を期待しているはずです。まずいことに、敵の偽装は優秀で我が方の偵察活動は敵砲兵陣地を完全には特定し得ておりません」

機甲屋と砲兵屋の渋い顔に釣られたわけではないのだろうが、同じような堅い顔のヴァイス少佐に至ってはため息まで零している。

「どうした、少佐」

「陣地への正面攻撃は、いつだって気が重たいものです。……最近の陣地は、魔導師対策も入念ですし、そう簡単に吹き飛ばせません」

「ふむ……トスパン中尉、貴官は？」

ターニャの指名に対し、歩兵を率いる男は実に率直に首を横に振る。

「付け足すことはありません。できる限りの工夫はいたしますが、陣地攻撃である以上、相応の犠牲は覚悟せざるを得ないかと」

続出するのは、悲観論。

敵を侮《あなど》らないのは結構だが、場合によりけりだなとターニャは苦笑する。

「諸君らは一様に慎重だが……さて、戦争とて遂行するのは人間だということを忘れてはいかん。この点、イルドア軍の人に注目すべきである」

元人事として、なにより、誠実なコミュニケーションを得意とする近代人として人間理解には自信があるのだとターニャは密《ひそ》かに自負してやまない。そして、経験によって自己の理解が正しいことを確信し得る。

「イルドア軍の構成員について言うならば、頭脳は優秀だ。ただし、彼らは幸せなことに戦争経験が足りない。皆が幸せになれるな」

「皆が？」

嘘だろうという顔で応じる副長に対し、禍福は糾《あざな》える縄の如しだとターニャは軽く肩をすくめる。

「一つ、イルドア人は悲惨な戦争を経験せずに人生を謳歌《おうか》できた。一つ、そのおかげで我々は経験不足の秀才を簡単に殴り飛ばせる」

「えっと……」

曖昧に言葉を選ぶように沈黙する部下の将校らに対し、ターニャは緊張をほぐせとばかりに手を振ってやる。

「別に難しい話ではない。我々の敵は優秀な頭脳でもって、今次大戦の戦訓を学んではいる。ただし、経験しないと分からないことに関しては無知も同然で、間違いなく『負け癖』というものについて学習不足な敵だ」

組織も、人も、いや、それ以上に個人もか。

要するに、スパイラルだとターニャは軽く微笑む。

「敗北の経験が抜けないうちに守りに入った軍というのは、心理的に敗北している」

小さくてもいい。

それこそ、遭遇戦レベルでもいいのだ。

『小さな勝利』、あるいは『勇気を振り起こすに足る勝利』とでもいうべきトロフィーがありさえすれば、相手の防御計画は恐るべき強靭《きょうじん》さを発揮するに違いない。

だが、負け犬が穴熊に走れば……？

実に脆《もろ》い。

ただ、それに尽きる。

ターニャは、経験則から確信し得るのだ。

「敗北は、勝利によってのみ癒やされるのだ。兵士が自分を信じられない軍隊というのは、額面戦力に比して驚くほどに脆いぞ」

どれほど堅固な陣地であろうとも、そこに籠《こ》もる将兵が最後の最後まで守り抜く決意を固めていなければ意味がない。

小田原城が正にその典型例だ。あるいは、大阪城もまたしかりか。

心が砕ければ、小田原城は開城せざるを得なくなる。

太閤《たいこう》肝いりの大阪城でさえ、ハードとしての城を運用するソフトとしての守備兵には恵まれなかった。勝利を確信した守備兵は手に負えないが、敗北に怯《おび》える守備兵というのは、衝撃で突き崩し得るという先例には事欠かない。

思案し、ターニャとしては眼前で正統派の陣地を構築しているイルドア軍の心境に思いをはせ……簡単な結論を導き出す。

心は、ガタガタだろう。

ならば、恐怖をあおり、自らの怯えに囚《とら》われた尻を蹴り飛ばしてやる。

「アーレンス大尉、少し無理をしてもらいたい」

「ご無体な命令はいつものことですが、今回はどのように？」

何げない部下の返答に滲《にじ》む潔い諦《いさぎよ》めの色は、無理難題に慣れ切ったという実に頼もしい擦れ具合か。アーレンス大尉の上司として、そして何よりも善良な中間管理職として、部下と信頼関係が築けていることをターニャは誇る。

ふん、と鼻を鳴らすや、ターニャは敢えて平然とした口調で業務を告げてやった。

「師団単位の戦車部隊として賑やかに振る舞ってくれ」

「それはつまり……？」

「レルゲン大佐殿のところの第八機甲師団を我が隊と誤認させられれば理想だ。敵に我が方の数を誤認させて、ビビらせてやれ」

古典的な偽兵。

教科書でさんざん読んだことのある陽動作戦だ。

「……めちゃくちゃに弾と燃料を使いますが」

「いいとも、やりたまえ大尉。戦闘団主力を師団と敵に誤認させられるのであれば、実に安い経費だぞ。出し惜しみは一切無用！」

師団単位の機甲師団に襲われたとなれば、敵の防衛線は『揺らぐ』。

単純に言えば、怯える。

そして、敵司令部は戸惑うに違いあるまい。

敵兵に至っては、師団の幻影に呑み込まれることだろう。

「メーベルト大尉！　アーレンス大尉に砲兵支援だ。こちらでも、師団砲兵並みの火力発揮を期待する」

敵の恐怖を最大化するためには、できる限りのことをしなければならない。人の嫌がることを率先して実行あるのみだ。

「ヴァイス少佐、トスパン中尉、貴官らはご苦労にも戦車直協組だ。私とちょっとしたドライブに行くぞ」

はい、と頷いた二人を代表し、そこでヴァイス少佐がちょっとした疑問を口に出す。

「ところで、どちらへドライブを?」

「敵陣地だ。陣地を食べよう、諸君。イルドア産の陣地は、きっと、連邦や連合王国のそれよりもずっと美味だろうよ」

同日　イルドア王都／イルドア軍参謀本部

イルドア軍の首都防衛指揮官は本質的な問題を正確に理解していた。

「指揮官の人選を深刻に間違えているな」

ぽつり、と呟《つぶや》くのは指揮官その人……つまりは、ガスマン大将である。

なにせガスマン大将自身が、首都防衛司令官として己ほど不適切な軍人も稀《まれ》だとつとに自覚していた。

己を知る彼自身、自己の適性は軍政に限ると自認すらしている。

だからこそ、実戦を担う作戦屋こそが防衛指揮では表舞台に立つべきであり、自らはその後方支援が本来の天職だと認め、地位を辞退すらした。

が……不幸にも。星の巡りに見放されたとでもいうべきか。

軍政家として、ガスマン大将はあまりにも優秀かつ良識的であった。

イルドア軍に対する国家の、政府の、宮中の、ひいては国民世論からの信頼を取り付けるという点で彼は成功しすぎたと言ってもいい。

政治家の見る『立派な軍人』であり、宮中からすれば『話が通じる軍人』であり、危機の時代にあって衆目が一致して『なんとなく頼りになりそう』と頼むオーラを醸《かも》し出してしまう長い軍歴に瑕疵《かし》のない軍人なのだ。

悪いことに、威儀を正せばガスマン大将は絵になる。

平時にあっては、予算獲得や調整に利すると重宝される外見は……イルドア危機の時代において、分かりやすい『安定』の象徴となってしまうのだ。

そういう軍人にこそ『大事を任せたい』などと誰かが言い出せば？

辞表も、適任者の推薦も、『謙虚さ』の表れとして受けながされ、堂々と指揮権が押し付けられるというわけである。

故に、彼は不慣れな決断の連続で摩耗していく。

何よりまずいことに、敵の意図が皆目読めない。奇妙な帝国軍の動向は、ガスマン大将の視野に恐るべき濃密な霧を形成していく。

「……分からん」

司令官私室に一人で籠もったガスマン大将は呻《うめ》いていた。

「やはり、私のスタイルでは無理なのだろうな」

司令部で参謀らの意見を聴取し、無数の参考意見にそれぞれ一理あることを認めつつも、全体の意見を調整する……というい つもの軍政の手法が作戦指導では通用しない。

調整者としてはそれでいい。だが、決断すべき指揮官としては遅すぎる。ガスマン自身、調整することを得意とするタイプだ。断じて決するということは、不得手というほかになかった。

そんなことは、ガスマン自身が自覚している。

自覚しているが、さりとて、誰かに判断を外注する危険性も彼は知っているのだ。

責任者は、常に、自己で決断しなければならぬ。

だからこそ、ガスマンは葛藤するのだ。もっとも、敵が並の軍人程度ならばガスマン大将だってそつなく決断し得ただろう。

彼の不幸は、『敵』について知ろうとしてしまったことにある。

悪辣なゼートゥーアという参謀将校の意図をトレースしようと努め、敵側たる帝国の視点で考えれば考えるほど……常識では敵の意図が皆目見当もつかない。

「帝国の連中、本気で、イルドア王都を攻略するのか？　それとも、これも、停戦交渉と同じで政治交渉のための圧力なのか？　あるいは……目標が違うのか？」

いわば、半信半疑。

地図を睨みつけ、前線から飛び込んできている報告を統合しても、敵の攻撃はちぐはぐというほかになし。

王都を襲わんとしているのは、有力な敵機甲師団が二個程度。

強力な部隊ではあるが、強力な部隊なだけでもある。

「王都を襲うには、あからさまに少ないな。機甲師団と市街戦の相性が優れないのは帝国軍自身が証明しているはずだが」

むろん、野戦では脅威だ。防衛線はわずかに揺らぎ得る。だが……受け止め得る範疇ではあるだろう。

ガスマン自身はイルドア軍の脆弱《ぜいじゃく》性を認識しているつもりであるし、部下であるカランドロ大佐が再三警告を発していることを踏まえれば、帝国軍という脅威を過小評価するつもりは微塵《みじん》もない。

それでも、軍事的常識から彼は一歩引いた判断に落ち着く。

「重大な危機とは程遠いと見ていいだろうな」

なにしろ、陣地に籠もっての防御戦だ。

入念な計画、適切な反撃、そして現場レベルでのイニシアチブ。いずれにしても、事前の想定通りに進めば十分に対処可能なレベルというところか。

「ラインと東部の両戦線が証明している。固められた陣地の正面突破は、基本的に多大な数的優勢と、絶大な流血なくしてはならず」

攻撃側には主導権が与えられるが、防御側には陣地という地勢の利が与えられる。言い換えれば、防御戦を戦う側が基本的にはどうあっても有利なのだ。ライン戦線の戦訓報告書と、その後の分析結果で繰り返し確認された事実である……と彼は小さく自分に言い聞かせる。

「カランドロ君は、この程度でも大いに杞憂《きゆう》か。彼も優秀だが、東部で毒されたかな」

帝国軍が東部でなりふり構わずの姿勢を示したことに幻惑されている部下を惜しみつつ、ガスマン大将は国力の数字を脳裡に思い浮かべていた。

長らく総力戦を戦い抜いている帝国のことだ。慢性的な損害の結果として血と鉄は不足しがちだろう。帝国は世界を敵に暴れ続けているのだ。強大な軍事力を誇った帝国軍とて、内実では貧血寸前でもおかしくない。

さて、ここで次なる疑問が浮かぶ。

ただでさえ東部戦線で無限に等しい消耗戦を続けている帝国が……自ら新しくイルドア方面でも多大な流血を辞さない無茶をやれるだろうか？

「カランドロ大佐の危惧する『正面突破』は恐らく偽装。我々の思考を縛る陽動とみていいだろうな。となると、やはり……合州国の専門家らが警戒するように、王都を迂回《うかい》し、野戦軍主力を包囲撃滅する腹か？」

迂回、包囲、撃滅の機動戦術。

陣地を迂回し、陣地と後方を寸断し、孤立した陣地を締め上げるやり口。悪辣なそれは帝国軍、中でもゼートゥーア大将が、東部の戦域で頻用したやり口だ。

「敵の標的次第だな。……イルドア軍と合州国の師団が敵の狙いか？　我が方の野戦軍を王都に閉じ込めることが目標だと？」

逃げ場のなくなった野戦軍の運命は、どうか？

「手札の乏しい帝国にしてみれば、包囲下に置いた我が軍の部隊は便利な交渉カードになることだろうて」

煮るなり、焼くなり、交渉するなりとお手軽そのもの。

やり方は自由自在だ。まして、ゼートゥーアの奴ならば、活用する悪辣な算段を幾らでも弾くに違いあるまい。

そこまで呟き、ガスマン大将は苦笑する。

敵の指揮官たるゼートゥーア大将は算盤の弾き方を心得ている稀有な帝国人だと高く評価して久しいのだから。

「カランドロ大佐の危惧が万一当たっていれば……」

王都失陥、それも、大混乱とともに。

それだけは何としても避けたい。

だが、十中八九それが『敵』の意図する陽動ではないかという危惧もある。

「戦場の霧とは言ったものか。頭ではわかっているが、だからこそ、敵がどこに意図を置いているのか確信できないのが不気味でしかない」

敵の主目的は、そもそも、どちらなのだろうか。

「王都か？　野戦軍か？　猪武者《いのししむしゃ》であれば、首都をちらつかせれば突進するだろうて。しかし、あの詐欺師が唯々諾々と闘牛士に煽《あお》られた牛のように突っ込むものか？」

しかし、そうこちらに思わせることが敵の目的だとすれば？

はたまた、一石二鳥を企《たくら》んでいるとすれば？

はぁ、とガスマン大将はため息を零す。

「帝国人の考えていることが理解できん。連中、一体、何を考えているんだ？」

腕組みし、ガスマン大将は改めて考えなおす。

「ゼートゥーア大将の行動は？」

敵の指揮官は、何を重視しているか。

これまでの行動を並べ、奴の行動が示す先にあるのをガスマン大将はおおよそ正確に理解しているつもりだった。

カランドロ大佐曰く、あれは『敗北』すら想定しているというが。

どうにも、大佐は敵に呑まれているらしい。とはいえ、とはいえ、少なくとも、イルドアの全面占領などゼートゥーア大将が一顧だにしないだろうというのは信用できそうだ。

落としどころは、どこかにあるはずである。

ふむ、とガスマンはここまでの思考を整理する。

「一見すると乱暴無比だが、奴の底意は……『北部』に対する事実上の保障占領か？　全面占領を目論んでいるとは考えにくい」

中立国イルドア。

それが、過剰にアライアンス寄りとなったことの反応として『緩衝地帯』としての北部を軍事的に確保。

暴論だろう。

しかし、事実として帝国はイルドアを殴った。

ガスマン大将に言わせれば、重たいが……牽制にすぎない一撃だが。イルドアをノックダウンというよりは怯《ひる》ませるためのジャブだ。

進軍を敵が一時停止した際は、これを契機に北部の防備を固める腹かとも合点したのだが。

「となれば……嫌がらせで首都を一撃。あるいは、野戦軍を誘導しての撃滅か？」

どっちつかずだが、理屈としては蓋然《がいぜん》性が高い。

北部を確保する前の、ちょっとした牽制としてのジャブ。マトモに受けるのは、馬鹿馬鹿しい限りか。なにせ多くの部隊を失ってしまったイルドア軍にとって、今、ここに残された師団はあまりにも希少すぎた。

これらの野戦軍を喪失すれば、文字通りに無防備なイルドアを帝国軍が難なく制圧してしまうだろう。

それに、とガスマン大将は首都特有の事情に気を揉《も》む。

「なにより、王室だ。王に首都を退避していただくべきか？　それとも、踏みとどまっていただく方が……」

ああ、と彼は頭を抱えながら思案し続ける。

計算に入れるべき要素が複雑すぎる、と嘆きながら。

同日　帝国軍最前線

戦場というのは、実に単純だ。

ごちゃごちゃ言う前に、とりあえず生き延びることが先決。

ノーベル賞級の卓越した知性とて、脳味噌《みそ》の物理的強度に関しては人並みだろう。四の五の考えているうちに銃弾を撃ち込まれれば脳味噌が死んでしまう。

核兵器を生み出せる頭脳だって、銃弾一発で戦地に脳漿《のうしょう》をぶちまけておしまいだ。屍《かばね》になってしまえば、もはや叡智《えいち》の話どころではない。

だからこそ、ターニャは平和の素晴らしさを噛《か》み締める。

「平和であれば、人間はもっとマシなことに従事できるのだがなぁ」

揺れる、自軍戦車の装甲板の上で。

がちゃり、とターニャは装甲板の上に据え付けた野戦電話を取り上げる。ちなみに、電話の繋《つな》がった先は自分が装甲板の上にしがみついている戦車の車内。

ガタガタ揺れる装甲板の上の乗客と、分厚い装甲の中でエンジン音が愉快な車内の乗員とで会話するために、必須の装備だ。

ちなみに正規の備品ではない。

現場で創意工夫を経た小改修なので厳密に言えば規律違反の改造品である。だが偶々装甲板に穴が開いていて、装甲板の補強素材に電話線を選び、たまたま通話ができる機能が付いていたならば……と強弁に強弁を重ね、擁護するだけの価値はある。

兎《と》にも角にも、そんな受話器を片手にターニャは戦車の車長、アーレンス大尉に状況を問いかける。

「敵の増援は⁉」

戦場の喧騒《けんそう》に負けぬよう、怒鳴り声を張り上げるターニャに対し、外に負けずとも劣らず騒がしい車内でアーレンス大尉が吼《ほ》えて返す。

「無線機で聞ける範囲では、観られないとのことです！　敵は、我々の陽動に反応していないのでは⁉」

「の、ようだな！」

そう応じるターニャの傍で、空気が揺れる。

嫌な距離で、榴弾《りゅうだん》が炸裂《さくれつ》したのだろう。敵の砲兵はまぁまぁ仕事をしている。挙げ句、ドンドコと砲弾が撃ち込まれてくるのだからたまらない。

そして、防御膜に突き刺さる奇妙な破片。

砲弾か、爆弾か、あるいは対空砲の破片か？

防殻を軽く指で撫《な》で、ターニャは苦笑する。防御膜は元より、防殻さえも纏《まと》えず、地上を歩兵として進軍する歩兵は限界だろう。

ターニャらとて、タンクデサントの真っ最中だが！

他人を肉壁にするのは大好きだが、この自分が戦車の肉壁になるというのは実に不愉快極まりない。

何処《どこ》のどいつが考えたことだと正気を問うべきところだろう。

ところが、困ったことに発令者は自分自身ときている。

己の正気を疑うべきだろうか。はたまた、戦争の残酷さと不条理を心から糾弾するべきだろうか。

「やれやれ、平和主義者には世知辛いことだ」

いずれにしても、敵の反撃砲火は壮絶で、しかも陽動に反応がなし。

本来であれば限られた燃料と砲弾の浪費を戒め、サッサと尻尾を巻いて退散するべき局面だろう。

だが、とターニャは眼を細める。

敵の反撃は、ただ、『火砲』によるもの。

はっきりと言えば、陣地に動きがまるでないのは異常だ。

まさか、という思いはある。

だが、同時に『もしや』という期待もあった。

「アーレンス大尉！　敵の怯えを考慮しろ。敵が陽動を無視したのではないとすればどうだ!?

対応を放置したのだとすれば!?」

「は？　すみません、今、なんと!?」

「我々が、放置されているのだとすれば、どうだと聞いている!!!」

「嘘ですよね⁉」

そうだな、とターニャも頷きたい。

敵が怯えて、陣地で震えているだけだとすれば。

反撃も意図せず、ただ、ただ、大砲でこちらを追い払おうとしているだけであれば。

『急迫』こそが唯一の最適解。

だが、それは博打《ばくち》だ。

蹴り飛ばし、吹き飛ばし、蹴散らせる。

陣地への正面攻撃は、あまりにもコストが高い。適切に練られた敵の反撃計画は、防衛計画は、拙攻など容易くはじき返し得るもの。

だが、だが、だが、とターニャは直感を信じたかった。

『信じたい』という時点で、もはや客観的ではないのだとは理解している。

だが、と『だが』が脳裡で反復するのだ。

連隊級だろうが、師団級だろうが知ったことかとひたすら陣地を固める敵の防備。主導権に一切の興味を示さない穴熊の如きそれだとすれば。

それは、ひとたび穴さえ穿《うが》てば敵の崩壊をも期待し得るのだ。否、それ以上だろう。蹂躙《じゅうりん》さえ、望みうる。

一瞬、わずかに目を瞑《つむ》り、ターニャは思案の天秤《てんびん》に見込めるリターンと、犯すべきリスクを乗せて思案する。

蹂躙の可能性、陣地攻撃の危険性。

ああ、冒険主義など糞くらえ。

それでも、経験が、積み重ねてきた血と汗が、これを好機というのであれば――。

一当たりするしかない。

それも、強烈な衝撃で。

要するに、ライン戦線仕込みの威力偵察。航空魔導師の本領を発揮すべき局面である。

「魔導大隊！　突入に備えよ！　繰り返す、魔導大隊、突入に備えよ！」

明瞭な号令。

戦争機械の始動装置を穿つ明瞭な命令。

歴戦の魔導師らが咄嗟に宝珠とライフルを握りしめ、指揮官らが問うような視線をターニャに向ける中、告げるべきは目標ただ一つ。

「威力偵察を行う。目標、敵陣地！　繰り返す、威力偵察だ！　目標は敵陣地！」

血まみれの魔導大隊。

敵の返り血に浸り、二つ名の白銀よりも錆銀と称される魔導大隊の指揮官その人からして事実上の育ちはラインの塹壕《ざんごう》戦。北部で、南部で、西部で、東部で、その牙を研いだ魔導大隊はベテランが宝石よりも希少となって久しい現代においては帝国の戦略資産そのものと言ってよいだろう。

この貴重なタネ銭で博打を打つのだ。

「陣地に引きこもった戦争処女どもに教育してやるぞ。航空魔導大隊、我らが大隊の誉れ高き戦友諸君！　ネームド魔導師を並べた魔導大隊は世界を食らうぞ！　我らに何ができるかを全世界に刻むは今ぞ！」

なるほど、魔導師は対戦車戦闘が得意だ。分厚い装甲だって、天頂からのトップアタックともなれば穿ちやすいだろう。

対空戦闘だって、不得手なりにこなし得る。戦闘機と異なる軌道が描ける魔導師は、航空機には望み得ないような旋回力と発着能力で経空脅威に対して一定程度の対抗能力を付与されている。

火力支援だってお手の物。爆裂術式、光学系狙撃術式に代表される軽快にして迅速な火力は空飛ぶ砲兵と評しても過剰ではあるまい。

砲兵そのものを支援させれば、弾着観測射撃にこの上なく貢献しうる兵科である。

だが、結局、帝国軍の航空魔導師は猟犬なのだ。本質において、それは、敵に食らいつくことを絶対の存在意義とするもの。

故に、ターニャは嫌悪と諦観を内に秘めつつ、檄《げき》を飛ばす。

「帝国の猟犬諸君！　我に続け!!　繰り返す、我に続け!!」

吼え、そして、飛翔《ひしょう》。

必要なのは、断固たる指揮官先頭の決意のみ。

己の背中は、いつもの如く副官がカバーしてくれるだろう。セレブリャコーフ中尉とのペアであれば、よほどの事態でも切り抜けられる。

他の部下？　彼らが後に続くかを案じるのは無用のことだ。

指揮官が飛び出し、士官が士官として義務と役割を担っていれば、どうして孤立することがあるだろうか。敵陣地に肉薄し、あるいは突破し、蹂躙するは、正しく当世の魔導師にとって本領であるというのに！

一々を説明するまでもない。

散々に中隊ごとの部隊戦闘を叩き込んでいるということもあり、ターニャの突撃命令が飛び出すと同時にタンクデサントしていた三個中隊は三つの鋭鋒《えいほう》を形成。

そのまま、空を飛ぶ魔導大隊が地を這《は》い低空飛行による突撃を開始。

敵の小銃や機関銃に撃たれたところで、防殻の硬さに任せ、同時に砲の照準は速度でかわすためのちょっとした工夫。

解説

【トップアタック】　戦車等の装甲は上が弱いらしい。ならば、上を攻撃すれば主力戦車も一撃よ！　の至極まっとうな発想。ちなみに誤字を招く魔法の単語としてカルロ・ゼン付近では有名であり、トップダウンアタック・トップアップアタックの誤字を僕はやらかしました。なお、担当編集はトップダウンアップという単語をひねり出しました。

魔導師版のパンツァーカイルというところか。

ましてて、先頭で切り込むターニャに至っては、普段はしまい込んでいるエレニウム九十五式すら持ち出しての突入だ。精神の汚染をもたらす代価としての防殻の分厚さは折り紙付き。

「主の御名において、道を示し、我を導きたまえ。我は歩むもの。苦難を求め、いばらの山に登り、果てにある主の栄光を讃《たた》えん」

口を突く汚染言語をイルドアの大地へぶちまけつつ、しかし同時に光学系の欺瞞《ぎまん》術式の並列発現も怠りはなし。

後は、巡航速度の戦闘機並みな速度で『突撃』すれば事足りる。

敵が唖然と対応を試みる間も与えず、干渉術式の煌《きら》めきを世界に発現させしめれば、なんと愛おしく懐《なつ》かしい糞と再会できることだろうか。

「蹂躪せよ！　一切合切を蹂躙せよ！　大隊！　蹂躙せよ！」

爆裂術式に加え、対陣地用の貫通術式が大隊規模の魔導師によって陣地の一角でぶちまけられ、地上にささやかな煉獄《れんごく》もどきをご提供。

陣地の外郭、その一角をむさぼり喰らうに足る一撃。

たとえ神話時代の勇者どもが籠もっていようとも、恐怖させてやるという断固たる決意を固め、第二〇三航空魔導大隊、それも、遊撃の名を冠しうる本物の航空魔導大隊が突入である。

イルドア軍に属する善良な人々が、震えながら、勇気を奮って構えた小銃を向けた先にいるのは、大砲でも持ち出すべき分厚い防殻を纏い、百戦錬磨の百鬼夜行とでも評すべきネームドの群れ。

発砲できたものは、正しく現代の勇者だろう。

砲を向けようと努力したのは、知恵ある賢者だろう。

けれども、善良なるそれらの人々の努力は、戦争芸術にのみ卓越した帝国軍人の中でも格別に経験豊富な連中の条件反射的な反撃によって文字通りに叩きつぶされるのだ。

さて、恐怖すべき怪異を前に、勇気を振り絞って立ち上がった戦士たちが『叩きつぶされた』衝撃はいかほどだろうか？

まして、『堅固』と信じていた陣地があっけなく蹂躙されたとすれば？

結果は単純。

複線化された防御陣地の第一線とても、実にあっけなくターニャらのひと当てにより陥落していた。

「わずか、三十名弱の航空魔導師が切り込むだけで、このありさまか」

ふん、とターニャがため息を零せば、苦笑するような副官の顔が一つ。

解説

【パンツァーカイル】 戦車が楔《くさび》形の陣形をとって突っ込んでいくための戦術。なお、想定されている敵はガッチガチに固められた対戦車陣地。戦車兵曰く、陣地は嫌い。ちなみに、対戦車陣地にいる対戦車砲の砲手曰く、戦車が嫌い。これぞ、相思相愛である。

「……その、他ならともかくですね。一応、ほら、こう、我々ですから。ベテランが切り込んだわけですから」

「たかだか、精鋭に切り込まれただけで崩れるというのもどうかと思うがね」

セレブリャコーフ中尉の何か言いたげな顔を他所《よそ》に、ターニャは彼女が差し出してくれた鹵《ろ》獲《かく》したと思しき無線機を握り、イルドア軍の通信に耳を傾ける。

「混乱、混沌《こんとん》、そして、動揺というところか。ふーむ、やはり、敵は負け癖がついているらしい。これは愉快だ。」

にまり、とターニャはほくそ笑む。

堅い防備というのは、防御戦における主導権への意欲があって初めて本物だ。教条主義的で硬直的だった初期の連邦軍ですら、『防衛線の静謐《せいひつ》』ではなく、『防御戦の主導権』を離すまいと食らいついてきたものだが。

「敵は防御戦を、防御線を守りぬくことと勘違いしているらしい。防御の本質を忘れたと見えるな」

今の今まで、放棄した第一防衛線の奪還なり破壊なりを目的とした逆襲部隊がやってこない時点で敵の戦意は大まかなめどが付けられるほどだ。

防御戦は反撃あり、遅滞あり、はたまた空間と時間の交換ありと何一つとして出し惜しみすべきではない。だというのに、これでは。

「どうやら、私好みらしいよ、ヴィーシャ」

「では、私も、部隊の皆も好きになれそうです」

「違いない！　どうやら、我々は案外と常識を共有し得ているらしいな！」

コモンセンスが共にあるのは、中々に愉快である。職場の人間関係が良好なことは全くもって喜ばしいの一言でもあるだろう。

何もかもが順調であった。

後続を呼び込まねば、などと考えつつターニャは機甲部隊に連絡をつける。

「アーレンス大尉、聞こえるかね？」

「威力偵察はいかがでしたか？」

「敵戦線を喰い破ってしまった。すまんな、貴官の分はなしだ」

「……なんと、まぁ」

無線越しにも轟《とどろ》いてくる戦車のエンジン音。そんな騒音の最中にあってさえ、微《かす》かに息を呑む音が聞こえる。もっとも、それだけだ。『まさか』などと余計な疑問を口にしないあたりアーレンス大尉は十二分に部隊に馴染《なじ》んでいるらしい。

「では……追撃の好機でありますか？」

事実、アーレンス大尉が紡ぐのは状況を理解した上での言葉だ。追加の提案ができるのは理想的な将校だろう。

意欲的で、プラスアルファの価値創造！

なんと立派な人材だろうか。

少しばかり上機嫌で上司としての幸せを味わいながらも、ターニャは厳かに部下の思い違いを修正する。

「アーレンス大尉、少し違う。我々は追撃を望み得ない」

「やはり、敵の殿軍《でんぐん》が？」

「いやいや、違うとも、違うとも、大尉」

随分と我ながらご機嫌だなとターニャは苦笑しつつ、眼前で繰り広げられている望外の光景をアーレンス大尉に向けてかみ砕いておすそ分けしてやる。

「敵司令部は、ここから引くつもりがないらしい。敵が一角の崩れた陣地に籠もり続けるならば、我々の仕事は、追撃ではなく掃討だろう」

「は？　後退して再編するのでは？」

「我々の常識ではそうだが、イルドア人の常識は少しばかり違うようだ。陣地を死守する構えだぞ」

ターニャの告げる朗報に対し、機甲屋が返すのはたっぷりの疑念である。

「あり得ませんよ、中佐殿」

「なぜだね、大尉」

「連中のすぐ後ろは市街地があるのですよ！　大規模な市街区域に籠もれば素人だって時間ぐらいは稼げます。なのに、野戦軍を丸々市外で包囲撃滅されるリスクを放置すると？」

市街戦を選ぶ素振りすら見せぬ敵。

経験豊富な軍人にとってみれば、なるほど、理解の範疇外やもしれない。事実、驚愕《きょうがく》を示すアーレンス大尉の口ぶりからすれば、字句通りに信じかねているのは明白だ。

故に、文明人としてターニャは極めて高尚な事実を教示する義務を自覚する。

「大尉、何を怒っているのだね。市街戦は本来選ぶべき選択肢ではないのだぞ」

「は？　いえ、勿論、小官としても現有装備で土地勘のありそうなイルドア軍と市街戦をやりたいわけではありませんが……」

違うぞ、とターニャは無線越しながらも手を振る。

アーレンス大尉は『大戦の当事者としては正しい』のだろうが、文明人としては実に基本的なことを忘れているらしい。

「総力戦の感覚を持ち込むな」

「中佐殿？　その、それは一体……」

「イルドア人は、正気なのだよ。彼らは、人々が暮らす街中で戦車や大砲、魔導師に機関銃をぶん回して戦争をやらかすという選択肢に恐怖しているわけだ」

大戦での当たり前は、正常な世界での非常識。観戦武官としてお越しになったカランドロ大佐殿の懐かしい顔を思い出す。

東部において、あの方は戦争の現状に慄《おのの》いていた。

ターニャらはとうの昔に『そういうもの』と割り切っている現実だが、しかし、平穏な世界の感覚からすれば煉獄の底と見なされる。この事実を客観視しておくと相対的な価値観の違いからささやかな利得を得ることも可能だ。

「連中の方が、文明人ということだ」

だから、とターニャは嗤う。

「暴力装置の威力を、嫌というほどに文明人諸君にご馳走《ちそう》してやる」

敵の底を覗き込んだのだ。

遠慮など、実に無意味だろう。

「サラマンダー・リーダーより第八機甲師団へ。お好みの地点で、突破し包囲されたし」

同日 帝国軍第八機甲師団

督戦の名目で最前線に足を運んだゼートゥーア大将は、自然な足取りで馴染みの第八機甲師団へ顔を出していた。

代理指揮官、レルゲン大佐にとっては試練の時間だ。

敵と戦うだけでも胃が痛いのに、突破の報告を待ち望んでいると思しき大将閣下と同席するなど胃の捻じれを生み出すのもいいところ。幸か不幸か、軍官僚として鉄面皮を身に着けているレルゲン大佐の表情筋は上官の前で平静を装い、地図を眺める演技を可能たらしめるがそれとても苦しい時間に違いはない。

だから、レルゲン大佐は願った。

どうか、この苦役から解放されるように、と。そして人徳故にか、あるいは、超常の存在による同情だろうか。彼の望みは、駆け込んでくる通信担当の士官によって叶《かな》えられる。

興奮顔の伝令士官が差し出してきたメモは、彼らが待ち望んでいた前線からの朗報を伝えてくるものであった。

一読し頷き、そしてレルゲン大佐は嬉々としてゼートゥーア大将にそのメモを回す。

「お好みの地点で、突破し包囲されたし？」

レルゲン大佐からのメモを読み終えるや、ゼートゥーア大将は少しばかり愉快そうに頬を撫でる。

「先遣隊はそう判断したか」

デグレチャフ中佐は、実に強気な見解を示したと言える。

実際、帝国軍は優勢ではある。しかも、敵魔導部隊といった有力な即応戦力はあらかた撃滅済み。航空優勢に至っても、西方と東方から引き剝《は》がしてまで成し遂げた戦力の集中により現時点ではなおも優勢を保ちつつある……というような全般状況だ。

手札は悪くない。だが、それでも突破を自在に行えるという前線からの示唆は強気というほかにない。

状況を勘案すべく、ゼートゥーア大将は腕を組み直す。

「ふむ」

穴を散々に穿ってやっているのだ。

突破できるという報告に異論はない。だが、包囲まで誘われるとはゼートゥーア大将にとっても予想外だ。

当然のように、ゼートゥーア大将自身は市街戦を想定して王都攻略にやや慎重だった。守備に当たるイルドア側の出方次第で。最悪、トレードオフが見合わなければ王都は放置してもいいと読んでいたほどだ。

だが、敵野戦軍を都市外で囲める可能性があるとすれば？　文字通りに、やりたい放題ができることだろう。それこそ、イルドア王都へ電話通りに晩御飯をごちそうへなりに行ってもいいわけだ。

「レルゲン大佐、どうだね。デグレチャフ中佐が、その猟犬じみた嗅覚で嗅ぎつけたのであれば、信じるに足る好機だと思うが」

「同感です、閣下」

言葉短く頷くレルゲン大佐に対し、ゼートゥーアは満足げに微笑む。

「では、大佐。貴官にも走ってもらうことになるな」

「微力を尽くさせていただきます！　それでは、小官らはこれにて！」

敬礼を一つ。

そして、颯爽と指揮所を飛び出し、レルゲン大佐が進発を告げて部隊の先頭に立つや、第八機甲師団は停止状態をなげうち、直ちに駆け出さんばかりのテンポで動き始めていた。

パニックにも見えるほどの急変だが、そこにあるのは、やるべきことを心得ている将兵らが奏でる調子よい合奏曲のようなもの。出撃する将兵らが歓声と共に制帽を振り、敬礼でもって見送られる一幕などは予定調和感すら醸し出す。

見送る側に立ったゼートゥーア大将は、ほどなくして結果を知らされる。

一言で言えば、完勝である。

「あっけないものだな。崩れるときは、一瞬か」

敵は、帝国軍の鋭鋒を前にふさぐこと能《あた》わず。敵のありさまに対し、ゼートゥーア自身、どこか拍子抜けしたような感想を零すしかない。

「イルドア‐合州国の合同防衛軍の防衛線の見た目は堅固であった。だが、どれほど入念な陣地とて、籠もる人間次第か」

若かりし頃、観戦武官だったころを思い出す。たしか、ルーデルドルフと『陣地戦』における戦意の意味について語ったのだったか。

「防御側の優位を私は説き、奴は戦意の優越を語ったものだがな」

結果だけ見れば、どちらも正しかった。

戦意なき兵隊が籠もる陣地は、攻撃側の決意を前に保ち得ない。

しかして、戦い抜く覚悟を固めた兵士の籠もる陣地は堅固だ。

当たり前と言えば当たり前の結論とも言える。

もっとも、どれだけ戦意を高めようとも、陣地の守りを固めようとも、結局は火力と国力で
ことは決される。どんな防備も力によって薙《な》ぎ払えるという事実を前にすれば、究極的な結論は国家戦略の偉大さを讃えることに終わるのだろう。

「やれやれ」

肩をすくめ、『世界を敵とする』という愚行を冒した帝国の高級将官として、ゼートゥーアはぼやくほかにない。

どれほど努力しても、世界を殴り殺せる国力に手が届かぬ。力がないとは、なんと寂しいことだろう。

「帝国は、帝国軍は、鍛えているのだがな」

イルドア軍、そして先遣された合州国軍だけならば、殴り飛ばすだけの拳はある。

機甲師団を主力とした帝国軍の一撃は、力の行使として教科書的ですらあるだろう。

実際、デグレチャフ中佐とレルゲン大佐は見事にやり遂げたのだ。

首都郊外にて固守に拘泥するイルドア軍を包囲。

包囲完成後、増援として急行してくる合州国軍部隊より攻撃を受けるや、包囲の一部を敢えて解き、救援部隊を包囲下に合流させしめその後、速やかに締め上げを再開。

ボクシングにすれば、見事なカウンターパンチだ。かくして、敵のノックダウンを世紀の対決と謳《うた》うリングで勝ち取った。

イルドア市民が固唾《かたず》を呑んで期待を寄せた守備隊？　リングの底に沈んでいる、というところか。それは守り手を失った都市が無防備な形で帝国軍の眼前に差し出されていることをも意味する。

かくて、眼前で崩れ去った防備に呆然とする市民が我に返った時、帝国軍第八機甲師団の先遣隊は早くも軍靴でもってイルドア王都の心臓部を闊歩《かっぽ》する。

もっとも、急速すぎるテンポは帝国軍も振り回さざるを得ない。

首都市街の制圧、それも大量の市民と外国人がいる街を……となると指揮官に休まる間もないのだろう。

レルゲン大佐が血相を変えて指揮所ごと前進し、制圧状況の掌握と諸問題の整理に取り掛かろう……という報告を受けた時点で、ゼートゥーア大将ほどの人物もまた礼儀正しく放置されていく。

乗用車と護衛部隊に取り囲まれ、ぽつんと。

より厳密に言うならば、彼は放置されたのではなく……督戦者として視察していた現地部隊が大いに進撃しただけだ。『お役目御免』とばかりに引き上げて後方から段取りを整えるだろう……となんとなく帝国軍の将校らが一様に思い込んでいたのも大きい。

ゼートゥーア自身はそんな思い込みに付き合う理由など感じておらず、煩い連中がいなくなったなぐらいの感覚と共に、兵隊煙草を燻《くゆ》らせながら彼は思案する。

状況は順調。

敵は意表を突かれて瓦解。

敵敗残兵に狙われる可能性はあるが……頼もしい盾を今回も借りてきている。

リスクとメリットを検討し、ゼートゥーアは結論づける。デグレチャフ中佐仕込みの魔導部隊があれば、やる価値はあるだろう、と。

要するに、売名である。

歴史書に、ゼートゥーアという文字を躍らせ、世界の眼を己が引き受ける。ならば、今、王都開城という歴史的な瞬間において躊躇《ちゅうちょ》は不合理。

軍事的合理性は、時に、政治と国家の要請に従属させねばならぬのだから。

「グランツ中尉、少し良いだろうかね」

駆け寄ってくる若い魔導中尉自身は顔面を取り繕っているつもりだろうが若干表情が強張《こわば》っている。

勘の良いことだ。もっとも、斟酌《しんしゃく》して配慮をしてやる余裕がゼートゥーアにはなし。

だから、彼は大真面目に軍人が理解し得る言葉で丸め込む。

「イルドア王都に向かうぞ。大急ぎで進出せねばならん。躊躇すれば、戦機を逸する」

「はい、直ちに！」

頷き、手配にかかる魔導中尉は誠実であった。

引き延ばしも、間延び策もなし。

護衛を引きつれ、一路、イルドア王都を目指す旅路。

そして整備された街道を飛ばすのは、実に順調な旅であった。

万が一を想定し、魔導部隊が直掩《ちょくえん》についていることを別にすればドライブ日和というところか。

「護衛も静か。やりたいことがやれる、か」

悪くないな、などとゼートゥーア大将は後部座席で葉巻を楽しむ余裕にすら恵まれる。

もっとも、真面目かつ善良な護衛指揮官としてのグランツ中尉なぞは『目的地』を知りたがり始めるのだが。

「ところで閣下。その、どちらへ？」

「王都に着けば、分かるとも」

などと煙《けむ》に巻きつづけれども、しかし、市街地にまで至ればさすがに返答を引き延ばして誤魔化すにも限界がある。

「閣下、進路は王宮か政府施設などでしょうか、あるいは、レルゲン大佐殿の司令部との合流でありましょうか」

「うん？　ああ、君、公的な進出ではないのだよ」

要領を得ないとばかりに首をかしげている若い中尉は、『都市の占領に伴う事務手続き』で自分が進出したと勘違いしていたのだろう……まぁ、誤解させておいた方が煩くないので黙っていたのだが。

「ここまでくれば、もういいだろうね」

にっこりと微笑んでやれば充分であった。

不吉さを感じ取ったのだろう。ギョッと硬直した中尉に対し、大将閣下としてゼートゥーアは実に丁重に話しかけていた。

「どうだね、グランツ中尉。一緒に少し歩かないね？」

「げ、下車なさると？」

外に視線を向け、振り返り、懇願するような瞳で再考を願うというあたり、グランツという中尉は相当に頑張った。

上官に直接口答えせず、同時に己の懸念を提示。

いやはや、立派な若者だ。

だが、それがどうしたのだ。

「こんな素敵な街路だ。散策してみたいと思うのは、野暮かな？」

降りようじゃないか、とゼートゥーアは口に出す。

無論、グランツ中尉の懸念は理解した上で。

市街地というのは、警護側にとって悪夢である。コンクリートのジャングルには無数の死角が存在し、高い建造物は数多の狙撃に適したポイントを提供し、あまつさえ家屋にいる住人の大多数が自軍に対して好意的ならざる時、市街地とは文字通りに恐るべき敵地と化す。

航空魔導部隊の精鋭とて、完璧な防御を提供すると断言し得ぬ空間。

こともあろうに、そこへ。

そんなところへ。

「ゼートゥーア閣下、その、本当に、ここを歩かれるのですか？」

懇請するグランツにしてみれば、文字通りに翻意を求めざるを得ない。

一介の中尉。

それが、大将閣下に意見具申という暴挙をしてもやらねばならぬ、と。

「君、私の言葉を聞いていたのかね？　イルドア王都陥落という実に歴史的な機会だ。この機会を逃せば、勝利の凱旋《がいせん》者として闊歩し得る機会は稀だぞ？」

「が、凱旋でありますか？　その……警備上の都合が」

「警備、警備と言うがね。軍人が危機を恐れて何とする？　この私に、臆病者として世界に名を残せと？」

不機嫌そうなゼートゥーア大将の双眸《そうぼう》に睨みつけられ、グランツは震え上がる。嫌な汗が滝のように軍服を湿らし、軽い眩暈《めまい》すらあり。

しかし、それでも護衛担当として義務を果たさねばならぬ。

「閣下、お言葉ではありますが、ここは敵地です！　それも、占領したてのイルドア王都であります！　どうか、ご慎重に……車内に！」

「君、逆だ」

「逆と申されますと」

「帝国軍の参謀次長が、びくびくと怯えている姿を見せろと？　百害あって一利なしだ」

ふん、と鼻を鳴らす『将官』の姿は尉官にとって悪夢である。

「……承知いたしました。では、我々が周囲を固めさせていただきます」

「何を馬鹿なことを。中尉、貴官が護衛に適さないとしたデグレチャフ中佐の言葉を聞いておけばよかったか。まぁ、あれだ。臆病なふるまいと取られたくない。護衛役の諸君は、離れていてくれたまえ」

ふらり、と。

本当に何げない素振りで、ゼートゥーア大将は小さな乗用車からイルドアの街路に両足を突く。そのまま、特に気取る素振りもなく自然体の大将閣下は背伸びを一つ。

やれやれ、と肩を回し、ポケットから取り出した葉巻を燻らせ、イルドアの蒼穹《そうきゅう》に向けて紫煙を吐き出す。

旨い、とばかりに頬を緩ませるや、ゼートゥーア大将はそこで足を動かした。

しゃん、と伸びた背筋。

ふう、と吐き出される紫煙。

従兵が気を利かせたのか、磨き上げられた軍靴が石畳の上を闊歩し、糊《のり》のきいたズボンは閲兵式の写真のようにぴしりと整えられたそれ。

悠々自適な散歩そのもの。

自然な足取りは、世に憚るものなき様《さま》を雄弁に物語る。

時折、旧跡に目を引かれるのだろうか。足を止め、のんびりとイルドア語のプレートを眺める姿などは文化人のそれだろう。

ここは敵地で、老人は老将軍でもある。

襟元に輝くゼートゥーア『大将』の階級章だけでも目立つのに、闊歩する将軍の後ろには将官旗を掲げた乗用車が後に続いている。

警護担当のグランツとしては、恐怖で吐き気を催すに足る光景だ。

潜んでいる狙撃兵がいれば？　いや、もう、こうも無防備な大将首だ。敵は専門の狙撃屋である必要すらない。

「せめて、速足であられれば」

ぽつり、と呟くグランツの気も知らずにゼートゥーア大将の足は一向に先に向かわない。それどころか史跡を満足げに眺め、車から従兵にカメラを取り出させる始末。

記念撮影だとばかりに、周辺の将兵に声をかけてポーズまで取り始めている。やきもきするグランツの気持ちなど気にもとめず、なんと落ち着いて一服まで始まってしまう。

兵と交わるのは、いい士官の姿ではある。さりとて……と士官であり、同時に護衛役であるグランツは恐怖するのだ。

にこやかに周囲に葉巻を勧める姿など、静止目標もいいところだろう。

銃の撃ち方を習った初年度兵だって、こんな市街地であれば好射撃位置を保持さえすれば容易に命中させられてしまう。

状況を思えば大胆不敵そのもの。

はっきり言えば、挑発的ですらある。

「いつ、何がおきても……か」

傍で眺める側としては、気が気ではない。

焦燥感に身を焦がすグランツとしては、辺りが全て敵の影に見えて仕方ないほどだ。にもかかわらず、周囲の空気の悠長さときたら！

直接の護衛に当たる自分たちを除けば、どうだ！

周囲はゼートゥーア閣下のまったりとした雰囲気に当てられたか実に警戒感が乏しい。

幸か不幸か、周囲のイルドア人がこちらに向けてくる視線に殺意らしきものはないが……そんなものがなくても、人間は人を殺せるものだ。

ラインで、アレーヌで、東部で、嫌でも学ばされた。

この蒼穹の如きイルドアの空が下でも、例外ではない。

危機感に突き動かされ、グランツはついに諫言《かんげん》をすべく上司の上司へ駆け寄っていた。

「おや、中尉。君も、一服するかね？」

「お、お気持ちだけ。何分、航空魔導師とは心肺機能を酷使する職分です。空で溺れる身ともなれば、喫煙は差し控える必要がありまして」

咄嗟に遠慮を口にし、グランツはそこで気が付く。

そもそも、そういう遠慮以前の問題だった。

「ゼートゥーア閣下、長居しますと、良からぬ輩をひきつけかねません。どうか、先をお急ぎいただけますと」

「貴官は真面目だが、無粋だな。見たまえ、グランツ中尉」

ぽん、と肩に手を置き、ゼートゥーア大将は大らかな態度でうそぶく。

「一体、どこにいるのかね？　我に脅威する敵とやらだ。どうにも、この周囲には影も形も見えないのではないかね？」

「敵野戦軍は確かに撃破いたしました」

「ならば、気を揉んでも仕方あるまい」

「お言葉を返すようで申し訳ありませんが、完全な撃滅には程遠いのが実情です。閣下の安全という点で申し上げると、現状はとても理想的とは」

警告を口に出しつつ、グランツは思うのだ。

あまりにも、無防備すぎる、と。

帝国軍の大将首、それも文字通りに大将閣下だ！　復讐《ふくしゅう》なり、大物なりを狙う敗残兵なり熱心なパルチザンなりが湧いて出てくれれば？

「心配性だな。連邦軍の最前線だって貴官らとなれば行けたではないか。貴官らほど頼りになる部隊に、期待してはまずいのかね？」

「はい、ご命令とあれば、やり遂げる意思であります」

「ならば、命じればこの話はお終いだ。違うかね？」

飛び込む覚悟はある。

銃弾の前に、我が身を投じてでもやり遂げるつもりだ。だが、こうも隙が多すぎては穴がありすぎた。

「お言葉ではありますが、我々とて、魔導師とても、万能ではあり得ません」

魔導師は、確かに防御膜と防殻で他者を守る盾になれるが……銃弾よりも速く飛ぶことはできない。まして、警護任務は付け焼き刃でやっている程度。精兵とはいえ、不慣れな仕事ともなれば不安は大きい。何より、そして、一個中隊規模の魔導師という人手不足が響く。

周辺の建物を捜索し、安全を確保するにはとても足りないのだ。周辺の歩兵部隊を糾合したところで、焼け石に水。わずかに、一部を先行させ、周辺の警戒と索敵に向かわせるのが限界だろう。

そもそも、グランツ自身にそんな広範な権限なぞない。

ゼートゥーア大将にならば、それを命じる権限はおありだろう。

しかし、当事者ときたらこちらの気も知らずにイルドアの街歩き！　人払いも清掃もできていない自然な街歩き！

勘弁してほしいと泣きそうになるグランツだが、その渋い顔を見咎《とが》めたようにゼートゥーア大将がこれ見よがしのため息を零していた。

「グランツ中尉、君は若いのだ。今日ぐらいは、勝利に浮かれてはどうだね？」

「中佐殿からは、勝って兜《かぶと》の緒を締めよと」

「素晴らしい箴言《しんげん》だな。もっとも、要求のありようは人間のそれではないが」

上官の上官は、言いたい放題だ。けれども、グランツとしては相槌も反駁《はんばく》もいたしかねる。

それにしても、とグランツは思う。

沈黙は金、雄弁は銀だ。昔の人もいいことを言うものである。

「貴官の上司は自分にできることが、他人にも同じようにできると信じて疑わないモンスターだな。違うかな？　どうだね、中尉？」

「その、中佐殿は大変に優秀な方でいらっしゃいますので」

「帝国軍ひろしといえども、あれは別格だな」

納得だとばかりにゼートゥーア大将は軽く顎を撫でていた。そのまま、兵隊煙草を咥え直すや実に旨いとばかりに煙を燻らせる。

「とはいえ、喜ぶべきは喜ぶべきだ。自らの感情を偽るというのも、中々、精神的な疲弊が重なるものだからな」

「順調と手放しで喜べるのでしょうか」

「見たまえ、この都を。獲得せりし軍需品は数多。撃破せりし敵の数もまた甚大。そして、麗《うるわ》しきイルドアの都は我らが掌中にあり」

いささか芝居がかった上官の言葉は、一面の真理なのだろう。それに溺れてしまえれば実に心地よいだろうとすら思える。

しかるに、グランツはヘドロのような現実に向き合い続けていた。

そうあれ、と教育されていた。

故に、彼は大将閣下相手でも夢を見ない。

「ですが、敵野戦軍は一翼を失ったにすぎません」

現実は現実である。

世界は、世界なのだ。

グランツは思い知らされている。

『そうであってほしい』という世界は、決して、この地上に存在し得ないという厳然たる残酷な真実を。

だからこそ、大将その人を相手にグランツは臆することなく断言し得る。

「これは、せいぜい小さな勝利にすぎません」

「貴官の言う通りだな」

咥え煙草を踏み消し、緩んでいた表情を引き締めるや、ゼートゥーア大将は大真面目な表情でグランツ中尉の瞳を睨みつける。

「実に正論で、正しい。忠告に感謝しよう」

その言葉と共に、彼の胸元は摑《つか》まれていた。

ぐい、と引き寄せる力は意外なほどに強い。

「だからこそ、貴様は、黙れ」

耳元で、微かに囁《ささや》かれる言葉は冷たく険しい。

「は？」

「正論は、絶対に伏せねばならん」

囁き声の声色に滲むのは、峻厳《しゅんげん》で、断固たる決意を込めてのソレ。

「笑うのだ、中尉」

先ほどまでの軽い調子が消え去った言葉は、どこまでも重苦しい。

「笑え、作り笑顔でいい。間抜けに笑え。周囲に笑ってみせろ。命令だ」

「え、笑顔でありますか……？」

「そうだ、弱みを見せるな。空元気でも、高楊枝《たかようじ》でも知ったことか。我が方が逼迫《ひっぱく》しているという事実を断じて表層には浮かべるな」

それは、と喉元まで出かかった言葉を辛うじて呑み込むグランツに対し、ゼートゥーア大将は絶対零度の声色で呟く。

「衒《てら》いなど捨てろ。大根役者であろうとも、演目をやり遂げるのだ」

ギョッとし、大将の顔を凝視したことをグランツは後悔する。

「貴様の役割は、征服者だ。圧倒的な強者だと自分に言い聞かせろ。あるいは、自分自身を騙せずとも構わん。だが、他人にそう信じさせる努力は怠るな」

こちらを見詰めるのは、虚無の奥底を思わせるような瞳。

ドロリ、とした何か。

「世界を騙すのだぞ。貴様の顔ぐらい、自分自身で誤魔化してみせろ」

紡がれる言葉、囁かれるこれは、何だ？

「兵は、周囲は、人は、貴様の階級章と顔をよく見るぞ。こんなことは、士官学校で真っ先に教わるだろうに」

「こ、心します」

「二度と忘れるな。士官とは笑うのも仕事のうちだ。貴様は上官を見習うこともできんのかね？デグレチャフ中佐は、全く何を教育していたのだ？」

そこまで語り、ふと、ゼートゥーア大将は動きを止める。顎を撫で、そして、彼はそこで苦笑する。グランツが見る限り初めて禍々《まがまが》しくない微苦笑であった。

「あれは、いつでも、素で笑っていたのかもしれんな。奴ならば、なるほど、こんな状況でも心底から笑いとばせたのやもしれん」

「……あの中佐殿ですからね」

あり得ます、とグランツは頷く。

思えば、デグレチャフ中佐の表情はいつでも笑顔だ。

壊れたような嘲笑か、上機嫌で鼻歌交じりの戦歌だったりすることもあるが、パニックに陥っている姿というのは見たことがない。不思議と、限界で苦しいと思って上官を見た時ほど、嗜《し》虐《ぎゃく》的に笑っておいで。余裕がなく逼迫した表情など、記憶をひっくり返しても怪しいほどだ。

あるいは、副官を務めているヴィーシャあたりならば……とも思わないではないが、それとて臆測にすぎない。

「中尉、なんにせよ、笑顔だ。笑顔を大切にしたまえ」

そして、とゼートゥーア大将は嗤うのだ。

「帝国軍は敵を蹴り飛ばせるぞ。新聞に載るな。きっと、我々の力強さが歴史に刻まれることだろうて」

新聞が、風刺画が、きっと、物語ることだろう。

帝国の雄大さを。強大さを、そして、『脅威』として。

だからこそ、とゼートゥーア大将は若い将校へ囁く。

「世界に、我々の軍靴を突き付けるぞ?」

[chapter]

IV

第肆章

短期滞在者

Temporary Visitor

敵前で実弾演習を行い、弾が不足したので
合州国の弾薬庫へ略奪に向かった。

統一暦一九二七年十二月十一日イルドア王都郊外／帝国軍前衛陣地

ターニャ・フォン・デグレチャフ中佐は信じて疑わない。広範な訓練を、反復された動作の叩《たた》き込みを、不断の努力と研鑽《けんさん》の価値を。

訓練は、有益なのだ。

実戦に即さない訓練は無益だが、実戦経験だけで軍隊を運用するのも同じくらい危険すぎるのである。

実戦は間違いなく有益だ。

しかし、それは『経験できた領域』に限る。

塹壕《ざんごう》戦という実戦経験にのみ拘泥《こうでい》すれば機甲戦や機動戦、はたまた縦深《じゅうしん》作戦を理解できるだろうか？

結局、訓練というのは『経験の幅』を拡張させ得るのだ。

実戦経験は貴重であるが、それだけに拘泥すると『経験を偏らせる』類いの弊害もまたあまりに甚大だろう。

進取の精神と、自由闊達《かったつ》な批判的思考が必要だとターニャは戦場においても信じて疑わない。

それに、とターニャは費用対効果も重んじる。

「なるほど、経験は偉大だ。だが、まずもって授業料が高いからな」

高すぎると断じ得るほどに！

それでいて、経験が教えてくれるのは『経験知』だけなのだ。

ひとたび偉大な経験にのみ拘泥すれば、機関銃の前に戦列歩兵を突っ込ませる大虐殺を兵法として確信を持って信奉し、実践するが如《ごと》きありさまを呈する。あるいは、逆もあるだろう。攻撃を恐怖し、防御を信奉し過ぎれば……第一次世界大戦に学んだフランス軍が第二次世界大戦で見せた混乱ぶりだ！

実戦経験は尊重されるべきだ。そこに議論はない。だが、過去の経験で思考を停止するが如き悪弊に染まりうる以上、常に批判的思考で改善の努力を怠るべからず。

だからこそ、訓練で問題が洗い出せるのは大いなる幸いである。

実戦で血の束脩《そくしゅう》を払うより、よほどマシなのだから。

いずれにしても、イルドア、合州国軍を前に奇妙な小康状態が確保されている時期を幸い、ターニャは戦闘団が半島戦役向けの陣地戦にどれほど適応するかを改めて検討するべく訓練を計画した。

結論から言おう。

酷《ひど》かった。

本当に、酷かった。

ターニャは、久方ぶりながら部隊の醜態に頭を抱える羽目となったのだから。

「なんだ、この様《ざま》は!?」

ある程度、不安があった。

だから、訓練をして確認したのだと頭では理解はし得る。それでも……分かっているとしても、限度がある。

「これで精鋭のつもりか!? ラインで死んだ戦友諸君の犠牲は、貴様らの脳裡《のうり》からすっぽり抜け落ちているのか!?」

期待した将兵の醜態には、彼女とて激怒せざるを得ない。

まだ、弱兵への擬態が下手であれば苦笑いで済む。イルドア王都攻略の先鞭《せんべん》をつけ、王都南方までも確保したはずの精強な戦闘団にも弱点があるのだな、と。

だが、本来の軍事的な手腕が鈍っているのであれば大問題だ。己が率いるのは、電撃戦、機動戦、突撃の最先鋒。いずれも動くことは大の得意だった部下諸君。東部での陣地防御とて経験しているはずの部下ども。

にもかかわらず、ライン式の塹壕戦に関してはどうだ!? 嘆かわしいという言葉すら、甘すぎる評価だろう。

「陣地防御だぞ!? 穴を掘るだけならば、モグラにだってできる! 貴様らは、人間だろう!? 頭を使え! 陣地だ、陣地を造るんだぞ!?」

副官のセレブリャコーフ中尉を連れ、ターニャは呆《あき》れ顔で部隊を闊歩《かっぽ》する。

部下の動きを観察し、ここまでで頷《うなず》けたのは辛うじてヴァイス少佐の魔導部隊指揮のみ。ターニャとしては副官へ小さく愚痴を零《こぼ》すしかない。

「酷《ひど》いな。偏った実戦経験で過去の戦訓が忘れ去られかけている」

「東部の経験は鮮烈です。……それに、戦闘団の兵員は大半がライン戦線を経験しておりません。塹壕戦は、私たちはともかく、彼らにとっては未知では？」

分かるがな、とターニャは苦々しい思いをこらえながら頭を振る。

「戦訓がまとめられているだろう。下士官、将校であれば目を通しておくべきだ」

「基準が戦前に比して引き下げられて久しいのです。彼らは彼らで、日々の役割を果たすことに精いっぱいですし……」

ターニャは再びため息を零す。

だとしても、イルドア人は『経験』することなく、戦訓を読み取って防御陣地を適切に建設することはできていた。戦意と意欲に問題があったとしても、形だけならばイルドア軍でも模倣すらできたのに！

ああ、と嘆きを噛《か》み殺し、ターニャはしぶしぶ副官の宥《なだ》めに形だけだが同意しておく。

「分かっているし、彼らの能力以上を求めるのが愚痴になるのも理解はする。だが、指揮官の不勉強は死体袋で贖《あがな》われるのだ」

それは、と顔を伏せる副官に対し、ターニャは手を振っていた。

「戦闘団の兵力は有限だ。補充のあても期待できん。従って、帝国には、彼らを無駄遣いできる余裕がない。良くも悪くも、帝国は貧乏なのだ」

はぁ、とターニャはイルドアの青い空を眺めながら首を振る。

部下の教育に自信を抱いていただけに、このありさまはいただけない。よりにもよって、組織が貴重な経験知を忘れさるとは。

「我が戦闘団を信頼し過ぎたやもしれんな」

「実績は示し続けているかと思うのですが……」

うん、とターニャは副官の言葉に頷く。

実際に結果は出しているというのは軽視すべきではないだろう。だが、会社や組織というのは『結果』だけで評価されるべきではないのだ。

潜在的なリスク要素は、いつだって、徹底して確認されねばならない。

だからこそ、ターニャはこうして査閲に足を運ぶ。

特に、と歩きながら愚痴が零れ落ちそうになるのは『塹壕』構築そのものなのだ。穴の掘り方一つとっても、『間に合わせ』の色合いが強すぎる。

恒久陣地思想が皆無というのは、頂けない。

たしかに、ターニャら自身が敵陣地を蹂躙《じゅうりん》しているので『防御陣地』の価値を部下が過小評価することはあり得なくはない。それが少数の兵士の思い違いであれば修正も簡単だ。けれど、見渡す限り代わり映えなく同じだとなれば……とターニャは手近で作業に当たっている兵へ疑問を飛ばす。

「誰が、東部式に掘れと指示した？　トスパン中尉が、このような陣地構築を命じたというのかね？」

「はい、中佐殿。トスパン中尉殿の指示通りです！」

予想通りと言えば、予想通り。

だが、経験豊富なはずの兵士や下士官でさえ、疑問を抱かずに東部式を実践済みとはやはり頭痛の種だ。

それでも頭を振り、ターニャは形式的に兵卒の言葉に頷く。

「ご苦労、作業の邪魔をしたな」

部下を解放し、直属の士官を呼び出すべく彼女は声を張り上げる。

「トスパン！　トスパン中尉はどこだ！　どこにいる!?」

戦場にすら響くターニャの声を耳にしたのだろう。歩兵中尉は飛び上がるようにしてターニャの下《もと》へ駆け寄ってくる。

そんな彼に対し、ターニャは実戦さながらの剣幕で要求を突きつける。

「やり直しだ。　今すぐに、断固としてだ！」

「中佐殿？　その、何か問題が……」

「中尉、問題しかないのだ。それこそが、問題だぞ！」

本来ならば、歩兵直掩《ちょくえん》を担うグランツ中尉あたりがそつなくフォローしていただろう。彼の中隊が一個丸々ゼートゥーア閣下にお召し上げになっているのが実に痛い。一瞬だけ、ターニャは副官の方に視線を飛ばす。

「中佐殿？　その、必要であれば……私がトスパン中尉の補助に入りますが」

「却下だ、副官。ただでさえ、戦闘団の指揮機能には余裕がない」

戦闘団編成の弊害だろう。

負担の全てが指揮官に集中し、手足として動く司令部要員にも事欠くのだ。根本的に部隊規模に比して、指揮系統に割り当てられる人手が少なすぎる。

これが本来の想定通り臨時編成であれば、許容できるのだろう。

だが、サラマンダー戦闘団は既に『恒久的』に近い運用をされており、オーバーワークぶりはターニャにとって頭痛の種とすら化している。

せめて、グランツ中尉さえ手元にいさえすれば。トスパン中尉やヴュステマン中尉の指導を任せ、ついでに書類仕事の一部でも押し付けてやったのに。

だが、手元にない兵力を嘆いても仕方なし。

ここにいない百万よりも、ここにいる百人だ。

呆《あき》れと失望で歪《ゆが》みそうになる顔を懸命に自制し、ターニャは問題を理解できていないと思《おぼ》しきトスパン中尉に向けてなるべく優しい声色を意識しつつ指摘を飛ばす。

「いいか、ここを死守する心構えだけは結構だ。小官としても、貴官の覚悟をけなすのは本意ではない。だが、だからこそ、無意味に死んでもらっては困るのだ」

やる気は認め、良い点を褒めつつも、しかし、言うべきは言う。決死の献身という意図とても、無駄死にでは単なる命の浪費だ。

戦時下において、そんな贅沢《ぜいたく》など断じて許容され得ない。

「ストロングホールド方式では絶対にダメなのだぞ」

「しかし、東部では実際にこれで……」

「トスパン中尉、前提の違いを理解したまえ。東部は広かった。この狭い戦域では、火力の集中があまりにも容易《たやす》い。一瞬で敵砲兵の集中射撃に殺されるぞ」

連邦軍の恐るべき破砕火力ですら、広範な戦域により多少は分散されていたのだ。

その連邦にレンドリースするほど余裕がある米帝様と狭い戦域で戦うともなれば、どれだけの火力を覚悟するべきか。想像するだけでも、なんとも恐ろしい。

故に、ターニャは部下の短慮と偏った経験を咎《とが》める。

「敵を過小評価するな。面倒でも、複線で縦深がある塹壕線を構築しろ。絶対に連続線式だぞ？古臭くとも、弾性防御方式を徹底しろ」

つまり、とターニャは部下の考えを正す。

「退路を意識しろ」

「逃げ癖が付きませんか？」

「トスパン中尉、君は部下を何だと思うのかね」

「それは、しかし……」

思い違いをしているらしい部下に対し、ターニャは深々とため息を零す。

「陣地で死ぬ心構えそのものは結構」

だが、とターニャは続ける。

「死ねば義務を果たしたと確信するな。思考停止はやめておけ。無駄死には断じて許されん。モグラとして、最後の最後まで足掻《あが》いてこそ、初めて死守にも意味が出る」

分かったとばかりに頷くトスパン中尉を残し、視察を再開するターニャだが、悲しむべきことにこれが最後の問題というわけではない。

次が、アーレンス大尉だった。機甲屋に対しては、敵野戦陣地を迂回《うかい》できない状況を想定せよと徹底する羽目になる。

「東部とは、違うのだぞ？　ここは狭い。どうしようもなく狭いのだ」

「しかし、正面攻撃は犠牲が」

「逆だ、逆。正面攻撃が避けがたいとすれば、いかにして犠牲を避けて達成するかを考えておく必要があるだろうに」

「りょ、了解です」

「よろしい、要するにイルドアの王都討ち入りと同じだ。やり方を工夫しろ。常に考え続けることだ」

頷くアーレンス大尉を解放し、ついでターニャは砲兵部隊の査閲へと向かう。

一瞥《いちべつ》し、責任者のメーベルト大尉を呼び出し、いくつか確認したところでターニャはわずかに肩の力を抜く。

「及第点以上だな、大尉」

幾分、兵卒次元で技能の偏りがあるにせよ、士官、下士官はきちんとした核となる要素を保っているのがここまでの動作で十分に見て取れる。

専門職としての砲兵が、きちんと専門性を保持。

「さすがに、砲兵は塹壕戦をよく覚えている」

「お言葉ですが、中佐殿。砲撃教範は大半が塹壕戦由来です。忘れろという方が困難かと思うのですが」

「他の連中に聞かせてやりたい言葉だな、メーベルト大尉。見事だ」

上機嫌になるにはささやかだが、しかし、プロがプロとして仕事をしているのだ。これを喜ばずして、何を喜べというのだろうか。

「ありがとうございます。ですが、課題も山積しております。内面は鍛えられますが、物がない限り、限度があるかと」

「砲兵の思考様式だな」

「何分、数学と物理法則を重んじる兵科ですので」

淡々としたメーベルト大尉の返答に苦笑しつつ、ターニャは部下の不平に耳を傾けようと口を開く。

「何が足りないのだね？」

「何もかも」

大尉からの答えは、全てが予想通り。いっそ予定調和とでもいうべきその口調に、ターニャもお決まりの返答を口にする。

「槍《やり》の矛先の宿命だな」

「中佐殿は慣れていらっしゃるのでは？」

まさか、とターニャは肩をすくめてみせる。

「任務は過大で、支援は過小。誉れと誇るにも、いつものことと笑いとばすにも、限度があるというものだ。とても、兵には聞かせられんが」

弱音というわけではないのだが、愚痴はあるのだ……と上司が砕けた態度を示せば、下も現状に対する不満を言いやすかろう。そんなコミュニケーション術の妙をターニャが発揮した甲斐《かい》があったか、メーベルト大尉は実にストレートに彼の抱えている問題点を打ち明けてくれる。

「直截《ちょくせつ》に申し上げますが、砲弾が足りません」

「そこまでか？　一応、最低限の基数は確保しているはずだが」

「東部と異なり、補充のめどがありません。敵からの鹵獲《ろかく》が見込めないのです。」

……『弾が足りません』という不平不満はターニャに言われてもどうしようもないのが実に辛《つら》い。

とはいえ、ターニャには上官としての自覚がある。

困ったという現場からの申告に対し、知恵の一つぐらいは出さねばならぬ身。放置するのはただの無能であるとも承知していた。

ふむ、と腕組みし、暫《しば》し考えた末にターニャは口を開く。

「イルドア軍から鹵獲した砲の運用はどうだろうか？　あれならば、砲弾も相当数を確保できるようにも思うが」

「実は、私もそれを考えました」

「ならば、さっそく……いや、待て、考えました？　過去形だな？」

何が問題なのか、と。

目線でターニャが問えばメーベルト大尉の疲れ顔が一つ。

「イルドア軍の装備体系です」

「装備体系？　ああ、なるほど」

ぱん、とターニャが膝を打つのに合わせてメーベルト大尉はため息を零す。

「はい、彼らは多様な砲を複数装備していました」

「……具体的には？」

「統一運用と程遠く、砲も規格がバラバラに『各国』の物が入り交じっておりまして。砲弾だけでも、軍事博物館を眺めるような気分になれます」

「ありがとう、大尉。問題が一瞬で理解できた」

博物館級の品ぞろえとなれば、コレクターが鑑賞するにはいいだろう。だが、博物館の備品だけで戦争はできない。できると考える方がどうかしている。

鹵獲運用は格段に難しかろう。

「いっそ、合州国軍を狙うのはどうだ？」

「はい、それはありかと。しかし、連中の砲兵はここ暫く姿を見せておりません」

「いずれは、来るだろうが」

「それは無論ですが」

「ともかく、この瞬間にはいないわけだ。いや、別に……来てほしいわけではないのだがね」

ふむ、とターニャは腕を組み砲弾の不足について思いをはせる。

イルドア半島では慢性的な砲弾需要を満たせず、価格が暴騰というところか。市場が機能さえしていれば、大量の砲弾が流れ込んでくるだろうに……

「砲弾の市場があればいいのだがな。いやはや、戦時下に考えることではないな」

物が不足。

供給は不安定。

増産・安定供給の見込みは皆無。

ならば、手持ちの砲弾を活用するしかないとターニャは見切りをつける。

「大尉、思考を変えよう。現有の砲弾でどの程度やれるか？」

「正直に申し上げて、制圧は絶望的かと。いっそのこと、砲兵の損耗を度外視して前線で直接射撃でも行わせますか？」

「いや、砲兵は貴重な人的資本だ。彼らを浪費するのもまずい」

訓練を受けた技術者集団。

要するに、貴重な熟練技能もち。

「砲兵は砲撃へ専念させたい。……いっそのこと、魔導師の魔導観測を使った精密観測砲撃でも考えるか？」

ターニャの思い付きに近い言葉は、しかし、メーベルト大尉の劇的な反応を引き出す。はっと上げられた顔に浮かぶのは、満面の喜色だ。

「それならば、やれます！」

かつてないほどにはつらつとした表情で、砲兵屋は砲兵屋としての鬱憤《うっぷん》をここぞとばかりにぶちまけるのだ。

「目があれば！　目さえあれば！　訓練された砲兵隊に何ができるか、我々がご覧に入れて見せます！」

「では、一度実践してみよう。対抗戦といこうじゃないか」

演習とは、高度な学習行為である。

実施し、批評され、反省を重ね、改めて動きを習得するためにやり直す。

かくして、帝国軍サラマンダー戦闘団はこともあろうに前線付近で敵味方に分かれての対抗戦を企図するに至る。平時であれば、誰もが愕然《がくぜん》とする暴挙。だが、サラマンダー戦闘団の麻《ま》痺《ひ》しきった感覚では誰一人として疑問を抱くに至らないのだ。

故に、自分だけは常識人だと信じ切ったサラマンダー戦闘団の士官どもは誰一人として反論せず、命令に従って部隊を対抗戦に向けて再編する。

臨時編成と即時の改変は戦闘団なればこそ。わずかに余裕があるとはいえ敵前で対抗演習などという神話的偉業はそうと意識されずに行われるに至る。

「演習再開！」

ターニャの号令が飛ぶや、二部隊に分かれたサラマンダー戦闘団は模擬戦闘を開始。

ちなみに、当然のように実弾演習だ。

それも、対抗部隊がお互いに直接実弾を撃ち合う形式を採用済み。さすがに直接狙わせはしない。だが、歩兵の頭上では実弾が散々に飛び交う仕様である。

勿論《もちろん》、塹壕に臥《ふ》せていればまず当たることはない。ライン戦線の基準であれば誠に温和な訓練であった。

「塹壕戦だぞ！　頭を下げろ！」

だからこそ、下士官の慌てた叫び声を上空で聞き取るターニャはため息を隠せない。

演習を一瞥しようと空に上がったターニャの眼下では、最精鋭を自負するサラマンダー戦闘団にしては恐るべきお粗末さである。

「くそっ、東部で露出狂にでもなったか！」

「動け動け！　友軍に塹壕ごと吹っ飛ばされたいか！」

「違う！　撤退だ！　撤退！　陣地戦の基本を思い出せ！」

各級指揮官が声を張り上げ、古参の下士官どもが動きの悪い連中を文字通り蹴り飛ばして動かしているが……上空から眺めているターニャにしてみれば、見るに堪《た》えない無様さと言わざるを得ない。

遅すぎる。

あまりにも、と付け足してもよいだろう。

ふう、とターニャは腕を組む。

「東部流に馴染《なじ》み過ぎたな。広漠な戦線から、密集した戦線への適応は頭が痛い」

メーベルト大尉の砲兵隊が魔導師による観測支援を受け、かなりの精度で砲弾を撃ち込んでいるのはわずかな慰めだが……ライン戦線に比べれば何とも貧弱だ。演習ということもあり、実際に歩兵の頭の上に弾を落とすわけではないが、それでも鉄量の欠乏を感じざるを得ない。なにせ、現状では数日単位の砲撃戦を望むべくもなし。かつてであれば……ライン戦線華やかなりし頃であれば。砲弾時々晴れ間が日常でもあったというのに。

あいにくなことに、今の帝国にそんな砲弾はない。

東部と西方とイルドアの三方向で戦線を抱えているのだ。

分散された戦線へ、それぞれ投入可能な砲弾数などたかが知れる。世界を相手に火力戦を競うなど無謀もいいところだろう。まして、労働力も工業生産力も総力戦で相当に疲弊しているのだ。絞りつくされた雑巾から、これ以上、水滴を絞り出す？　どうやって？

演習に参加する自部隊の練度は一流だが、一流とて元手不如意であれば為し得ることには制約が自《おの》ずと課せられるものだ。これが平時の一流の人的資本集団であれば転職なり、市場からの調達なりもできるのだが。

何もかもが欠乏し、市場は崩壊し、あまつさえ、これは戦争だ。

隠しようもない戦争への嫌悪と共に、ターニャはため息を零す。

「……もう、いい加減、戦争にはこりごりだというのだが」

眼下の光景に変化が見られたのは、ターニャが慨嘆を零した瞬間であった。

対抗部隊双方があまりに近接しつつあったこともあり、実弾から訓練弾へと弾種変更を告げる照明弾が複数打ち上げられ、それぞれ了解した旨が響いた直後のことだ。

機を窺《うかが》っていたらしき機甲部隊の一部隊が猛然と突進を開始していた。

「アーレンス大尉が突っ込んだか。早いな」

感心するターニャの前では、しかし、突入された側の歩兵部隊がトスパン中尉の指揮の下《もと》、複線陣地へと籠《こ》もることで衝撃を受け流しつつ『反撃』を試みる動きを行っている。

防殻を纏《まと》ったヴァイス少佐らが裁定役として複数の戦車に撃破判定を下しているあたり、実に理想的な対装甲戦闘だ。

とはいえ、トスパン中尉の歩兵部隊は数が少ない。

所詮は、戦闘団編成。

臨時の部隊ともなれば、師団のように強靭《きょうじん》な構えで受け止めることは能《あた》わない。穿《うが》たれた突破口をふさごうにも、決定打を打つだけの兵力が足りていないのだ。

そして、それぞれ対抗部隊に分かれた砲兵が支援砲撃を行っているが……泥仕合に近くなってきている。

前線付近という事実も踏まえ、これ以上は無益だと見切りをつけるに十分だった。

「演習終了！　演習終了だ！」

対抗戦の終わりを宣告し、ターニャは部隊を睥睨《へいげい》しつつ空を彷徨《さまよ》う。これから先を思えば、実に不安の残る結果。

嘆かわしい、と頭を抱えかねないそれは失望モノだ。

ぐるぐると思考が混乱の迷宮に落ちていく。そんな不愉快な思考を遮るのはすぐ傍《そば》に控えていた副官の不思議とからかう響きのある声だった。

「査閲のご感想は？」

「わざわざ聞くまでのことかね？　セレブリャコーフ中尉、見ての通りだ」

「一般論としては、最低限の技量はあるかと思うのですが」

「前提を間違えてもらっては困るな。我々が修正を指示して、これだ。指示を出さねば塹壕戦にも対応できぬとなれば……固守が選べん」

頭痛が辛いとばかりにターニャは目を瞑《つむ》る。眼下の光景は、辛うじて通常の歩兵師団であれば『許容』の範囲だろう。

だが、想定すべき戦場環境が違うのだ。

参謀本部直属の切り札、サラマンダー戦闘団である。投入されるのは、いつだってもっとも苛烈な煉獄《れんごく》そのもの。

機動戦で一流ならば、塹壕戦でも一流でなければならないのだが。

「東部で経験が偏り過ぎた」

「……走って、籠もって、また走ってでしたから。やらないと、結構、忘れちゃいますし」

「正しく、その通り。セレブリャコーフ中尉、我々は機敏に進退する塹壕戦を東部で経験する機会に恵まれなかったからな」

頭痛をこらえつつターニャは部下の身動きを思い出す。

動けるし、動き続けるし、演習ということを差し引いても彼らは俊敏である。

前進に臆さず、後退でも組織的連携を保つという点はまずまず。

だがそれらは東部でもやったことの繰り返し。肝心の縦深塹壕陣地の活用という点では課題が多い。陣地防御に拘泥しないのはまだしも評価の対象だろうが、トスパン中尉は機甲部隊を陣地で受け止めるという発想に乏しい。砲兵との連携が課題というところか。

他方、アーレンス大尉もパンツァーカイルなどの工夫はしているが……陣地への正面攻撃に対する不慣れさはやはり気になるところだ。

「部隊の状況は芳《かんば》しくなし。時間があるからと小さな演習を反復してやらせてみたが、これでは先行きが危ぶまれる。もう少し質的な教育を……」

施さなければ、などとターニャはブツブツと呟《つぶや》き続けかけた言葉を呑《の》み込み、妙な感覚に意識を向け直す。

微《かす》かな感覚。

見過ごしそうだが、歴戦の魔導師の経験はそれを確かに捉えていた。

「ん？　魔導反応だと？」

「私には感じられませんが」

「十時から十一時の方向だ。ほぼ部隊の真後ろ。高度一〇〇〇～二〇〇〇程度。おそらくは単独飛行だろう」

ターニャの告げる領域に意識を絞ったのだろう。セレブリャコーフ中尉が捉えたというように頷く。

「グランツ中尉の隊の伝令か？　だが、彼らが合流するにはまだ早いぞ？」

ゼートゥーア閣下の護衛として分捕られていた一個中隊が帰参する予定は遥《はる》か先。返されるまで時間があるはず。何より、ターニャはペアを重視している。グランツ中尉とて、伝令を単騎で出すことはないはずだ。

「警戒を要する。念のために、ヴァイス少佐の中隊を……」

「大丈夫です、中佐殿。あれは友軍魔導師です」

「まて、なぜ分かる？」

「幼年学校時代の同期でして。反応に覚えが」

そうか、とターニャはセレブリャコーフ中尉に頷く。

「知己が生き残っているのは結構なことだな。大変結構。だが、単独飛行？」

「彼女は確か司令部付だったはずです。司令部からの伝令将校かと」

副官の言葉を耳にし、ターニャは咄嗟《とっさ》に考え込む。

司令部。伝令将校。そして、前線に単独で？

「魔導師を使っての急送便か！　しかし、このタイミングで？」

ただでさえ人手不足が酷い魔導師だ。ゼートゥーア閣下の護衛に必要だからと最前線から一個中隊を引き剝《は》がすほどの状況にあって、伝令役に魔導師を使う意味合いは重大だ。

まずもって、ろくでもない案件。

いつものことだが、頭を抱える案件なのだろうなと予感すらあった。

自分の勘に突き動かされ、ターニャは警報を叫ぶ。

「総員、直ちに配置へ！　持ち場に戻れ！」

演習中止から、持ち場への転換は見事の一言に尽きる。戦闘団の将兵は、この点においては臨機応変さを存分に発揮し、瞬く間に演習体制から実戦体制へと段取りを整え直していく。

実際、一瞬で彼らの光景は変貌する。

戦車にカモフラージュ用のネットを被《かぶ》せ、壕にそれぞれ歩兵が流れ込み、砲兵に至ってはどこに隠れたかも分からないほどに隠ぺいが完了。

おかげで、というべきか。

飛んできた帝国軍魔導師が目にするのは、ぽつんと飛んでいるターニャと副官の姿だけだったらしい。

ちょっと戸惑ったような表情で、しかし、凜々《りり》しい顔だちの女性魔導将校が敬礼し、答礼するターニャへ封筒を一つ差し出してくる。

「参謀本部よりの公用使としてまいりました。受領をお願い致します」

若い女性魔導将校が差し出してくるのは、書類袋。規則通りに厳封され、受領者のサインなくば引き渡さないという厳密な搬送手続きのそれ。

ついでに言えば、万が一の際には自動で作動する着火用の小さな機密保持用ライター付きだったりする。

「ご苦労、中尉。確かに」

受け取り、署名し、ライターを取り上げ、そこでターニャは己の副官がソワソワと、来訪した魔導将校に視線を向けていることに気が付く。

「ああ、同期だったな。副官、私は地上に戻る。次が何時になるかも分からんだろう。こちらに構わず、少しばかり話しでもしておけばいい」

「えっと……お言葉に甘えさせていただいても？」

なんなら茶飲み話ぐらいはかまわんぞ……などと実に気の利いた上官ぶりを示すや、ターニャは野戦陣地に設けられている自分の個人スペースへ飛んでいく。

水差しから水をくみ取り、一度一服。

封筒に目を向ければ、すっかり見慣れた参謀本部のそれ。

「つまるところ、ゼートゥーア閣下あたりからだろうか？」

はぁ、と自然にため息が零れ落ちていく。

なにしろ、あのゼートゥーア大将だ。わざわざ将校、それも航空魔導士官に運ばせるほどの物ともなれば、多少ならざる心構えは必須だろう。

「どんなことやら」

呟き、開封し、飛び出してくるのは薄っぺらい命令書が一つ。

深呼吸を一つ。

目を通し終えるや、ターニャは野戦陣地の一角で頭を抱えていた。

黙っていれば麗《うるわ》しい表情、可愛《かわい》げすら人によっては見いだし得る女児の容貌とても、苦悩する中間管理職の悲哀が浮かべば形無し。

「ああ、畜生め。どうして、どうして……こんな」

ついさっき水を飲んだというのに、喉が渇いて仕方ない。

水差しに手を伸ばし、ありったけを飲み干せばどれほど気持ちがよいことか。いっそ被ってしまいたいぐらいだ。

「王都周辺の安全を確保せよ……？　いうに事欠いて、確保、確保だと？」

命令は命令だ。

どんな命令であっても、そこに例外はない。

だが、とターニャはさすがに頭を抱えながら呻《うめ》く。

「いつだって私は、無理難題を言われる……慣れているつもりであるが、どうやらゼートゥーア閣下はとびきりだ……」

帝国軍の内情では、王都を制圧しえただけでも相当に偉業だろう。その端緒を切り開いたサラマンダー戦闘団は実によく働いたはずだ。

「それ以上を求められるとは……」

いや、とターニャはそこで思い直す。

王都は『一時的な占領対象』にすぎず、『恒久的な確保』は端《はな》から考慮されていないはずだった。

だが、占領に成功してしまったのだ。それも、一見すれば余裕綽々《しゃくしゃく》に。こうなってくると、見栄を張る必要が本国に生じたとしても無理はない。

優勢という虚勢を張るためにも、王都を確保する素振りぐらいは外向けに見せておきたいという軍事的判断だろうか。

「は、話が違う……」

王都攻略はちょっと齧《かじ》るだけ。

その予定だったのに。

「さっさと後退してしまうはずだったのに、なんで、こんな……どうしてこうなったのだ」

部下の目がないことを幸い、ターニャは頭を抱えたまま煩悶《はんもん》する。

なにせ、届いた命令は『王都周辺の安全を確保せよ』だ。ゼートゥーア大将におかれては、王都周辺の安全確保と前進陣地の構築を強くご要望らしい。

兵力も、火力も、装甲戦力も劣勢だというのに！

「いっそ、クリスマスプレゼントに素敵な増援でも来ると？」

あり得んな、と鼻で笑い飛ばしつつターニャは現状を検討する。陣地戦はつい先ほどやった対抗演習で絶望的だと分かっている。これで、どうやって王都周辺を確保しろというのか。命令が命令だとしても、できることには限界があるのだが……と善後策を冷静に検討するべくターニャはわずかに腰を浮かせる。

ウロウロと自室を徘徊《はいかい》し、時に腕を組み、あるいは手を振り回せど、しかし、手品の種は尽きている。なにしろ酷使されてた魔導大隊の疲労は甚だしい！

「にもかかわらず、『やれ』とご命令とは。まだしも敵が緩やかに下がっているを幸い、前進するだけならば『できる』が」

後退する敵に合わせ、ゆっくりと前に進む。わずかな地歩の確保にすぎないが、その程度ならば十二分に可能だろう。

けれども、妥協の代償は大きい。

「どこに展開するかをこちらが選べるかは怪しい。引き時も選べるかどうか。つまり、主導権を敵に委ねることになるわけか。とても許容できんリスクだな」

戦力で劣っている側が、敵にやりたい放題虐《いじ》められれば死ぬしかない。戦闘というのは、畢《ひっ》竟《きょう》、主導権を失った側が負けるものだ。

敵の反攻によって殴り飛ばされたいか？

自問し、ターニャは一瞬で笑い飛ばす。

断じて、否。

「開けゴマを敵に仕掛けるのは結構だが、自分がされたくはない」

回転ドアを思い出せば恐怖しかない。

主導権のない軍隊というのは、どれほど巨大であろうとも、どれほど強大であろうとも、主導権喪失の代価を血と涙で支払う羽目になる。

包囲殲《せん》滅《めつ》された共和国軍を見ればいい。

彼らは、ライン戦線で帝国軍と渡り合っていた精強な軍隊だ。なのに、ただ一度、ゼートゥーア・ルーデルドルフ両閣下相手に主導権を喪失しただけで、物の見事に瓦《が》解《かい》した。

そんな連中の二の舞なぞ、御免被《こうむ》る。

「主導権、そう、主導権だ」

限られた兵力で、積極的なイニシアチブをとるためにはいかんせん？　実に難しいパズルで、チップは自分の生命と名誉と財産。

酷くブラックもいいところではないか！

負けない、いつか、絶対に転職だ。

必然の決意を固めつつ、ターニャは現実を見つめ直す。

「状況を整理しよう。我々は外科的一撃でもって斬首《ざんしゅ》戦術を敢行できるほどに敵情を明瞭にはつかめてはいない。加えて攻勢にはリスクがつきものだ」

戦場の霧は深く、想定されるリスクは甚大。

「さりながら、防御陣地群構築に傾注しようにも安全確保には程遠い……」

要するに、元手不足。

攻撃に打って出るほどの余力はなく、さりとて防御でもジリ貧。

嫌な立場だとターニャは苦悩する。

現状においてのみは友軍が数的優勢を確保し得ているが……イルドア方面に展開している帝国軍の主力なぞ、無理やり捻出された部隊が大半だ。有力な機甲部隊は明日でも東部に転用されかねない。

というか、だ。

下手をしたらここで疲弊しつくした自分たちまで東部に放り込まれる未来があり得るのが恐ろしい。

「損耗は避けねばならんが、さりとて増援も期待し得ず……」

イルドア王都の確保など不可能では？

追い込まれ、にっちもさっちもいかない状況を前にターニャの脳味噌《みそ》は限界まで思案に暮れるも一向に解決策を見いだせず、迷走を繰り返す。

確保。

確保。

確保。

頭の中で踊る命令に煩悶しつつ、ターニャは考え続ける。

どうにもならないものを、どうにか、なんとか、調理し得ないのか、と。

唸《うな》り始めた末に、脳味噌が現実逃避気味な可能性すらもてあそび始め、そこでターニャは一つの可能性に思い至る。

「……いや、待てよ？」

そもそも、馬鹿正直にイルドアの王都を確保し続ける必要があるのだろうか。

第一、最初にゼートゥーア閣下は『王都に拘泥せず』と所信を表明していたはずだ。

さて、とターニャは自分に与えられた命令を再度口に出す。

「王都周辺の安全を確保せよ」

それだけ。たったそれだけだ。

ターニャに与えられた命令を正しく読むのであれば、あくまでも『周辺の安全』だ。

無論、結果的に王都の安全を確保することにもつながると読めるが……直接的には、王都の安全そのものについては一切言及されていない。

読み替えれば、王都は無視も同然である。

「前進陣地を確保せよ、王都周辺の安全を確保せよと嫌に具体的だが……そこまで明言しておきながら、肝心の王都は？」

あるいは、単純に命令文の過剰な深読みかもしれない。

発令者がゼートゥーア閣下でなければ、素直に王都の安全を確保するために動くべき局面でもある。

たられば、だ。

「ゼートゥーア閣下が、王都に言及されない。つまり、それは、最初から意識の範疇《はんちゅう》外に置かれていることを意味するとすれば……」

これは、ある種の陽動かもしれない。

もとより、外国の目に対する虚勢だとすれば？　それに欺瞞《ぎまん》とも考えられる。誰でも、考えることだろう。王都周辺の安全を確保し、陣地構築を始めれば……帝国軍は『防御』体制に入った、と。

それが『偽り』だとすれば？

「陽動後、本命。……いや、まて。本命とはなんだ？」

多少なりとも上官の本音をかぎ取っているという自負もある。

そんなターニャにしてみれば、ゼートゥーア大将がイルドア半島の完全占領を目指して突き進むとはとても考えられない。

何を隠しているのだろう？

どんな動きを……と悩みかけたターニャはそこで一つの事実に気が付く。

「昔、似たようなことをさせられたぞ……」

それも、ライン戦線だった。

もっと言えば、回転ドア絡《がら》みだった。

『後退』する友軍の動きを偽装するために、盛大に敵陣地へ突っ込まされた瞬間のことは忘れようにも、忘れられない。

異様なほどに状況が似通っている。

「つまるところ、ゼートゥーア閣下の腹は王都の放棄か？」

まさか、と自分の言葉を自分で否定するのは簡単だ。

「取ったばかりの要衝だぞ。普通であれば、確保を指向するのが当然だ。なにせ王都ともなれば、政治的な効果も絶大ではないか」

泥縄式とはいえ、周辺の安全を確保せよと命令されるのも『王都の確保』を前提とする文脈で発令されたもののはずだ。

実に分かりやすいだろう。要衝を、捨てるか？　ターニャですら、半信半疑だ。

ゼートゥーア閣下の腹を感じていなければ、命令の発令者がゼートゥーア大将その人でなければ、無理を承知で王都の確保に向けて動いている。

だから、どうであれ誰もが思い込むに違いない。

帝国軍は守りを固める腹だろう、と。

そうなれば？　と考えかけたところでターニャは思い出し笑いを浮かべる。ライン戦線でも同じだった。

「後退するのも容易《たやす》い、か」

意図を偽装。

それも、戦略次元での戦線整理。

「……だが、数日は時間を稼ぐ必要がある？」

ライン戦線でも、無理をさせられたものだ。

はぁ、と嘆息を一つ。

椅子に腰かけ、力を抜き、天幕を見上げる。

イルドアの王都を占領し、数日だけねばって後退する理由が何であるかは、知らない。政治的なものだろうか。軍事的なものだろうか。

いずれにしても、外の目を意識しているのだろう。

首都を制圧できる程度に精強というアピールか？

ならば、答えは簡単だ。

自身のやるべきことは、『他人が理解できる』行動であるべきで、それも王都防衛を分かりやすく志向する形でもって、なるべく派手にやればいい。

露骨に、強引に、誰が見ても誤解の余地がない次元であることは必須条件だ。

演技も演技、お芝居もお芝居といえばそれまで。

だが、響かせてやればいい。

戦音楽と、爆音の轟《とどろ》きを。

「方針は決定。あとは、やり方か」

派手な騒ぎ。

騒動というよりも、混乱と衝撃。空騒ぎというところ。そして、できる限り『元手』が少ない方が望ましい。

「PRだな、これは」

パブリックに、恐るべき帝国軍というイメージを刻むのが目的となる。そうなると、メディアでの発信力が問われるだろう。できる限り、世界規模で発信してくれる媒体が理想なのは言うまでもない。

「そうなると、やはり新大陸のお客人だな」

作戦の主眼は、合州国のニュースメディアを騒がせることだとすれば、合州国軍が主たる標的であるべきだ。問題は、たった一つ。ターニャの手持ち戦力では『ビビらせる』ことができるか実にきわどいという点だ。

「どうしたものかな、これは」

水差しの水をコップに移し、一服。

よく冷えた水が火照《ほて》った頭脳をわずかに冷やしてくれるが、さりとて名案というのは早々に生まれてくれるものでもない。どこからか戦力を借りることができれば。せめて火力さえあれば。あるいは、どこかに兵力が落ちていれば。

「足りないものは、借りるしかないか。レルゲン大佐殿か、ゼートゥーア閣下に相談したいところだが……」

いや、とターニャは頭を振る。

「予備兵力は希少だし、第二〇三は酷使されるのが常だ。近くで借りるあてもなし、か」

ん？　とターニャはそこで思案のブレーキを踏む。

「火力さえあればいいわけだろう？　……借りる……ちがう、火力さえ調達できれば……」

火力、調達。

「鹵獲品の運用？　違う。鹵獲……あああ！　そうか！　そうだ！」

ぱん、と手を打っていた。

ターニャは火力が不足している。

足りないならば、借りればよい。

そして、借りる相手はなにも帝国軍である必要があるとは限らないではないか。こともあろうに、自分が、借入の対象を忘れるとは！　いつものように、敵に求めればいい話だ。

「市場では、信用が通貨だが。戦場では、暴力が決済手段になるわけだ」

そして、帝国軍の暴力は格付けが大変に高い。鹵獲運用のノウハウに至っては、連邦軍と覇を競えることだろう。

ああ、とターニャは忘れていた単純な解決策を思い出す。

「ならば、我々は合州国の砲兵陣地を分捕って、敵の砲で、合州国の血税で、合州国とイルドアにバンバン砲撃してやればいいではないか！」

別に、敵を壊滅させる必要もない。

別に、自軍の塹壕線を完成させる手間もない。

ただ一手だ。

敵の嫌がるハラスメントを打てば事足りる。

「陣地一個くらいの奪取ならば、可能だろう。砲兵は……まぁ、魔導師に担がせて空輪でもするか、アーレンス大尉の戦車で運べばいい」

砲兵を装備もろとも運ぶのは大変だが、砲兵という兵士だけならば割合に何とでもなる。

砲弾の搬送や、陣地の防御も魔導師なら多少は手伝えるだろう。それに、必要なのは、『奪取された砲で撃たれる』という衝撃体験を合州国やイルドアの兵士たちに提供し、可能であればメディアで世界に垂れ流すことだ。

うん、と決したところでターニャは思い付きを具体化するために地図を眺め始める。

暫し考える間に、同期と話し終えた副官が顔を出し、これ幸いとターニャは珈琲を所望していた。一杯の珈琲は、時に天啓の提供者だ。一杯を楽しみ終えるころには、大まかな概略が形を表している。

目標とすべきは、敵の中規模な砲兵陣地。

正直どこでもいい。だが自分の指揮所に籠もり、ただただただひたすらに思案すればよさげな候補も定められる。

「ふむ、これならば……」

いけるな、と手を打ったところでターニャは部下の声に顔を上げる。

「魔導反応。一個中隊規模の友軍。グランツ中尉の隊が戻ってきました」

声の主は警戒に当たっていたセレブリャコーフ中尉だった。どうやら、考え込んでいる間に部下が帰ってきたらしい。

「うん、良いタイミングだな」

「お考えだった作戦に投入されるのですか？　失礼ですが……」

疲れているのでは、と案じるような副官の声。だが、ターニャは無慈悲と承知でも投入するしかない。

「帰還早々で悪いとは思うがね。手が必要なのだ。必要の要請である以上、連中にも一翼になってもらう。数が足りないのだ」

使えるものはなんでも使う。歴戦の一個航空魔導中隊を遊ばせる余裕など皆無なのだから、仕方ない。

例外はなし。

上司の立場としては当然だ。まぁ、とそこでターニャは世知辛さを痛感するのだ。自分だって、上司から無茶振りされて働いているのだから。

とはいえ、最大限、管理職として必須の配慮はするが。最低限、部下という貴重な装備を摩耗させないためには当然である。ああ、とそこでターニャは気の利く慈悲深い上司然とするべく副官へ思いやりに溢《あふ》れた言葉を紡ぐ。

「最低限の休養は取らせよう。帰還した中隊には増加食も出してやれ。ああ、グランツ中尉には特別に胃腸へ優しいものにしてやれよ？」

「なぜでしょうか？」

「ゼートゥーア閣下のお供だぞ？　私も、閣下によく使われる身でね。グランツ中尉の苦労には多少思い当たるのだ」

「中佐殿でも、ストレスを？」

「何かね、セレブリャコーフ中尉」

腕を組みつつターニャは部下に問う。

「言いたいことがあるならば、文書で正式に提出してくれると嬉《うれ》しいのだがね？」

「いえ、何もございません！」

ジロリと睨《にら》みつければ、すまし顔が一つ。ヴィーシャめ、タフになったものだ。薄く笑いターニャは肩をすくめる。

「胃腸の一つぐらい、労《いた》わってやるのが上司の務めだろうて」

「では、消化の良いものを」

「ついでだ。急ぎの報告がない限り、帰任の挨拶は当直士官相手に口頭で構わん。形式は一切抜き。サッサと食わせて、さっさと寝させろ」

了解、と一礼して立ち去ろうとするセレブリャコーフ中尉。

その背中に、ターニャはタフな一言を付け足す。

「ああ、中尉。もう一つあった。貴様、グランツの書類仕事を変わってやれ」

「は？　えっと……、私が、でありましょうか？」

そうさ、とターニャは頷く。

「つい先ほどのことだが、余計な口が叩けたのではないかな？　私が見るに、元気があり余っているのだろう？」

「ええっと、その」

「まさか、戦友の手助けを断ったりはしないだろう？」

「び、微力ながら力を尽くさせていただきます」

結構、とターニャは上機嫌に頷く。

かけ出していくセレブリャコーフ中尉を見送り、そこでターニャは再び任務の方針――いかにすべきかという思考に脳味噌を割き直す。

敵を叩く。

言うは簡単だが、行うのは難題だ。

フリーハンドは与えられているが、上司は自由裁量に見合う無茶な成果を期待している。厳密に言えば、ギリギリ限界手前ぐらい。

悲しいことに部下の経験は偏っていて、必要とされる分野では未経験者も多い。

ターニャの立場は、プレーヤーでありマネージャーでもある。

一人二役、役職手当は雀の涙。

やはり転職必須だろう。

ただ、アピールする材料を手にしないことには何も進まない。

かくして。

ターニャの目指すささやかなハラスメント作戦が幕を開ける。

集結したサラマンダー戦闘団の将校を前に、ターニャは端的に目標を告げる。

「諸君、簡単なハイキングとしゃれこもう」

愉快な旅への誘い。

ターニャの主旨を理解した将校らは、一様に苦笑しているが知ったことではない。

「要点は単純だ。キャンプ会場に行って、火を放ち、お肉を焼いて、血の滴る肉を地面にぶちまけ、食べられる缶詰があればありがたく頂戴する。現地調達で楽しむぞ」

バーベキューに擬した比喩は、将校らに誤解なく理解されたらしい。

ヴァイス少佐の如きに至っては、ビールが欲しいところですなと軽口を挟む余裕すら見せるほどであった。

そして、実際、簡単な仕事である。

師団ともやりようによっては殴り合うサラマンダー戦闘団が、総力を挙げてたった一つの敵砲兵陣地を狙うのだ。

事前の航空偵察で見つけてある砲兵陣地が一つへ全力襲撃。

陣頭に立つのは、ターニャ自身である。目当ての砲兵陣地を見つけるや、航空魔導大隊全力でもって襲撃を敢行。

勿論、道中、いくつかの防御線があるが……飛んで越えれば関係ない。

飛べる歩兵という特性を存分に発揮し、第二〇三航空魔導大隊は瞬く間に砲兵陣地に肉薄していく。この点、合州国軍の砲兵陣地は『肉薄攻撃』を想定していないらしく……なんというか、抵抗は実に散発的だ。

「制圧！　制圧！」

勝利の凱歌《がいか》を叫ぶ魔導師らが、魔導刃とピストルで少数の勇敢な敵砲兵を排除し終えたころには、敵防御線を飛び越える空路経由で砲兵が魔導師によってピストン輸送される始末だ。

さすがの砲兵も、魔導師に空送される経験は初めてらしく、幾分は戸惑っているが……合州国軍の砲兵陣地は今や帝国軍砲兵隊の手とするところと化している。

遺棄された陣地だけに、散らかってはいる。

だが、ターニャにとってみれば元手ゼロ円の砲弾と大砲が転がっている濡《ぬ》れ手で粟《あわ》を摑《つか》めるような環境でもあるのだ。

にっこり、とターニャは運んできてやった砲兵屋に微笑《ほほえ》む。

「どうだろうね、メーベルト大尉。ご希望通りの大砲だぞ」

「……試射もしていない砲ですが」

「百発百中など求めん。せいぜい、百発一中で十分すぎるぐらいだ。なにしろ、元手はゼロだからな」

フリーライドだ、などとターニャは笑いつつ言葉を続ける。

「いくら外しても、帝国の納税者諸氏を怒らせる心配はしなくてよいぞ」

「それはそうですが……しかし、配置転換も困難な砲兵陣地はいい的です」

そうだな、とターニャは頷く。

「アーレンス大尉が突破に成功しないと、諸君の退路がな」

危ないぞ、と返すまでもなかった。

盛大に撃ち合っているらしいアーレンス大尉ら、戦闘団の大多数は程なくして陣地近郊まで進出済み。

第一、万が一を想定した対応案も考えてある。

「正直、いざとなれば『お迎え』のところまで走れるだろう？」

「歩兵操典を学ばされましたからね。砲兵ながら歩兵の真似事《まね》ぐらいは模倣し得るようにはなっております」

うん、とターニャはメーベルト大尉に頷いてやる。

「じゃあ始めようじゃないか。とりあえず、手当たり次第に撃ちまくってやれ」

「自由に、でありますね？」

「ケチケチする必要はないぞ、大尉」

他人の金なんだからな、とターニャは愉快そうに笑って告げる。同時に、その言葉は普段節制を強制されている砲兵屋には福音の如く響いたのだろう。

にっこり、と。

この上なく見事な敬礼でもって応じてくるや、メーベルト大尉以下、砲兵諸君は実に生き生きとした活躍ぶりを始める。

まずは、ブービートラップの有無を確認。問題がないことを認めるや、直ちに試射を兼ねた砲撃を開始。当然、観測で支援するのは第二〇三航空魔導大隊のベテランである。

具体的には、グランツ中尉らの中隊が緊密な観測支援を提供。

最初は一門ずつ。

癖を把握するように、ちょっと撃ち、修正し、改めて発砲。

そんな単発の音が幾度か響き、次いで連続して轟く猛烈な砲声へと切り替わる。観測射撃から効力ありとして全力射撃が奏でるテンポの良い砲声。全く以て景気のいい音である。

ドンドンと打ち出されていく砲弾は、合州国の血税で贖われたもの。ヒトの金で戦争というのは、中々愉快な経験とも言えるだろう。

観測の任に割り当てていたグランツ中尉が警報を叫んだのは、そんな愉快なタダ砲撃の砲声を戦音楽としてターニャが楽しみ始めていた時のことだった。

「敵魔導部隊です！」

感知されるのは、多数の魔導反応。

だが、よく拾えばせいぜいが大隊と同数程度か。

「同数か。慌てるほどでもあるまい」

大方は即応で上がってきた部隊。魔導反応に覚えがないことを思えば、新手だろう。敵軍の状況からして経験不足の新手という公算が大。

「合州国か、イルドアの部隊かは知らないが……いい獲物だな」

ぺろり、と舌なめずりしつつターニャは考慮する。

砲兵陣地を奪われた挙げ句、派遣した即応の魔導大隊が落ちれば敵の受ける『衝撃』はいや増すだろう。宣伝目的からして、是非ともここで叩いておきたい敵だ。

「軽く料理してやれ！」

号令を飛ばし、邀撃《ようげき》すべく部隊ごと空へ。

だが、意気揚々と砲兵陣地上空で隊列を整え終えたターニャは、接近してくる敵に気が付き嘆息を零すことになる。

「こいつは酷い」

なんというか、と肩の力が抜けていくものだ。

「敵もやる気だけはあるようだが……ほとんど、素人だな」

ターニャの端的な評価に応じるのは、同じように呆れ果てたヴァイス少佐の声である。

「バラバラの隊列です。見るだけで分かりますよ、あれは怖くない。以前相手にした合州国の魔導部隊の方がよほどいい動きをしていましたね」

「ヴァイス少佐、敵を侮り過ぎるなよ？　あれが擬態の可能性は頭の片隅に入れておきたい」

「失礼ですが、中佐殿。あの敵を恐れる方が問題では？」

まぁその通り、とターニャも同意する。

確かに敵を過大評価する必要はないだろう。それでも、潜在的には注意をしておくだけの価値が敵にはあるのだ。

「イルドア人と合州国人は、今のところは初心《うぶ》なおこちゃまだろうがね。時間と経験、それに万全の訓練が合わされば化けるぞ」

「今、そうでないことを神に感謝します」

その言葉と共に、ヴァイス少佐の魔導中隊が突撃機動を開始。

双発の九十七式はいつもの如く軽快な運動性と、重戦車並みの防御力を突撃する帝国軍魔導師に与えてくれていた。

距離の壁すらも、快速性故に踏破は容易い。

もっとも、だからといって、部下を敵に撃たれるに任せておく道理もなし。

突っ込む部下を援護するべく、ターニャは光学系狙撃術式を選択。敵魔導部隊へ向け、牽制《けんせい》程度のつもりで幾つか発現した術式を叩き込む。

少し削れれば御の字ぐらいのつもりだったそれは、意外というか、予想以上に敵の意表をついたらしい。

あっさりと落ちていく敵魔導師ときたら、ヒヨッコもいいところだった。

突入したヴァイス少佐の魔導中隊で事足れり。ほぼほぼ片付いたなと微笑みかけたターニャの耳は、しかし、不愉快な発言によって遮られる。

「神のご加護のおかげですね、中佐殿。この調子で、敵を片付けてしまえるかと」

中隊単位で見事な機動を披露し、敵魔導部隊を翻弄するヴァイス少佐が何を考えようとも内心の自由は尊重するつもりであった。

だが、ターニャとして政教分離の原則はあまり揺るがすわけにもいかない。

第一、神などと！

「ヴァイス少佐、それは違うぞ。我らが悪魔に感嘆されるか、彼らが連中の神へ怨嗟《えんさ》の声を上げるか、だ」

存在Xを見ればいい。

神が存在するとすれば、どうして、世界はこうも理不尽なのだろうか。ただ人のターニャとしては、良識人として世界のありように嘆くしかない。

「神にとって代わるという気概で、戦争をやりたまえ」

「心いたします」

よろしい、と応じつつ、ターニャは少しばかり状況を変えようと敵に対する慈悲の心に思い至る。

別に全滅させねばならない義務があるわけでもないのだ。

双方の無駄な流血を抑止できるのであれば、それに越したこともないだろう。

「セレブリャコーフ中尉、おい、少し来い」

「はぁ、何を？」

「降伏勧告をぶちかませ。なるべく、おっとりと『後方の軍属』のような声色で。必要ならば、連合王国公用語が喋《しゃべ》れるだけのタイピスト風でもいい」

心得顔になった副官に対し、ターニャは努めて説得力のありそうな文面を伝える。

「起草、文面：帝国軍参謀本部隷下レルゲン戦闘団より、合州国の指揮官殿。既に戦闘は決した。小官は騎士道精神に基づき、また、これ以上に有為な若者の生命を貴官が浪費することなく、速やかに降伏されることを希望するものである、以上！」

「直ちに、先方に通告します」

そして、セレブリャコーフ中尉の呼びかけに対する合州国軍魔導部隊からのお返事は、実に礼儀正しく紳士的な糞《くそ》であった。

「発、合州国指揮官。宛、帝国軍指揮官殿。糞くらえ。繰り返す、糞くらえ。終わり！」

それ以上でも、それ以下でもなし。

強いて言えば、少しばかり敵の火力が上がったぐらいだ。

何とも戦意は旺盛らしい。

「……ちっ、意外にしぶとい」

戦闘の衝撃にもかかわらず、意気軒昂《いきけんこう》。

ターニャは咄嗟に敵の状況に思いをはせる。敵を散々に叩いた中では、最低と形容せざるをえない反応だ。狼狽《ろうばい》を期待していたのだが、敵の返答からするにその願望とは裏腹に敵は未《いま》だに心が死んでいない。やせ我慢であれ、こうも強気を即座に返せるならば、指揮官以下が健全そのものだ。

指揮官が折れていない部隊は、粘りづよい。

リーダーシップでもって、部下に抵抗心を喚起させせしめるのが指揮官なのである。

「全くもって、立派なリーダーじゃないか」

降伏させることは無理だろう。

「戦果の最大化が限界か。せいぜい、苦手意識を敵兵に植え付けることにしよう」

小規模にして、派手な偶発戦。

端的には、威力偵察と称される類い。

かくして、ターニャの戦闘団は敵の砲兵陣地を分捕り、敵魔導師を少しばかり叩きのめし、そして意気揚々と両手に鹵獲したお土産を抱えて元の陣地に戻っていく。

戦術的影響はあまり大きくないだろう。

なにしろ、ただただ派手に血税で作られた砲弾を浪費し、敵に対してハラスメントを行っただけ。俯瞰《ふかん》して見るものがいれば、これはデモンストレーション以前のハラスメント程度だろう。

何一つ戦局に変化はないのだ。

しかるに、この下らぬバカ騒ぎにおいて、帝国側が求めてやまぬものがたった一つだけ得られるのも事実である。

時間。

ただの時間稼ぎ。

極論として、必要であったが故に、この展開を帝国軍参謀本部は欲したのだろう。

だからこそ小規模遠足を終え、己の陣地に戻るやターニャは心から呻《うめ》く。

今日はやり遂げられた。正しくは、『今回もなんとか』という前置きが付く。早晩、綱渡りに限界は来るだろう。できれば、やり方を変えたいところだ。だが、自転車操業状態の帝国は矢継ぎ早に同じことを自分に求めてくるだろう。

その未来がいとも簡単に予見できる。

ターニャ・フォン・デグレチャフ中佐の下《もと》へ一通の電文が渡されたのは、そんな苦悩の最中である。

曰《いわ》く、東部への再展開を予期せよとのありがたいご命令。

震えあがりつつターニャは思うのだ。

「私は……どれだけ、頑張ればいいのだ?!」

chapter IV

統一暦一九二七年十二月十三日　アライアンス司令部・連合王国エリア

その知らせを理解した時、ドレイク大佐は苦悩の渦に沈んでいた。

どうしてこうなったのだろうか？

ドレイクが見上げた空は、青かった。

透き通っていて、吸い込まれそうで、どこまでも明るいイルドアの空。

戦時下の緊張なんて、まるで他人事《ひとごと》かのように呑気《のんき》で、手を伸ばせば空を摑めるんじゃないかと夢想させられてしまうようなそれ。

「絵画にされるのは、相応の理由があるのだなぁ」

空を見上げながらドレイクはぽつりと呟く。

肩が妙に重たくなければ。

この重責がなければ、きっと、空の美しさに感動すらできたのだろう。

不幸なことに、ドレイクの心はそれどころではない。

「ああ、なんで、俺が、主力なんだ」

紳士たるもの、こんなところで零すべきではない類いのソレ。

分かってはいる。

ドレイク大佐その人とて、余人に指摘されるまでもなく、指揮官としてあるべき言動というものは心得ている。

それでも彼は、満腔《まんこう》の憤りを押し殺し、愚痴を零すしかない。

ことの発端は、いつでも唐突である。

再展開の命令。

受け取った当時、激戦が予期された正面からの転出ということもあり……ドレイク中佐にとって、納得は大変だった。

とはいえ、プロパガンダに携わる部隊という性質は重々承知の上。

多国籍義勇軍が放り込まれる戦線として、イルドアに放り込まれるのは自然と言えば自然な成り行きでもあった。

唯一の問題は、連邦軍の同僚らと連れ立ってイルドア入りできるか、という点。上が万全を確約していたが、そんなものを信じると？　などと斜に構え、各所からの横やりを警戒していた。だが、結論から言えば全てが杞憂《きゆう》。連邦領内において『内務人民委員部』のお墨付きというのは実に霊験あらたかであったと書き添えてもいい。

万事が万事、実に順調。

あっさりとイルドア半島に展開し、あまつさえ、臨時司令部とやらに顔を出せば心得顔の受け入れ担当者が立派な寝床まで案内してくれる段取りの良さだ。

喜ばしいことに、なんと一人一室の個室までが与えられる好待遇。

食い物に至っては合州国の供与か、贅沢な航空魔導師用の高カロリー食を食べ放題とくる。

至れり尽くせりの待遇は連邦でも珍しくはなかったのだが、展開したばかりのはずの合州国軍施設でこうも厚待遇というのは予期せぬ驚きでもあった。

だから、ドレイク中佐は生憎《あいにく》なことに物事が順調だと誤認してしまう。

連合王国の外交官が自分を呼び出しに来たときは、全くもって段取りが良いことだと感激すらしてしまった。

はっきりと言えば、迂闊《うかつ》だったのだろう。

己の認識ミスを彼が悟るのは、案内された一室で己の眼前に座る外交官の正体に気が付いたときだった。

伸ばした背筋をさらに正し、ドレイク中佐は声を出す。

「質問をよろしいでしょうか」

「なんだね、中佐」

「はい、大使閣下。なぜ、小官が大使閣下から作戦の説明を受けているのですか？」

ドレイクの問いに対し、大使は平然と答える。

「良い質問だね。貴官に大切な任務を誤解なく伝えるためだ」

「本国からの軍令によれば、イルドア - 合州国合同軍の魔導部隊を『多国籍義勇軍』として支援せよとのことでしたが……」

「ああ、そのことは忘れてくれて結構だ」

にこやかな表情、穏やかな声色、そして打ち解けたしぐさでもって大使閣下はドレイクの疑問を笑い飛ばす。

「少々状況が変わってね。多国籍義勇軍における貴官の立ち位置も変わったんだ」

「なるほど。政治でありますか」

大使閣下が頷くのを受けてドレイクは苦笑する。

またか、と。

「しかし、では……なぜ、私だけ呼ばれたのでしょうか？」

「多国籍義勇軍とは言うが、君たちは連合王国の部隊だ。イルドアでは、できれば別々に行動してもらいたい」

ほう、とドレイクは息を呑む。

「連邦軍と別行動をとるべき理由は、お聞きしてもよろしいでしょうか？」

大使はドレイクの問いかけるような視線に対し、隠し立てすることはないとばかりにあっさりと返答を投げて寄越《よこ》す。

「対合州国世論工作の一環だ」

「よく分からないのですが」

「共産アレルギーへの配慮だよ。共産主義者と合州国軍が肩を並べて戦う写真は……少々問題があるとのことでね。連邦軍には、イルドア軍を援護してもらいたい」

「……なるほど。どうも、不合理に思えますが」

「その通り。馬鹿馬鹿しいことだな」

だがね、と前置きしつつ大使閣下はドレイクにさりげなく因果を含めるような声色で語り続ける。

「先方の世論にあらぬ陰謀論を誘発しかねない要素は警戒せねばならん」

「陰謀論？　戦時下ともなれば、噂話《うわさ》の百花繚乱《りょうらん》もやむなしかと」

「程度問題なのは認めるが、お偉方は慎重なのだ。勿論、世論の動向を見つつ……ゆくゆくは、慣らしていくつもりではあるだろうがね」

大きく息を吐き、大使閣下はぼやくように嘆いてみせる。

「ミスター・ドレイク。君も心当たりの一つや二つ、あるだろう？　必要というのは、時に新しい友人を恵んでくれる一方で、悲しい離別を強要するものだ」

「戦争をしながら、オトモダチごっこでありますか？」

「無駄だと、私も上申したさ。本国の紳士諸君と植民地人が考えを変えるには、今少しばかり時間が必要ではあるようだがね。なに、現実は残酷だ。後ろの連中が目を覚ますのも時間の問題だとも」

安心しろ、と諭されているのだろうとドレイクは理解した。

相手の言わんとするところは把握し、その上で彼は『また、空手形か』ともため息を心中で零す。

いつも、いつだって、この手の空約束ばかり。

また、いつかは、やがては、そのうちにのオンパレード！　時間が解決してくれるってのは、自分が死ぬまで解決されないということと同義でしかない。

多国籍義勇軍とやらに押し込まれたのも、連邦で共産主義者の相手をする羽目になったのも全ては、政治の要請である。

挙げ句、イルドアに派遣され、友軍と分断されたのも政治の要請だ。

「大使閣下、それで、私は政治の何を心得ておくべきなのでありましょうか？」

綺麗《きれい》ごとだけで戦争はやれない。ドレイクにしたところで、面倒ごとの一つや二つ、とっくの昔に覚悟は完了済みだ。

じっと見つめる先では、大使閣下が柔らかく微笑む。

「肩の力を抜きたまえ。別に、取って食いはせんとも」

さぁ、などと椅子を勧められれば選択肢はなし。言葉に甘え、椅子に腰かけたところで……大使閣下の言葉がドレイクを大いに揺さぶる。

「良い話からしようか。まず、おめでとうと言わせてくれ。少し早いが、クリスマスプレゼントだよ、ドレイク大佐」

「大使閣下、小官は国王陛下の海兵魔導中佐であります」

「鈍いふりはやめたまえ。新しい階級だよ、君」

息を呑み、揺れる心を抑えながらドレイクは問う。

「昇進の理由をお伺いしたい」

「一つ。多国籍義勇軍の最高位が連邦人だけというのは望ましくない。我々は、対等でなければ。従って、君はたった今をもって昇進することになるわけだ」

ドレイクが心の底に飼っている皮肉屋は途端に騒ぎ出していた。

ただ、釣り合いをとるための昇進？　と。

猫も杓子《しゃくし》も、政治か。

「政治的事情による昇進でありますか。……嬉しいものではありません。真面目に戦争をやっているのが馬鹿馬鹿しくなります」

「戦功もあってのことではあるさ」

「それが全てであれば、どれほど気が楽なことか」

「まぁ、本国の政治家の考えることだからね。何しろ連邦軍が大佐でこっちが中佐では格が劣るだろう？」

政治だ。

それも、臭い政治だ。

だが、それが世の中の流れだという悲しい事実をドレイクは嫌というほどに思い知らされている。

「……私としては、不本意な昇進になりますね」

「いやいや、明るい話題だとも。ここからは、一つほど下らない話をしよう」

一体全体今のどこが明るいのか、ドレイクには皆目見当もつかない。だが、眼前で語る大使閣下は大真面目そのものという表情だ。

「くだらないお話ということは、これまた政治絡みで、それまた何か厄介ごとということでありましょうか」

「その通りだ。貴官には苦労を掛けるだろうな」

「さては……我々の配属についてでありましょうか？」

「勘のいいことだな」

わざわざ、『ミケル大佐』と同格の『ドレイク大佐』が必要になるということだ。国家同士がくだらない鍔迫《つばぜ》り合いをやったんだろう。

挙げ句、連邦軍と連合王国を分離するのだ。

相当の要求があるのは容易に想像できてしまう。恐らく、イルドア軍が大敗しているのも響いている。

本国の考えることなぞ、ろくでもないことばかりだろう。

大方は、あれだ。イルドア人がこけた戦場で、連邦人が大成功する余地を温存したくはないとか狡《ずる》い発想に違いはあるまい。

「多分に形式的な措置だが、貴官にはより広範な裁量権が認められる。部隊としては独立行動権が付与されることになった」

「配属先はどうなるのでしょうか。合同魔導軍司令部ではないと？」

困惑するドレイクの確認に対し、少しばかり首をかしげ、わずかに言葉を選ぶように沈黙した大使は再び口を開く。

「厳密には、同じだが違う」

「違うとは？」

「貴官がイルドア方面において所属するのは、当初告げられていた合州国‐イルドア合同魔導軍司令部ではなくなった」

意外な言葉だとドレイクは表情に困惑を浮かべる。イルドア方面の魔導部隊は、統合運用されると聞いていた。それが変更とは？

「改編されたのでありますか？」

「形式上はな。連合王国、連邦も加わるのだから、一つの一大同盟だ。号してアライアンス合同魔導軍司令部が設立されることになった」

なるほど、とドレイクは事情を読み取る。

敗北に伴う衝撃は想像以上らしい。

連合王国軍、連邦軍の地上戦力が多分に名目的であることを考慮すれば、実質的には合州国とイルドアの統合運用。そして、アライアンス合同魔導軍司令部という看板はさておき、四カ国軍の合同司令部という形式ともなれば、イルドアの主導権も相当に制限されるだろう。

事実上、ホスト国としてイルドアが主導権の放棄を認めるに等しい。主権に関わる譲歩でもある。そんな選択をせざるを得ないほど、イルドアは追い詰められているのか。

ドレイクの頭脳は、状況の逼迫度《ひっぱく》を嫌でも読み取ってしまう。面子《メンツ》を重んじる主権国家がこうも譲歩だ。

「相当逼迫しているのでしょうね。程よく煮え立っていると申しましょうか。状況の危機的度合いを理解しました」

「覚悟ができるのは、真に結構なことだろう」

はい、とドレイクは曖昧に頷く。

「今から震えてしまいそうです。一体、どのような難題が小官に飛んでくるのでありましょうか。上手《うま》く上官とやっていけるか不安になります」

「心配は無用だ。君は、君の主になれる。おめでとう、一種の特権だ」

「失礼、それは？」

「貴官に対して発令される新しい辞令は、アライアンス合同魔導軍司令部付の独立行動権付指揮官で、率いるのは第一戦闘グループだ。励むことだ、総指揮官」

大袈裟《おおげさ》な肩書に仰々しい組織名。要するに、官僚主義だろうか。だが、そこに独立行動権とは！

これでは、アライアンス合同魔導軍司令部など絵に描いた餅。時には形から整える価値もあるのだろう。だが、内実が伴っていないのがドレイク大佐には一目瞭然だ。

ついでに、と彼は口を挟んでいた。

「大変光栄ですが、私が掌握しているのは一個大隊程度です。独立行動権を頂戴したところで、単独作戦行動は困難でしょう。結局、書類仕事が増えるだけなのでは？」

「まぁ待ちたまえ。……連邦軍と『協力』すれば数は増えるだろう？　貴官が要請し、指揮下に置くという形式であれば政治的には許容されるぞ？」

つい先ほど分離しておきながら、都合が悪くなると『合力』せよとは。方便に表現と、建前が色々と外交にはあるのだろうが……とドレイクは苦笑しつつ算盤《そろばん》を弾《はじ》き直す。

しかし、そうまで工夫したところでないものはないのだ。

「二個大隊程度かと。損耗が著しく、額面通りとはいきません」

東部戦線の激戦、限られた要員の補充。なにより忌々しい戦争の進展は、魔導資質のある新兵を根こそぎ動員してしまっている。

定数を割り込む総勢六十名が現状というところか。

「ふぅむ、それは困るな。本国は、君たち多国籍義勇軍を基幹に諸部隊を改編すれば二個連隊規模はひねり出せると算盤を弾いていたのだが」

嘘《うそ》でしょう、とドレイクは噴き出しかけていた。

「一人三役でも追いつきません」

勝手な計算。

捕らぬ狸《タヌキ》の皮算用どころか、捕らぬ狸の皮で空売りまでやっているのだろうか。いくらイルドア軍が打撃を被ったからといって、無理に抽出されてはたまらない。

兵隊は、数字じゃないのだ。

部隊の力量に至っては、有機的結合がどうしても欠かせない。ただの帳簿上の定数に拘泥するような算術に対しては、ドレイクとしても苦言を呈さざるを得ない。

「部隊というのは、一朝一夕に水膨れさせられるものではありません」

「人手が必要なのだよ、大佐。分かるだろう？」

「連邦と連合王国、それに外部からの援助を入れて最大限に水増ししたところで……一個連隊が作れれば、御の字です。無理に無理を重ねても、それが限界かと」

多国籍義勇軍に参加している魔導師らの状況を踏まえ、ドレイクが述べるのは現実的な見積もりだ。

誠実で、厳密な見積もりではある。

ただ、ドレイクの数字が大使閣下に感銘を与えなかったのは、間違いない。

「そうか、どうにもよくないな」

はぁ、とため息を零し、天井を見詰め始める外交官の態度はありありと不機嫌を物語る。

ドレイクとて、察しはつく。なにしろイルドア軍、合州国軍と同格を主張するのに、派遣できるのはたった一個大隊の連合王国軍部隊。

まずもって、面子が響くだろうというのは容易に想像できる。くだらない国家の面子だが、必要とあれば、無理をする必要もあるのだろう。

他国に負けてはいられない。

それならば、ドレイクとてやりようはあるつもりだった。

「大使閣下、ご安心ください。我々は一個大隊にすぎませんが、友軍を援護するぐらいのことはやってのけられます。合同魔導軍司令部においても、他軍の足手まといにはなりません」

「すまんが、大佐。君は、勘違いしている。君の役割は、主軍援護ではない」

「では、所属は名目的なものだと？　独立遊撃は文字通りでありましょうか？　正直、そのように指揮権を分散するのは……」

主権国家がそれぞれの独自性を主張するという可能性に思い至り、ドレイク大佐は咄嗟に忠告とも警告ともつかぬ言葉を口に出す。

「兵力の分散は禁忌です。統合運用されねば危険すぎましょう。我々がバラバラに戦争をしては帝国に付け込まれ……」

ドレイクの言葉は、手を掲げてきた大使閣下に割り込まれ、遮られる。

「大佐、違う」

「違うとは？」

「指揮権も兵力も分散する余裕など、確かにない。なぜならば、大佐。君こそが、主軍指揮官なのだからな」

「私の指揮権を拡大すると？　ですが、お話がよく見えません。たった一個大隊で統合部隊の指揮官ですか？　格が不足します。それとも、連合王国本国が私に増援部隊を下さると？」

困惑するドレイクに対し、大使閣下は寂しく笑う。

「いや、手持ちが全てで、君が指揮官だよ、大佐」

「ご冗談が過ぎますな。幕僚ですら、到底足りないではありませんか。第一、少数の部隊しか出せない我々連合王国が主軍を指揮できるはずも……」

「違うのだよ、大佐。貴官らは、確かに、数日前までは数的には主軍ではなかった。だが、今や、君たちだけが主軍なんだ」

「……我々だけが、主軍？」

壮烈な警報音。

まるで、ラインの悪魔に近接戦を挑まれるかのような悪寒。猛烈に嫌な予感がドレイクを襲う。

「合州国-イルドア合同魔導軍はもうない」

つい先ほど聞いたばかりの話に聞こえる。

けれども、ドレイク大佐の頭脳は単語一つ一つの意味を反芻《はんすう》し始めていた。

『もうない』？

改編されたはず。だが、それは『形式上』だとも……。

「お待ちください。友軍魔導部隊は組織改編でアライアンス軍司令部に配備されたのでは『なく』、いなくなった……？」

「合州国先遣隊付の魔導部隊は全滅した」

訳が分からない。

俄《にわか》には理解しかね、ドレイクは呻くように問う。

「航空魔導連隊コリントは？　彼らは、優良装備と優良な兵員です。よしんば、全滅するほどの打撃を受けたとしても、再編すれば大隊など軽く生み出せるでしょう」

「大佐、軍事的にではなく、文字通りに『全滅』だ」

「あり得るのですか、そんなことが？」

ありうるのさ、と大使閣下は本当に疲れ切った顔で頷く。

「再編しても、ようやく中隊をひねり出せるかどうか」

「ですが、合州国の海兵隊や海軍の魔導師が別口でいるはずです。事前資料では、最低でも魔導師団相当の兵力がイルドアに送り込まれていると……」

「コリントが落ちた。で、海兵隊は海上護衛で手がいっぱい。挙げ句、軍の予備隊をラインの悪魔あたりに食われた。奴《やつ》は、本当に悪食《あくじき》だ」

事態の深刻さを理解するや、ドレイクはため息を零していた。

「艦隊から魔導師を抽出するのは？」

「内海方面で何が起きたか忘れたかね？　我が方の空母と主力艦を、訳の分からん魚雷と魔導師の組み合わせが襲ってきたあれだ」

「……艦隊から魔導師を引き剝《は》がせば、あり得るわけですか」

自分の目で見たからこそ、ドレイクは知っている。海軍は、決して、同じ過ちを繰り返すつもりはないだろう。だから、海軍の、艦隊直掩の魔導師は絶対に引き抜けない。

ほとんど絶望的な思いに駆られつつ、それでもとドレイクは敢《あ》えて言葉を紡ぎ続ける。

「しかし、イルドア軍の魔導師らは？　彼らには本土防衛です。なりふり構わず動員しているのでは？」

「魔導装備の大半を北部の軍需備蓄もろとも喪失。実戦部隊の大半も、初戦で消耗した。魔導師として資質のある要員は動員しつつあるが、宝珠が足りん」

「宝珠ぐらい、運べばよろしいでしょう！」

「それぐらい、考えたとも」

一言、一言を区切るように、何かに耐えるように大使は応じる。

「だが、どこから用意するのだ？　本国でさえ、魔導部隊の著しい消耗で大量の宝珠補充には頭を痛めているのだぞ。他所《よそ》から買いあさっている始末だ」

「なら、その他所から持ってくればよいでしょうに」

「ドレイク大佐、現実を見たまえ。合州国からの搬送も間に合わん。なにより、植民地人どもも自軍用に大量の宝珠を確保し始めている。当分は品薄が続くだろう」

「……馬鹿げていますな。ベテランのイルドア人に宝珠を持たせる方が、合州国の新兵に持たせるりも有意義な使い方でしょうに」

「軍事的には、だな」

含みのある外交官の言葉に、ドレイクは眉をひそめる。

「大使閣下、つまり……政治が許さないとおっしゃるのですか？」

「合州国軍が叩かれ過ぎている。だから、対外援助全体が見直されそうなときに、イルドア向け宝珠の割り当て増大などできんのだ」

その言葉と共に、大佐の階級章を押し付けられた男へ、外交官は更なる懇請を投げかける。

「大佐。頼む」

「……できることと、できないことが」

「君たちが、君が、我がアライアンス合同軍事司令部唯一の西側戦力なのだ。連邦軍に救われるわけにはいかない。救ってくれ、我々を」

「……一個大隊で、帝国軍魔導部隊と戦争をやれとおっしゃる？」

「すまん」

泣きそうな顔での謝罪。

きっと、大使なりの誠意なのだろう。

だが、泣きたいのはドレイク大佐も同じなのだ。

「数字の問題は、深刻です。これは、文字通りに理解していただきたいのですが……数が足りません」

「大佐、それを政治が求めるのだ」

「物事には、限度があります」

頼む、と繰り返されたところでドレイクとしても繰り返すしかない現実がある。

「私は、総勢四百近い有力な友軍を掩護《えんご》する有力な支隊として派遣されました。連邦系を切り離すのであれば、単独で三十に行くか行かないかです」

どう考えても、足りない。

「大使閣下、それが本国のご命令であれば、私に否応《いやおう》はございません。国王陛下の紳士たるもの、必要とされることを遂行いたしましょう」

「……無理だと承知で頼む」

ただ、とドレイク大佐は言わざるを得ない一言を吐き捨てる。

「大変興味深いご命令、確かに承りました。ただ、次からは紳士の起草した命令を頂戴できれば幸いです」

統一暦一九二七年十二月九日 帝国軍遣イルドア査察司令部

軍隊の飯を食って長い士官であれば、唐突な命令は馴染《なじ》みといってもいい。

誰だって、初めは驚く。だけれども、最初の一回以外は意外さも真新しさもなし。二度、三度と重ねて経験すればそれはもはや組織文化の一環にすぎない。

経験を重ねれば、諦観と共に受け入れてしまう。

『命令は命令で、軍隊は軍隊だ』という具合に。

だが、ウーガ中佐ほどともなれば、別格である。今次大戦で最も酷使された鉄道屋の一人として、もはや日常茶飯事に近い。

とはいえさすがの彼であっても、驚きを覚えることはゼロではない。

「ご苦労、中佐。呼び出してすまないが、貴官に与えていた命令は全て取り消しだ」

「……は？　いえ、ご命令とあれば直ちに。別命を頂戴いたします」

直立不動で姿勢を正すウーガ中佐に対し、上官はにこりと微笑み一枚の紙きれを突き付けて寄越す。

「おめでとう、中佐。栄転だ」

ゼートゥーア大将から直々《じきじき》に渡されたのは転属の辞令。薄っぺらい紙だが、中身を改める間もない。

なにしろ、辞令を手渡ししてくれた上官が直々に説明してくれる。

「中佐、君もそろそろ連隊長勤務をしておくべき時期だったはず。しかるべき地位で、前線を経験しておくことは当然の義務だろう」

形だけとれば、ゼートゥーア大将の言葉は正論である。

連隊長勤務は将官級への必須経歴であるし、後方の参謀将校が前線の実情を知らぬというのも誠に不適切な偏りを生む。

「参謀本部より貴官を手放すのは苦渋の決断ではあるのだが、人事は公正・適切を旨としなければならん。誠に遺憾ではあるが、イルドア方面での緊急展開作戦がひと段落した現時点をもって、貴官に新たな役割を与えるものとした」

「……それが、参謀将校として期待されているのであれば」

空疎な美辞麗句の嵐に対し、ウーガ中佐は思考を一時的に繰り上げる。重要なことは一つだけだ。

確認しておくべきことは、決まりきっている。

「大変光栄な人事でありますが、これは、閣下のご手配なのでありましょうか」

「勿論だとも、ウーガ中佐。貴官のように有為な人材を中佐にとどめておくのは国家に対する反逆だ。戦務参謀次長としては苦渋の決断であったがね。貴官の功績と忠勤には、大いに満足しているのだ。それには報いるつもりだ」

にっこり、と葉巻を燻《くゆ》らせた上官が微笑みつつ告げる結論は揺るがない。

「連隊長勤務とともに大佐昇進の手筈《てはず》を整えてある」

ここまで言葉を連ねられれば、意味するところは分かる。

自分は用済みか。それが、彼の脳裡によぎる全てである。故に、ウーガ中佐は異議を唱えることなくゼートゥーア大将の言葉に敬礼で応じていた。

「お世話になりました、閣下」

「大袈裟なことだな、中佐」

「いえ、鉄道屋としての小官はもはやお役に立てないようですので」

部下として長らくお仕えしていたからこそ、作戦屋としての自分を期待されていないことをウーガ中佐は嫌でも理解している。卑下するわけではないが、事実として前線が得意とは自分でも思えない。

不向きな役職へ、中央から飛ばされる。ありていに言えば、左遷だろう。

寂しく、しかし、決意と共にウーガ中佐は仕えてきた上官へ別れを告げるべく頭を深々と下げていた。

「そうか。数日の別れをこうも惜しまれるとは、私も慕われたものだな」

「は？」

「はっはっはっ、貴官は、相変わらず真面目すぎる」

にこやかに、なごやかに、悪戯《いたずら》好きの好々爺《こうこうや》然としたゼートゥーア大将の笑み。穏やかなそれを前に、しかし、ウーガ中佐は獣の顎を確かに見る。

「私は確かに詐欺師かもしれないが、部下を使い捨てにはせんさ。違うかな？」

「短くない期間をお仕えさせていただいた部下として、存じ上げているつもりでした」

「つもり、かね？」

はい、と曖昧にウーガは頷く。

「中将時代までのゼートゥーア閣下であれば、人となりもよく分かっているつもりでした」

「ルーデルドルフ没後の私は別人に見えると？」

はい、と今度は迷うことなくウーガは首を縦に振る。敢えて言わないが、『気味の悪さ』すら彼は感じ取っている。

「私が参謀将校として欠陥品に近いという自覚はありますが、しかし、閣下も参謀将校というにはあまりにも……」

「逸脱している、か」

ふふん、などと愉快そうに顎を撫《な》でつつゼートゥーア大将は肩をすくめてみせる。

「話が早くて結構だ。ウーガ中佐。私は、そういう知恵ある人間がもう少し帝国には必要だと信じるぐらいだよ」

もっとも、とそこでゼートゥーア大将は忌々しげにぼやいてみせる。

「不幸なことに、昨今は人がいないがね」

「戦争が長すぎました」

「だからこそ、使える部下は酷使して、酷使して、すり減るまで扱《こ》き使う性分だ。貴官が優秀な鉄道屋であるかぎり、最前線の泥濘《でいねい》に放り込む」

軽く息をつき、ウーガ中佐は上司の賛辞を受け止める。

「ウーガ中佐。貴官は只今《ただ》より、大佐に昇進の上で第一〇三鉄道輸送連隊の連隊長だ。来年になれば、次のポストだ。参謀本部で戦務の課長だよ。おめでとう」

無造作に送られる祝いの言葉。

だが、次のポストと、その次のポストまでもが同時に提示されれば嫌でも意味を間違えたりはしない。

「失礼ですが、それは……」

「外聞は悪いが、連隊長職は本当に字句通りの意味で腰掛だな」

参謀将校であれば、誰でも一度は望む連隊長職。なにしろ、連隊だ。その椅子に座れば、綺《き》羅星《らぼし》の将官へすら道が開けていく。

そんなポストを腰掛。

ウーガは軍の伝統に敬意を払っている古いタイプだ。思わず、口が動いていた。

「閣下、お言葉ですが、連隊長職は軍の根幹です。それをこうも……とは。長すぎる大戦で連隊長職の基準が緩んでいなければ、激怒した連隊ＯＢに決闘を申し込まれていたことかと」

「神聖不可侵の連隊長職を侮辱したとしてか？」

くだらない感傷だとばかりにゼートゥーア大将は鼻で笑う。

「デグレチャフ中佐など、『いらん』と断ってきたぞ」

「……彼女が、でありますか？」

「人事が煩《うるさ》いのでルーデルドルフのアホが連隊長職を薦めたのだがな。大将閣下直々の推薦に対し、頑《かたく》なに部隊から離れぬと断言していたな」

不思議なことだが、ウーガにはなぜかその光景がありありと想像できてしまう。

確かに、軍大学で共に学んだ彼女であればそう言いそうだった。

「デグレチャフ中佐は、実戦の感覚を解する将校ですから、何が重要かを見極めたのでしょうね。昇進の機会よりも、義務を優先する覚悟には感服します」

「その通り。実際、一つの見識だ。必要なところで、必要とされる機能を発揮。帝国軍人とは、そうあるべきである」

そうだろう。

ウーガ大佐とて、その言葉に一般論としては、異論はない。

無条件の献身。

無制限の奉仕。

いずれも麗しく将校として模範とすべき正しさだが……ウーガ自身不思議なことに、魔が差すのか、ふと思うのだ。

正しさだけの存在は、それは、あまりに非人間的ではないだろうかと。

「閣下のお言葉ではありますが、人はあくまでも正しくあれるのでしょうか。これが下らぬ戯《たわ》言《ごと》であるのは承知していますが……」

ため息の交じったウーガの言葉に対し、ゼートゥーア大将は平然と返す。

「階級も、職位も、結局のところは役割を前提とするものだ。戦争において、最適化された将校ならば、そうなるものだろうよ」

違う、とウーガは言いたかった。

けれども、戦時下においてそれが一面の事実であることを彼は否応なく悟ってしまっている。

言葉に窮するウーガに対し、ゼートゥーア大将はにこやかに吐き捨てる。

「貴官がどう思うかは自由だが、私はいずれにしても部下に期待する。必要とされる役割を十全にこなしてもらうことを、だ。理解したかな？」

浴びせられる視線に対し、ウーガは姿勢を正す。微かに頷きつつ、ゼートゥーア大将はどこまでも淡々とした口調で問うてきた。

「そういうことだと心得てくれるかね？」

ウーガの答えは、決まりきっていた。

即座に首肯し、彼は口を動かす。

「……義務を果たすことは、当然のことかと。連隊長職とても、それが義務からの要請であれば、重大なご命令があるものと思って覚悟を決めております」

「正しい認識だ。貴官の仕事は実際に重大でもある」

ああ、とウーガは思う。

「さて、大佐」

「小官はまだ中佐ですが」

「新しい呼び方に慣れておくのも悪くはあるまい」

それは、決定した事項だと何よりも雄弁に物語る。

ウーガ中佐は、もはや、ウーガ大佐となった。連隊長ウーガ大佐という実に素敵な肩書は戦前であれば、きっと、誇りに思えただろう。

「イルドアの王都を望外にも制圧している今、この瞬間こそが鍵なのだ」

「何をなさるのでしょうか」

「……ありったけを持っていくぞ」

言外の意図が即座に分かってしまう。

物動に関わった人間なのだ、ウーガ自身も。だから、それは認めたくないという葛藤からの繰り言だった。

「ありったけ、とは」

「おいおい、大佐。しっかりしてくれたまえ。古の聖都を占領した邪悪な軍隊がやることと言えば劫掠《ごうりゃく》に限る」

あけすけなゼートゥーア閣下の答えこそは、ウーガが心のそこから恐れていたものに他ならない。

「もっとも、我々は文明人だ。文明的に組織的略奪を行う」

「では、小官はその実行者と……」

悲壮な覚悟でもって、ウーガ大佐は己に課せられる義務を受け入れるべく頭を下げる。

今の今まで、最前線で戦ってこなかった身だ。己の手を汚すのが軍の命令であり、祖国の要請であれば……。

「馬鹿なことを言うのはやめたまえ。貴官では、相手の懇願に根負けしてほとんどを見逃すだろうさ」

はっ、と顔を上げたウーガ自身、自覚があることだ。

否定はできないところだった。ウーガは……己がこと冷徹な軍事官僚というには、赤い血の通った人間であり過ぎることを嫌でも痛感している。

「……閣下は、小官をご存じなのですね」

「気を悪くしないでもらいたいが、ウーガ大佐。貴官の能力と適性は組織人としては一流だが、暴力装置の矛先とするにはまるで期待し得ん」

ああ、とそこでウーガ大佐は昔を思い出す。

『家族のためにも、後方へ向かうべきだ』と助言してくれたのは彼女だった。正しさだけの怪物に見えるデグレチャフ中佐にも、軍大学の同期に対するちょっとした配慮はあったのだろう。

「……では、せめて、組織人としてできることを」

「では、情け容赦なく搬送スケジュールと物流の手配はしてもらう。徴発自体は、私が段取りを整えるので心配は無用だ。もっとも、運ぶものは膨大だぞ？」

「そちらは、お任せを」

「よろしい、鉄道輸送に期待するや大である。私の獲物を、北に運んでくれたまえ」

chapter IV

統一暦一九二七年十二月十六日イルドア王都

イルドア王都に住み着いた帝国軍という連中は、実に図々《ずうずう》しいことに早くも占領軍司令部とやらを一等地のホテルやら政府施設やらを接収してでっち上げていた。

つまり、官僚主義が顔を見せたともいえる。

結果として、ゼートゥーア大将により出頭を命じられたターニャは三度の検問と、二度の呆れかえる官僚的やり取りの末にようやく『司令部』とされているホテルの一角に足を踏み入れることができていた。

早速とばかりに当直士官に面会の手続きを問うたターニャは、そこで思わぬ展開にぶち当たる。

「閣下は？」

「つい先刻、査閲を完了してお帰りになられました」

「間に合わなかった、か」

入れ違いを悟ったターニャは、微かにため息を零す。

東部送りの可能性について、ターニャとしては是非とも上官の意向を伺っておきたかったのだが。もっとも、肩を落とすターニャに対しゼートゥーア大将はきちんとお土産を残してくれていた。

「こちらを預かっております」

差し出された封筒をホテルの一角で開封し、中の書類に目を通せば命令書が一つ。

「……帰還の命令？　なるほど、やはり順次撤退か」

東部戦線を抱える帝国だ。相対的に安定しつつあるイルドア方面は防御態勢への移行が喫緊の課題である。いずれにしても、イルドアの陽気は浴び収め。そろそろ、東部の泥濘に身をゆだね直す時期が来ているということだ。

東部の激戦区。

しかも、連邦の正面ともなれば転職のコネも見つけにくいのが辛いところだ。

ターニャ個人の希望としては、西方の駐屯任務が第一希望。第二希望はイルドア方面で、間違っても東部方面の激戦に投入されたくはないのだが。

とはいえ、泣き言を言っても事態は改善しない。

東部派遣は所与の前提。

もはや、やれることをやるしかないのだと腹をくくったターニャは立ち上がり、せめて一杯の珈琲でも味わっておこうとホテルのカフェを目指す。

少なくとも、イルドアにはまだ本物の珈琲豆がたくさんあるのだから。

もっとも、同じことをあまりにも多くの帝国軍将校が考えていたのだろう。

司令部として接収されたホテルのラウンジもカフェも数多《あまた》の帝国軍人どもに占拠され、混雑具合は落ち着いた一服をほとんど不可能たらしめていた。

できれば落ち着いた空間が欲しかった……と踵《きびす》を返そうとしたターニャはそこで見覚えのある顔に気が付く。

自分と同じように、長蛇の列が並んだカフェを諦めたと思しき姿は……。

「おや、デグレチャフ中佐か」

「これはウーガ中……失礼いたしました、大佐殿。ご昇進おめでとうございます」

「ああ、これか」

肩の新しい階級章を軽く指で撫でつつ、ウーガ大佐は苦笑する。

「張りぼて連隊長さ」

「誉れのご栄達ではありませんか」

昇進、栄達、要するに出世。

たとえ帝国が傾く巨船だとしても、知己が出世するとそれはそれでうらやましいものを感じるのが人間の常だ。もっとも今回は、ターニャにとっては有力な伝手《つて》の出世でもある。これはいつでも喜ばしい。

「少し、付き合えるかね?」

勿論、社交の機会を逃すなどどうしてあるだろうか。

「お供させていただきます」

「ちょうどいい。ゼートゥーア閣下が遺《のこ》してくれた車がある。ドライブといこう」

お誘いに喜んで応じたターニャは、ウーガの先導に従ってホテルの駐車場に置かれていたイルドアの民間車と思しき車に乗り込む。

助手席を勧められ、少し意外に思いつつも乗り込めば……なんと、ハンドルは、ウーガ大佐自身が握ってくれるらしい。

運転手を置くことすら憚《はばか》られるか。

少しだけ、これからの会話の行く末に期待しつつ、ターニャはウーガ大佐の運転でイルドア王都の街並みを車窓から暫く眺めて過ごす。

そうやって、都市を暫く車で流していたウーガ大佐はようやくというように口を開く。

「麗しい大都市だ。……占領した側が言うのもあれだが、こういう日常を見ると戦前をどうしても思い出すよ」

その言葉と共に、ウーガ大佐はターニャへ軽く微笑む。

「手に入れたいと思うこともあるが、どうだね？」

「失礼ですが、ウーガ大佐殿。専門家には釈迦《しゃか》に説法でしょうが……イルドア王都など、占領しても維持しきれるのですか？」

うん、と何げなく頷くウーガ大佐の顔は飄々《ひょうひょう》としたものだ。ハンドルを握り、前を向きつつも、微かに向けられる視線は続きを促している。

「それで？」

「王都のような巨大消費地を軍政下に組み込めば補給上の悪夢です」

車窓からイルドアの市街地を眺めつつターニャは指摘する。

「ご覧ください。途中でも目にしたように大量の炊き出し、配給、避難民支援を行っているようですが……わが軍がイルドア方面に投入している兵力で五十万を超えるか超えないかです。都市人口はその数倍は軽いでしょう」

そして、都市の人口は消費者なのである。

「人心安定のため、イルドア国民へ食糧供給を帝国軍当局が行うのは理解できますが、これを続ければ、我が軍は戦う前に組織として瓦解します」

補給は一見すると地味だろう。

だが、食わねば人は死ぬ。

食えねば、人は生きるために戦う。

だから、都市は養わなければならないし、養えない都市というのはもはや兵站《へいたん》上の悪夢でしかないのだ。

その事実を踏まえ、ターニャは小さく吐き捨てる。

「こんな兵站上の悪夢は、我々にはとても耐えきれません。イルドアの大地は実り豊かですが、物流が死んだ状況では収穫物も十全にはいきわたらないでしょう」

「ははは、貴官は相変わらずだな」

微かに頷きつつ、ウーガ大佐は首をすくめてみせる。

「前線指揮官でありながら、兵站を重視してくれるのは助かるよ。正直、貴官が増えてくれれば、自分の仕事も楽になるのだがね」

「人は食わねば死にます。別に、難しい話ではありますまい」

「真理だな、中佐。どんな勇敢な軍人だって、人だからな。胃袋には勝てん」

鉄道、それも帝国の鉄道を調整して物動に携わっているウーガ大佐は噛《か》み締めるような顔で言葉を紡ぐ。

応じて、ターニャもまた言葉を紡ぐ。

「周辺が全て戦地であることを考えれば、民間での自給は論じるだけ無駄かと。都市に関しては軍当局がこれを給養せざるを得ず、ただでさえ制約のある兵站が絶望的難題に直面しかねないのではありませんか」

「前線指揮官の貴官ならば、確保した要地は手放したがらないとも思ったのだがね」

「王都防衛に必要な兵力は巨大です。東部戦線が逼迫する今日、ここに大兵力を張り付けるのは困難だと思われますが」

「相変わらずだな。貴官の知性がうらやましいよ」

そんな感嘆とも称賛ともつかぬ言葉を寄越し、ウーガ大佐は無言でハンドルを切る。

向かう先は、イルドア中央駅。

物々しい警備が敷かれた駅だが、検問の兵士はウーガの顔を認めるや、何一つ問うことなく車を通す。それどころか、車止めでは待機していた憲兵が最敬礼で乗用車を受け取る始末。

そのまま、ウーガ大佐は誰にも制止されることなく駅を自由に闊歩していく。

駅のプラットホームまで歩み、そこでウーガ大佐はさっと貨物列車を指さす。

「あれを見てどう思うかね？」

問われたターニャは、見たままを答える。

「満載ですね」

貨物列車に、貨物が満載。

言ってしまえば、それだけ。

だが、ウーガ大佐にはその答えで満足だというように口を動かし始める。

「イルドアの動産を根こそぎ頂戴さ。金銀財宝は元より、資源、機械、部品、要するに総力戦の道具をお上品に徴発だ。お代はわずかな食糧というところかな」

「街並みは綺麗でしたが」

それはその通り、とウーガ大佐は苦笑交じりに頷く。

「箱物は壊さない。しかし、価値ある物は根こそぎ。火事場泥棒とばかりに、徴発のため部隊が動かされている」

ほう、とターニャは頷く。

「組織的略奪、でありますか」

古今東西、もっとも効率的な『分捕り方』は国家機関の得意とするところである。

帝国ともなれば、経験は抜群だ。

占領した地域で『自分たち』が必要とするものを徴発する手腕など熟練の領域に達しつつある。数日もあれば、おおよそ、大半のめぼしいところは狩りつくすに違いない。

「まるで、イナゴです」

「違いない。中央銀行、王宮は元より美術館も博物館も一切が対象なのだからな」

「文化の破壊者というわけですか。随分と恨まれることとです」

軽く手を振り、ウーガ大佐はターニャの言葉を軽く否定する。

「誤解させてしまうつもりはない。文化財だけは対象外となっている。手を出せば軍法会議の後、イルドア側官警に例外なく引き渡しだ」

思わず、そう、思わずだ。

唖然《あぜん》とした思いでターニャはウーガ大佐に問うていた。

「それは……なぜでしょうか？　無論、文化への配慮が悪いことだとは思いませんが」

「閣下のご配慮だと聞いている」

「ゼートゥーア閣下が？」

ウーガ大佐の説明に対し、ターニャは俄に疑念を示す。

帝国が外聞を憚り、文化財に対する敬意を示すというのであれば『ソフトパワー』の文脈で理解するのは難しくはない。

けれども、ゼートゥーア大将となれば話は違う。

全く別次元だ。

ターニャは、知っているのだから。

「閣下は、なるほど雅量に富むお方ではあります。されども、根本的には戦争を基準とされがちです。あの方が、ただの善意で文化財など残すのですか？」

ふむ、とウーガ大佐は共感するように苦笑する。

おおよそゼートゥーアという高級将官に仕えたことのある軍人であれば、ターニャの言葉を否定しようがないのだから当然だろう。

彼らは知っていた。『必要』に奉仕する軍人は、論理の獣であるということを。

「まぁ、文化財が残っていれば『敵』は攻撃を躊躇《ためら》ってはくれるだろう」

「確かに。ですが、それだけとは思えません」

一瞬思案し、ターニャは思い付きを口に出していた。

「となれば、これは毒餌でしょうか」

「面白い可能性だが、どうしてそのような結論に？」

「煌《きら》びやかで、空っぽの都市。壊されても失うものは帝国にはゼロ。いっそ、市街戦で敵に破壊されたとやらかすのが目的では？」

ターニャの推測に対し、ウーガ大佐は愉快そうに微笑む。

「デグレチャフ中佐、貴官でも間違うか」

初めての展開だなとウーガ大佐はにこやかに微笑んでいた。

その態度から察するに、恐らく本心から面白がっているのだろう。だが、微笑みにはわずかな影が見受けられるような気配アリ。

「これが毒餌だというのは、貴官の理解通りだ。けれども、文化財については純粋に優先順位の問題にすぎないらしい。戦争遂行に資する価値が低いというのがゼートゥーア閣下のご判断だ」

「……はて？」

「換金できなくはないだろうがね。どうせ、貿易する相手も皆無に近いのだ。原材料、食糧や鉄鋼や機械類の収奪を優先だ。文化財は、単に価値がないので残すわけだ」

はぁ、とターニャはため息を零す。要するに、孤立した帝国は資源と食糧以外に関心を向ける余裕すら失っているわけだ。

嗤《わら》うしかない。

「全くもって、酷い話ですね」

「いやいや、酷いのはこれからさ。ここだけの話だが……閣下は、王都を煌びやかな廃墟《はいきょ》にすることで、敵『船舶』を狙われるおつもりらしい」

「は？」

予期せぬ単語。

船舶？　狙う？

「失礼、通商破壊作戦のことでありましょうか？」

「ははは、貴官が今日は随分と常識的なことだな」

ウーガ大佐の言葉にターニャは眉をひそめる。

自分をウーガ大佐がどのように認識しているのか、一度、確認する必要があるのかもしれない。いや、あくまでも、念のためにだが。

「大佐殿、小官は……」

「いや、すまないな。別に、貴官の知性を侮ったわけではない。実際、自分も閣下の狙いを聞いたときは戸惑ったものだからな。だが、考えれば実に道理だ。なにせ、物流網を寸断された王都というのは、ただ腹をすかせた一大消費地にすぎん」

ですな、とターニャは無条件に頷く。

「大佐殿のご専門かとは思いますが、一大消費地の維持は莫大な労力を要する多大な兵站業務でありますな」

然様《さよう》、とウーガ大佐は頭をかく。

どこか、辛そうな態度と共に彼はそこで呟いた。

「現在、帝国はちょっとした臨時列車を運行している」

「臨時列車？　輸送用ですか？」

「ある意味、その通り。北部から王都への便だよ。イルドア避難民を案内する専用列車を手配している」

「避難列車？　運行？　……我々帝国が？」

消費地にして、防衛に適せず、物流上の課題が多大な王都。

そこに『北部』から『イルドア人』を『避難』させる？

「失礼ですが、大佐殿。それは、強制的な……」

「いや、完全な自発的避難に任せてある。もっとも、我々の北部における軍政は嫌われたものでね。大勢が喜び勇んで疎開する見込みだ」

「ほう！」

莫大な消費人口。

寸断された補給線。

そして、意図的な避難民の誘導。

説明されれば、絵が浮かぶ。

このような状況で、なるほど、『船舶』という単語が飛び出してくるのは実に至極真っ当な帰結だ。

「大勢の避難者が王都にたどり着くだろう。我々は、そして、彼らをアライアンスだったか？敵に王都もろともお返しだ。イルドア南部は農業地帯だが、さて、北部の肥料と一大穀倉地帯抜きに支え得るかな？」

北部の余剰人口を南部に押し付ける。

それも、『人道的な面』を帝国は保ったままで。

軍政地域から、王都のようなところへ避難を誘導。自発的な避難ということは、潜在的なパルチザン要員の削減にもつながるに違いない。

ついでに、敵に若干の負担を押し付けることができるわけで……と考え、ターニャはそれらが全ては絵に描いた餅であることをそれとなく指摘する。

「一歩間違えば、戦争犯罪ですが」

特に、敵が給養するだろうという前提が間違えば厄介だ。

「合州国を信じることだな」

「軍需物資を運べる輸送用の船舶が、彼らの食糧を運び船腹事情が切迫してくれると期待するわけですか」

小さく、しかし、確かにウーガ大佐が首肯するように首を縦に振る。

なるほど、とターニャは腕を組んでいた。

目論見《もくろみ》はいい。ある種の兵站攻撃。

戦略的攻撃とも言い得るし、戦争において人道や正義の皮を被った戦術など珍しくもないものだ。

幸い、大前提として敵の理性的対応は期待し得るものだ。

……常識的に考えれば、市民の苦悩を見過ごしたりはしまい。更に言えばイルドアも、合州国も、まともであろう。彼らの良識は健在だろう。少なくとも、帝国ほどには戦火で炙《あぶ》られ、焦げ落ちてもいまい。要するに、帝国の卑劣な人道攻勢に対し、一切合切を無視しての軍事作戦を遂行するなど敵にはできまい。

そうであってほしいものだ。

しかしだ、と吐き捨てるに値する事実をターニャはつい口に出す。

「『期待』するわけですか。よりにもよって、敵に。敵の理性と良識に。……大佐殿、嫌なものですな」

「ああ、気まずい」

ああ、そうさ、とターニャは心中で繰り言のように繰り返す。

だが何より忌々しいのは、可能だろうという見込みだ。アンクルサムの国力は何とうらやましいことか！

連中、きっと、一国でイルドアの主食さえ供与しきってみせるに違いない。

事前計画すら抜きで、即興で、その場しのぎで、力任せに。あり余る国力に任せて！

「惨めになります」

「貴官もかね？　……善人にはつらい時代だな」

「ええ、全くです。私のように、現場で足掻《あが》くしかない人間には、あまりにも残酷に思えてなりません」

足りない物資。

不足して久しい余裕。

帝国は貧乏な戦争をしているというのに、敵は、アライアンスとやらは、潤沢なスポンサー様が直接介入。

なんと不公平な競争環境だろうか。

微かな憤りと共に、ターニャはウーガ大佐に向けて吐き捨てざるを得ない。

「公正な人間であり続けたいと願っていますが、戦火の中ともなれば理不尽を痛感する思いであります」

「立派な正義感だな」

感心したと口に出しつつ、ウーガ大佐は肩をすくめる。

「こんな戦争だ。摩耗していく同僚に慣れ切った身としては、素直に敬意を示したい」

「こんなものは、正義でも何でもありません」

どちらかと言うまでもなく、嫉妬と自己憐憫《れんびん》だとターニャは知っていた。とても口に出せたものではないが。そして、ウーガ大佐の言葉を全否定するのも階級社会では憚りがある。

上手《うま》い表現を考えた末に、ターニャは小さく呟く。

「小官は、人として、向上心を棄《す》てたくありませんので」

分かるよとばかりに、ウーガ大佐の目が細められる。

「そうだな。そう、人としてあるべきだ」

「はい、人は努力をやめるべきではありません」

もっと、賢く。

もっと、正しく。

もっと、有能に。

生涯学習を讃《たた》えるべきだとターニャは確信してやまない。巨人の肩の上に立てるのは、ひとえに巨人が建造されたからだ。それこそが、好奇心と努力に支えられた文明的で理知的な人間社会というものなのだから！

「違いない。ありがとう、デグレチャフ中佐。貴官にはいつも人間として、学ばせてもらってばかりだな」

「いえ、当然のことを申し上げたまでです」

そうか、とウーガ大佐はターニャの言葉に感じ入ったように微笑む。

「付き合ってもらってすまんな、中佐。車で送らせるとするよ、また、壮健でな」

「はい、お世話になりました。また、いずれ」


ぴしり、と教本通りの敬礼を一つ。

そのまま、小さな巨人とでもいうべきデグレチャフ中佐はトコトコとイルドア中央駅を後にし、ウーガ自身が手配しておいた乗用車で自分の部隊へと戻っていく。

その背中を見送り、ウーガ大佐もまた己の職場として臨時に割り当てられた駅舎の事務室で一人数字を相手に悪戦苦闘を再開していた。

「やれやれ、仕事が減らないか」

実際のところ、ウーガ自身が買って出た苦労なのだが。なぜなら、今のポジションが腰掛というゼートゥーア大将の言葉は偽りではなかった。

イルドアの貨車・機関車の徴発計画は既に立案済み。

鉄道網の掌握ということで、いくつもの想定計画が事前に作成されていた。実際に徴発を担当する要員も鉄道部からきちんと派遣されている。

イルドア王都の占領と、それに伴う『徴発』のプログラムこそ即興だが、こんなものは余禄《よろく》にすぎないと割り切ればルーティンワークがほとんどである。敢えて言ってしまえば、ウーガ大佐がその気になれば数日ばかり呑気に過ごし、大佐としてゼートゥーア大将の下で次の任務に派遣される英気を養う選択肢すら現実にあったほどだ。

だが、ウーガはそれらの特権を峻拒《しゅんきょ》していた。

腰掛でもなんでも、仕事は仕事だ。

そして、円滑な鉄道運行のために現場の指揮官にできる作業を、彼は数日と言わず引き受けることを厭《いと》わない。

それは、鉄道屋としての誇りのつもりだった。

だが、とウーガは微かに苦笑と共に自嘲する。

「我々は、戦争をしているが……だからこそ、人間の心を忘れてはならない、か」

自分の手の平を見詰めれば、真っ白な手袋。

インクが滲み、少し痛んでもいるが……後方勤務なればこその、綺麗なそれ。

だが、見えぬ染みがどれほどこびりついていることだろうか。

父として、夫として、家族を抱きしめるこの手で、自分は命令書を受け取り、イルドア人の『数』を武器として、アライアンスの連中にぶつけようとしている。

軍事的には、正しいのだろう。

帝国の現状を思えば、それが必要とされるのも分かる。

分かってしまう。

だが、間違っているのだ。

そして、己は義務故に昇進した。

「ですが……ゼートゥーア閣下。小官は……小官とて……このような形で昇進なぞしたくありませんでしたな」

ふと、最近とみに増えた愚痴がまたしても口をつく。

大佐になった己は、なんと、醜いことか。

デグレチャフ中佐が大佐職を蹴った時、戦争屋らしい彼女が最前線に拘泥したからかとも邪推していたが……。

「倫理観、か」

彼女は、なるほど、戦争屋である。

だが、とウーガは思うのだ。

筋を通し、自身の内なる正義の感覚を人間としての常識と言い切れるデグレチャフ中佐の方が、流されるだけの自分よりもよほど上等なのではないか、と。それはあるいは、その正しさを体現できる彼女への羨望かもしれない。

「命令は命令。だが、心だけは、良心だけは……自分の物だからなぁ」

制帽を正し、ウーガは心からの敬意を込め、紺碧《こんぺき》の空へと敬礼を捧《ささ》げる。
立ち去って行った彼女に見えるとは思わない。
全てが自己満足だ。
だとしても、彼は、ウーガという軍人は善なるものを信じているのだから。

[chapter]

V

第伍章

労働

Hard work

遠足には、世界の真理が詰まっている。

――ターニャ・フォン・デグレチャフ中佐

完璧に仕事をやり遂げたとしても、帰るまでが仕事だ。

ターニャは、ふと、なつかしさと共に思い出す。

かつて、教わったことだ。

学び舎《や》での平凡で怠惰で、だが『平和』な日々において、くたびれた教師が『帰るまでが遠足だ。真っすぐ帰りなさい』と呟《つぶや》いたときは鼻で笑い飛ばしかけていた。

だが、今やターニャは恩師に心からの敬意を示すにやぶさかでない。

苦笑と共に認めるのだ。幼き時分に勘違いしていた己の知性は、どうしようもなく愚かであった、と。

帰り道を遠足の一部だと認識し得なかったのはどうしようもない。子供時代の自分は、きっと、遠足に『行く』ことしか考えていなかったのだろう。

片道遠足の如《ごと》き失態だ。

平和の時代にあって、偉大な恩師は重要な真理を教え諭してくれたものである。

通勤や帰宅最中の負傷が労災に含まれることと合わせて考えれば、『寄り道』せずにサッサと目的地に向かうことは社会人にとって重要な知識である。

イルドアの大地において、この年になって、こんな事実に思い至るとは。

「……学習すべきことが人生には多すぎるな」

だからこそ、体系的な教育システムの価値は絶大だ。そして前世での義務教育には多大な欠陥があったにせよ……社会生活を送るうえで必要な知識を与えんとする努力は行われていたということだろう。余裕のある平和で進歩的な文明的社会ならではの利点だ。ターニャとしては、平和の大切さを改めて痛感する。

子供にとっては帰るまでが遠足だとすれば……ならば、社会人にとっては帰るまでが仕事なのである。

通勤災害という項目が立派に成立しているではないか。そして、『子供の仕事は勉強することです』という教師の言葉を組み合わせれば論理的帰結は明白だ。

遠足とは、学習の一環である。ならば、仕事だ。にもかかわらず、学校生活には労働基準法がなかった。なんと恐るべきことだろうか。恐怖を覚える。

法の保護から追放される個人は、なんと無防備なことか。

だが、そんな恐るべき状態に置かれる前世の学校生活ですらも、今のターニャは恋しくてたまらない。

軍人として、参謀本部直属の魔導師として、怒濤《どとう》のブラック業務に突っ込まれたターニャとしては希《こいねが》うのだ。——学校生活のように文化的な日々が送りたい、と。

叶《かな》わぬ願望であることは承知の上。

ああ、平和。なんと素敵なのだろうか。なんと、偉大なのだろうか。

きっと、だから、存在Xの如き不合理が平和の破壊と転覆を目論《もくろ》むのだ。あれは、きっと、平和に嫉妬しているのだ！

だが、そんな悪魔の縁戚に屈する道理はなし。

道理と市場の優越を確信すればこそ、ターニャは己の義務をハッキリと理解していた。

必ず、平和を取り戻す。

そして、市場経済の勝利を世界に轟《とどろ》かせよう。

そのためにも、生き延びねばならん。そのためならば、ゼートゥーア閣下が帰還命令を出してくれているのであれば、喜んで帰国する。

東部への再展開が前提だとしても、ひとまずは帰還じゃないか、と。

新年ぐらいは、帝都で過ごせると期待したい。文化的な生活の残り香ぐらいは、帝都で一息つく間に嗅ぎ取れるだろうなんて。

いじましいまでの希望を胸に、ターニャは帰り支度を始めていた。

だから戦闘団の鉄道割り当てを打ち合わせするべく占領司令部へ向かう道中でレルゲン大佐に出会ったとき、『話が早いな』と思い込んだ。

そのことをターニャは心の底から後悔する。

敬礼を交わし、近況を語り、帰還の段取りについて実務の打ち合わせ。

言ってしまえば、ただそれだけのはずだった。

だから、ターニャは理解できない不条理に遭遇したとばかりにレルゲン大佐の言葉に真っ向から疑問の言葉を返してしまう。

「は？　……大佐殿、今なんと？」

「帰還取り消し。任務延長だ」

すまなさそうな顔ではあった。それだけで、しかし、断固たる態度と共にレルゲン大佐はターニャにとって残酷な事実を口にする。

「派遣延長だ、デグレチャフ中佐」

「間違いないのですか？」

「ない。すまんが、魔導部隊にはもう一働きも、二働きもしてもらうことになる」

「わ、我が大隊に……？　そ、その我が戦闘団には、ゼートゥーア閣下より撤収命令が出ておりますが……」

「承知している。直前での変更となったことはすまなく思うが、諦めてもらいたい。デグレチャフ中佐、これは作戦の要請なのだ。最新の軍令により、貴官らへ出されていた撤収の指示は取り消された」

命令は時に一枚の紙きれ。

だが、たった一枚のそれが容易《たやす》く人の運命を左右する。

「貴官の魔導部隊は少々目立つのでね。今少し、前線で暴れてもらいたい。期間は友軍の再配置が完了するまでだ」

「ご、ご命令でしょうか」

「その通りだ」

残酷なほどに、レルゲン大佐の言葉は明瞭であった。

「撤退する本隊を援護する大任である。もっとも、残るのは魔導部隊だけで構わん。他の戦闘団隷下部隊はスケジュール通りだ。こちらで責任を持って後退させることになっている」

ぽとん、と手にしていた荷物が地面に落ちていた。ばさり、と何かが広がる音も、常日頃のターニャであれば耳に捉えたことだろう。

無様と自嘲する素振りだってできたに違いない。

だが、全ては『たら・れば』の話だ。

ターニャの脳味噌《みそ》とて、待望の休暇取り消し任務延長という過酷な呪文を受ければ、限界を超えた領域へと追い詰められる。

脳裡《のうり》で反芻《はんすう》するのは、たった今告げられた言葉。

取り消し。

延長。

挙げ句、戦力は魔導大隊だけ。

「中佐、すまん。だが必要なのだ。敵をかき乱し、後退する友軍に必要な時間を稼いでもらいたい」

鞄《かばん》を取り落としたことにも気が付かず、ターニャは固まっていた。

脳裡をよぎるのは、『残業』の忌々しい二文字。

帰れると思ったのに。

帰ることを全ての前提として、頑張ってきたというのに！

「デグレチャフ中佐？　大丈夫か？」

「ええと、はい、その、大変失礼を」

ああ、とようやく再起動を果たした脳が結論を出す。命令されたのだ、と。たとえ連勤で疲れ果てたところへの残業命令であるとしても、だ。

咄嗟《とっさ》に取り繕うべく、ターニャはほとんど条件反射的に質問を返してしまう。

「少々衝撃的ではありますが、必要とあれば、微力を尽くさせていただきます。ですが魔導大隊だけとなると遊撃に徹するほかなく、そのためには独自裁量権が与えられると認識してよろしいのでありましょうか？」

「無論のことだ。察しているだろうが、一斉後退が計画されている。鉄道の状況次第だが、発令され次第、我が軍はこの地を放棄することになるだろう」

王都に拘泥《こうでい》せず、は変更がないらしい。

イルドア王都は、一月もせず、支配者をくるくると入れ替えるわけだ。言葉にすると単純だが、都市を放棄する以上、後退のタイミングはひどく難しい。

「大佐殿、そのタイミングは？」

「事前に通知はできない。だからこそ、発令され次第、貴官らのように全速反転できる魔導部隊こそが肝要なのだ」

「……友軍の後退が遅れるとなると殿軍《でんぐん》の負担が許容の限界を超えかねませんが」

心からの危惧を述べるターニャに対し、レルゲン大佐は任せろとばかりに頷《うなず》く。

「ウーガ大佐らに感謝すべきだろう。鉄道屋諸君のおかげで現時点では順調だ。もっとも、防《ぼう》諜《ちょう》に難ありは致し方ないのだが」

「後退が悟られる可能性があると？」

そうだ、とレルゲン大佐は力強く頷き声を潜める。

「だからこその陽動だ。なるべく長く、敵に対して我が方の意図を欺瞞《ぎまん》したい。敵の追撃を受けたくないのだ」

「積極的に仕掛け、こちら側の意図を敵に悟らせるなとのことですね」

「その通り。万難を排して、脅威を及ぼせ」

レルゲン大佐の言葉を前に、ターニャはうめき声を辛うじて呑《の》み込む。割り込みの突発案件は、実に容易ならざる無理難題だ。

意図を偽装するための、偽装攻勢の実行役。

言わんとするところは理解できる。

だが、既に先日の野戦でターニャは敵の有力な魔導部隊を撃滅し、続いて残骸と思《おぼ》しき敵の予備部隊とも会敵済み。

全ては、陽動作戦の一環として行ったことだ。

「我が方の意図を欺瞞すべく、先日も陽動攻撃を行ったばかりです。ただの戦闘団に敵をこれ以上威圧せよとは……」

「貴官に無理ならば、他の誰にも成し遂げられはしないだろう」

期待を込めたレルゲン大佐の言葉は、しかし、命じる側の無責任なそれだとターニャは内心で小さくぼやく。どちらにしても、リスクの巨大な仕事だ。

一撃はすでにぶちかまし、殺意旺盛な相手に『脅威を及ぼせ』とは。

ターニャの頭脳は緊急回避プロトコルに基づき反駁《はんばく》のための論理を脳内で構築し始める。

「大佐殿。ご命令とあらば否応《いやおう》なぞありません。しかし、部下にご配慮いただきたい。彼らは、普通の人間です」

「そうだな。私の権限で、作戦終了後には特配と特別休暇を手配しよう。ゼートゥーア閣下に直訴することを確約する」

レルゲン大佐の言葉に嘘《うそ》の色はなし。

誠実に、公正に、彼の職権が及ぶ限りにおいて最善を尽くしてくれるのは間違いのない真実なのだろう。だが、ターニャは知っている。ゼートゥーア閣下は、レルゲン大佐がどれだけ正論を力説したところで、必要とあらば自分を扱《こ》き使うタイプの将官であるということを。

つまり、レルゲン大佐による申し出は全くの空手形。

力説の確約はしてくれても、休暇そのものは確約されていないのだ。

詐欺もいいところだろう。

ああ、とそこでターニャの脳味噌は詰まらぬことにすら思い至る。ゼートゥーア閣下は、真に優れた詐欺師でいらっしゃる。レルゲン大佐殿にも、きっと、その素晴らしい薫陶《くんとう》が行き届いているに違いない。

はぁ、とため息を零《こぼ》しつつターニャはレルゲン大佐の権限で手配できるであろうものを思案する。無理難題を実行させられる側として、ターニャは生贄《いけにえ》の子羊となってやる必然性を感じていない。

ならば、と意を決したターニャはレルゲンに向けて毅然《きぜん》と要求する。

「レルゲン大佐殿、ご配慮いただけるようですので、是非とも作戦に必要な機材と人員をお借りしたいのですが」

「部隊はほとんど出せない。何が必要だ？」

「航空艦隊の力を。ありったけ、お借りさせていただきたい」

「……何をするつもりだね、中佐？」

にやり、とターニャは敢《あ》えて自信満々に微笑《ほほえ》んでみせる。

「ウーガ大佐殿に学びました。ボトルネックを生み出し、敵を動けなくしてやります」

「つまり？」

「合州国からの海上輸送路をつぶそうかと」

ほう、とレルゲン大佐は興味を惹《ひ》かれたような顔を浮かべる。

「だが、どうやってだね、中佐。通商破壊作戦でも行うつもりかね？　さほどの阻止効果も見込めないように思うのだが」

いいえ、とターニャはレルゲン大佐に微笑む。

「船舶や船団は捜索するのが骨です。しかし……イルドアの主要な港湾施設は逃げたりしませんので」

「……その発想はなかった。たしかに、港は固定目標だ」

「南方大陸の機動戦でも、港湾の荷揚げ能力に制約された記憶があります。なので港湾機能だけでも空挺《くうてい》作戦でつぶしてしまえれば、敵を暫《しばら》くは黙らせることができるかと」

よし、とレルゲン大佐はそこで意を決したとばかりに頷く。

「分かった、中佐。必要なものを言いたまえ」

「相当な無理を申し上げますが？」

ターニャのダメ押しに対し、レルゲン大佐は頼もしく笑う。

「なんとしても掛け合ってみせる。その分、相応の戦果を期待させてもらおうか？」

結果から述べるのであれば、要求は満たされる。レルゲン大佐が軍から引き出した返答は文字通りの満額回答であった。難しいだろうと予期されていた大型輸送機の借用すら、参謀本部に掛け合ったレルゲン大佐の剛腕とコネによって直ちに了承される始末。

帰還予定だった航空艦隊の一部が直ちに転用され、イルドア南部にある港湾施設への襲撃に向けた計画は帝国軍一丸となって全力で推進されるに至る。

ターニャの察するところでは、敵補給線を叩《たた》くという発想がゼートゥーア閣下あたりに受けたのだろう。

おかげで、ターニャとしては部下に豪語することもできるのだ。

「諸君、帝国が諸君に期待するや、大である！」

イルドア王都郊外の元イルドア軍基地。滑走路にずらりと展開した航空機群を背に、襲撃部隊の総指揮官たるターニャは部下に告げる。

戦争に関する限り全幅の信頼を置ける航空魔導大隊の属僚ら。彼らとであれば、やりとげられるだろう。

目的は、単純明快に敵の港湾機能破壊。物流のボトルネックを形成する。ただ、それだけの単純な手口だ。空挺でいくのは、奇襲効果を狙ってのソレ。帝国軍の魔導戦術としては、比較的王道よりだろう。

「よろしい、頃合いだな」

次々と飛び立っていく軍用機を見送り、しばし時刻を見計らったところでターニャらは背後に駐機している巨大な大型輸送機へ乗り込む。

道中、空路は平穏そのものだった。

絶滅危惧種にも等しい希少な機体を預かる機長以下、クルーの手際《てぎわ》よろしきもあり、イルドア遊覧飛行とでもいうべき穏やかなフライト。眼下にイルドア半島を眺め、クルーから配られた珈琲を楽しみ、ついでに襲撃前の腹ごしらえとばかりにハムとパンで簡単に食事までとれる愉快な道中である。

「これで、戦争でさえなければ、完璧なのだが」

ターニャの愚痴にも似たボヤキに対し、傍《そば》でチョコレートを齧《かじ》っていた副官が面白そうに目を動かす。

「中佐殿は、戦争じゃなければ何をなさっているんです？」

「私かね？　もちろん、善良な市民生活さ」

えっと、という顔でセレブリャコーフ中尉は不思議そうに首をかしげてみせる。

「善良な、市民、生活……？」

「なんだね、ヴィーシャ。戦争が長すぎて、市民生活を忘れたのかね？」

「いえ、あの……忘れると言いますか、中佐殿は偶《たま》に、その」

何かね、とターニャが丁寧に続きを聞き出してやろうとしたところで機内にブザー音が鳴り響く。はて、と顔を上げた魔導師らの耳が捉えるのは落ち着いた調子で機長の声だ。

「状況報告。機長より総員へ。航空管制官の報告によれば、先行していた友軍の爆撃機部隊が敵戦闘機部隊に邀撃《ようげき》をうけたとのこと」

ぴーん、と。

一瞬のうちに、部隊に緊張感が張りつめる。航空魔導師ともなれば、航空戦の様相も相当程度に理解できる。この状況は、『敵防空能力』が健在であるという傍証だ。将兵は嫌でも空挺作戦の先行きにかなりの雲行き不透明さが飛び出すことを感じ取らざるを得ない。

機内の空気が重くなる一方、機長は淡々と状況に対する対応を語り続ける。

「管制官らは協議の結果、当機の護衛部隊を含め、可能な限りの航空戦力でもってこれを援護、収容することに決した。当機直掩《ちょくえん》組を除き、ほぼすべての航空戦力が陽動に向かう」

そこで機長は素っ気なく付け加える。

chapter V

「道中、当機が撃墜された場合、魔導師諸君はご苦労ながら自力飛行していただきたい。我々のことはお構いなく。機長より以上」

魔導師は飛べる。

機長らクルーは非魔導師だ。

思えば、これは、リスクが随分と非対称的だろう。

にもかかわらず、職務に忠実な航空要員のプロ精神にターニャは大いに感服を受ける。何より、彼らは意識が高いだけではなかった。目的地上空まで、一切の無事故、無接敵で飛び続けてくれたのだ。

そんなクルーらより目標直上間際と伝えられ、降下の支度を調えた隊員らの先頭でターニャは不敵に微笑む。

「いつも通りだ。いつも通りに、仕事をしよう」

いくぞ、と機外に飛び出せば青い空。

非魔導依存降下のち、地上への奇襲攻撃を狙ってのソレ。

だが、何かがおかしかった。

嫌な予感。

悪寒にも似た、戦場経験に基づく根拠なき確信。

言語化されない経験知を軽視するほどまでに、ターニャは戦場の霧なる化け物を舐《な》め腐ってはいない。咄嗟の直感に基づき、ターニャは事前の計画に見切りをつける。

「非魔導やめ！　全力発揮！」

魔導反応を垂れ流そうとも、防殻を纏《まと》うことを即断。そして、迷いなき判断の正しさは直後に降り注ぐ鋼鉄の雨によって証明される。

去っていく輸送機の機影を見送る間もなし。

ターニャらは、待ちかまえていたと思しき多国籍なオトモダチによる壮大な大歓迎会に無理やり相対させられていた。

炸裂《さくれつ》する高射砲の砲弾が破片で空を埋め尽くす。

唸《うな》りを上げる機関砲の弾丸ときたら、空を狭くしてしまうほど。

ダメ押しで、地上に敵魔導師でもいるのだろう。飛んでくる攻撃には、爆裂術式と光学系狙撃術式まで交じっていた。

防空砲火の構築は、なんと悪辣なことだろうか。強烈な鋼鉄の暴力とその圧倒的な規模は米帝の機動部隊をも彷彿《ほうふつ》とさせかねないそれ。ライン戦線にて煉獄《れんごく》を覗《のぞ》き込んできた古参ですら、初めてお目にかかる異次元の火力だ。

「なんだ、これは？」「空が、狭い!?」「うわっ、頭がおかしいですよ、この火力!?」「待ち伏せされている!?」

無線に交じる部下の困惑の声も、いつにないもの。

呆《あき》れ果てた密度のキルゾーン。

歴史書で読んだことがあるのはターニャだけ。だが、米機動部隊の対空砲火並みかそれ以上なのは見ただけで分かる。

「くそっ、もう、ここまでの基準か！」

ターニャとしてみれば、それが姿を見せるのは『遠い未来』だと思いたかった次元である。

鋼鉄のシャワーとでも評すべき恐るべきゾーン防御。ありったけの砲弾を、ありったけの砲身で空にぶちまいては炸裂させるという力技。

狙って撃つなどという貧乏性はなし。

ただただ、ありったけを空へ。

合州国だからこそ、世界の超大国だからこそ成し遂げられるというべき対空砲火。おまけにイルドア軍の陣地という陣地からもぽんぽん砲弾が撃ち上げられてくる始末。

「まったく、イルドアの港湾施設はいつも対空砲火が強烈だな！　おまけに、合州国の連中までいるとは！」

信じがたいと驚嘆しかけるが、同時にターニャの頭脳は『当然だ』と囁《ささや》く自分にも気が付いていた。

港湾施設がボトルネックになるなど、ターニャのような門外漢ですら予期できる。

ロジスティクスを殊更組織的に意識する合州国であれば、兵站機能の盤石《ばんじゃく》化と徹底した防護にこの上ない努力を惜しまなかったのだろう。

イルドア海軍流の対空砲火だって、北部でも嫌というほどに堪能させられた。

二国が力を合わせて、空を封鎖。やり口は単純で、力押しで、だからこそ、それは、第二〇三航空魔導大隊のようなベテランにとってさえ厄介極まりない。

砲弾の炸裂音が轟き、波と化して肌を打ち、同時に防御膜が炙《あぶ》られる。されども、その程度は戦音楽が醸《かも》し出す愛撫《あいぶ》にすぎない。

真に恐れるべきは、飛び交う鋭利な鋼鉄の破片だ。

先ほどから、呆れるほどの量がぶちまけられてうっとうしい。

時に防殻すら削る鋼鉄の飛来物ども。鋭利な凶器がみっしりと詰まっている高射砲弾。砲弾の効力圏にいるだけでも忌々しい。万が一、不運にも敵砲弾に直撃ともなれば防殻すら抜かれかねない。

盛大に舌打ちし、ターニャは状況の認識を更新し続ける。

想定よりも、敵による経空脅威への警戒が厳しすぎだろう。

「新大陸人どもめ！　イルドア人どもめ！」

このままでは、地上降下前に鴨《カモ》撃ちで許容できない次元で疲弊してしまう。ジリ貧を避けるためには、今、動くしかなかった。

「大隊、総力戦だ！　出し惜しみ無用！」

魔力を宝珠に注ぎ込み、九十七式突撃演算宝珠で光学系欺瞞術式を生み出そうと術式を紡ぎかけ、ターニャはそこで気が付く。

敵は、狙って撃っているのではない。ひたすらに弾をばらまいているだけ。

「呆れた！　ここまでするか!?」

光学系術式による欺瞞すら意味をなさない圧倒的な火の洗礼を前にすれば、ターニャをして唖然《あぜん》とせざるを得ない。

一丸となり降下？

もはや、無理だ。

「散開！　隊列を解く!!　任意にペア単位で散開せよ！」

固まって良い的になるよりは、戦力の集中を断念する方がマシ。

不幸中の幸い、部下は自分で考えて行動ができる。

頭の使い方が上手で、目的を理解していて、応用もできる自立した個人の群体。

個を群となし、群として軍になる。ならば港の破壊という任務内容を覚えている限り、彼らは各々《おのおの》の自己裁量でターニャの期待に応じてくれることだろう。

「各自、ペアでの降下を優先せよ！」

指示を飛ばし、ついでにとばかりにターニャは声を張り上げる。

「諸君！　狼狽《うろた》えるなよ？　撃たれることなど、元から想定内だ！　この程度で航空魔導師が駆逐されるわけがなかろう！」

第二〇三の足は速く、防殻は堅固である。無理をしない限り、そうそう容易くやられはしない。もっとも、襲撃者としてはどこかで仕掛ける必要があった。

ターニャとしては苛立《いらだ》たしいことに、状況はじりじりと悪化していくだけだ。

「くそ、このまま敵の火力に囚《とら》われると消耗戦だぞ？　敵はどれだけの火力を……」

はた、と。

空中で部下を鼓舞し、敵に向かってありったけ術式をぶちこんでいるさなかにターニャは引っかかりを覚えて微《かす》かに速度を鈍らせる。

「中佐殿!?　脚を止めないでください！」

「っ!?　うおっ!?」

副官の叫び声に突き動かされ、ターニャは大慌てで加速を再開する。

すぐ傍を通りすぎる大量の銃弾、砲弾の雨に辟易《へきえき》としつつ、ターニャは肺腑《はいふ》の酸素を絞り出すようにして飛び続ける。

「さすがに、これは、シャレに、ならん！」

酸素が恋しいとばかりに息を吐き、焦《あせ》り過ぎないように深呼吸。

術式で生成された無味乾燥なはずの酸素が何と甘いことか。

辛うじてしのげたが、一秒でも遅れていれば、その瞬間に敵対空砲火へ捉えられてハチの巣にされていたことだろう。

　まさしく間一髪というところ。

「助かった！　礼を言うぞ、セレブリャコーフ中尉！」

「だ、大丈夫ですか!?」

「問題、なし、だ！」

　調整のために息を整えつつ、ターニャは嗤《わら》う。あまりにも危険なよそ見飛行だったのは事実。だが、火力の雨に捉えかけられたからこそターニャは考えを固めることもできていた。

　善良なターニャは、気付いてしまったのだ。自分の仕事は港湾機能の破壊であって、べつに『破壊行為そのもの』を自分の手でやり遂げなくても一向に構わないのだ、と。

「総員、我に続け！　地上に突入だ！　防殻だけは固めておけよ！」

「02より、01！　何をお考えなのですか!?」

　ヴァイス少佐の悲鳴のような問いに対し、ターニャは確信をもって叫び返す。

「懐《ふところ》に飛び込んでやれ！」

　その言葉と共に、部隊の先頭に飛び出し、最大戦速でもって重力に身を任せてターニャは地表へとほとんど墜落するかのような機動で飛び込んでいく。

　敵の火砲は当然遠慮なくターニャに向けられるが……そこで、ターニャは己の策が功を奏したことを確信していた。

突撃機動を描くターニャらに対し、敵の陣地は臆することなく応戦の構え。

本来ならば空を舞う魔導師が地表すれすれをすべるように飛び、術式をばらまくのは猛獣が暴れまわるようなもの。

対抗しようとする勇者の勇気は褒められたものだ。

ずばり、肉薄攻撃に対する模範解の一つ、大口径高射砲による水平射撃。戦車も撃破し得る戦術的工夫だが、魔導師とて直撃すれば実に危うい。

だが、だが、だが。

「思った通りか！　連中、野合した同盟軍にすぎん！」

にやり、と知らずのうちに頰が緩む。正面から挑めば強大な敵とて、存外、弱いところはあるものだ。

付け込むべき弱点は、敵の連携。

異なる軍隊が足並みを無理やり揃《そろ》えているだけならば、その摩擦を最大化してやれば済む話だ。ならば、と敵の砲撃を誘うようにターニャは低空を這《は》うように飛び回る。

この時点で、イルドア軍に不幸があったとすれば……彼らが戦訓を丹念に研究したことだろうか。

「思い切りはよいがなぁ!!!」

散々、高射砲と高射機関砲から撃たれ、防殻で敵弾を弾《はじ》きながら、ターニャはイルドア軍の決断にほくそ笑む。

彼らは、低空を舐めるように飛ぶ魔導師の脅威を理解していた。

よく学んだ、と褒められてしかるべきですらあるだろう。

何より、開戦以来のわずかな日々で、彼らは帝国軍で遊撃の名を冠する第二〇三航空魔導大隊をはじめとする『古参航空魔導師』と嫌になるほどに襲撃されているのだ。

魔導師の脅威を正確に理解し、彼らは迷うことなく、低空に降り立った敵へ対空砲をぶちかます。

よしんば、何が巻き込まれようとも知ったことかと徹底した対魔導師破砕射撃。

極論すれば、正しい判断だ。軍事的には。

なにしろ、白銀よりも錆銀《さびぎん》の二つ名の方が轟きつつある帝国軍ネームド魔導師ですら、対空砲火の雨を厭《いと》い、必死に回避機動を描くのだから。

ただ、真に皮肉があるとすれば、政治感覚に優れるイルドア軍が軍事的合理性を貴び、ついに、ターニャの用意した陥穽《かんせい》に落ち込んだこと。

「ありがとう！　イルドア！　君たちの援護砲撃は、すごく役に立つぞ!!!」

心らの感謝をこめ、ターニャは吼《ほ》える。

たしかに、と彼女も認める。

高射砲による『水平射撃』は、有効な対魔導師対抗手段である。

だが、イルドア・合州国と指揮系統が異なる軍隊が混在し、ドクトリンも考え方もまるですり合わせる時間がない中で、イルドア軍が『水平射撃』を行えば弾の大半は少数の帝国軍魔導ではなく、展開している多数の同盟国軍に降り注ぐのだ。

「ははは！　連中、お友達へ心遣いがへたくそだな！」

合州国とイルドアの防御砲火は、二つを束ねることができれば強大だ。

けれども、誤射が始まってしまえばどうだ？　友軍相撃が起きてしまえば？

結果、ターニャの阻止を試みる砲火の大半は細り、しかも、流れ弾がターニャの目的である『港湾施設の破壊』に貢献してくれることになる。

「これはいい！」

敵の力をレバレッジとして上手《うま》く使い、期待以上の成果を収めてどうして不愉快になることがあるだろうか。

「アライアンス諸君に感謝だなぁ！」

上機嫌で部隊に向けて叫びつつ、ターニャはこれでもかと腕を振り回す。

「かき乱せ、かき乱せ、連中の乱射を誘発しろ！　軍港を巻き込んでぶち壊せ！　港湾機能だ、港湾を殺せ！」

防殻を纏い、攻撃ヘリ以上の俊敏な動きで地上数フィート上を飛び回れる魔導師の衝撃力は絶大であり、混乱を生み出すのはいとも容易い。

なりふり構わず、砲兵が遮二無二にぶっ放せば対抗はできよう。

だが、砲弾の降り注ぐ先が『同盟軍』や『友軍』だと嫌でも悟らされた砲兵にとって、理性の箍《たが》を外すのはあまりにも難しい。

人間として正しく、総力戦下における善良な魂である。

だからこそ、対抗手段が乏しい側は狼狽え、そして、何とかしようと足掻《あが》いたことが粉砕されることで怯《おび》えが本格的なパニックへと悪化していくのだ。その動揺を拡散させることができれば、敵全体を揺さぶれば、少数の魔導部隊でも大物とて料理しきれる。

けれども、目には目を、歯には歯を。

ヒトの天敵がヒトであるように、魔導師にとっても同業者こそがもっとも恐るべき天敵なのである。

ターニャら、少数の帝国軍魔導師が散々に港湾施設を荒らそうというとき、それを断じて許すまじと迫りくる影が上空に現れる。

「魔導反応！」

誰かが叫ぶ警告の声に、二〇三は即座に隊列を組み直す。だが、地表すれすれを飛んでいるということもあり、彼我の位置関係は最悪だった。

舌打ちし、ターニャは新手の敵に意識を向ける。

「敵魔導部隊か！　これは……？」

東部戦線で覚えた波長が多数。ライブラリにあるものとぴったり一致するものまであれば、間違う余地がない。

ついでにいえば、記憶に刻んだ変態の波長と思しきものも。

「変態だと!?　くそっ、最悪だ！　なんで、私が、あんな変態とまた!?」

この瞬間、己が変態呼ばわりされていることを知れば、ドレイク大佐は連合王国流の嫌みを放り出し、あらん限りの表現力で厳重かつ断固たる抗議に励んだことだろう。

もっとも、そんなことはつゆ知らぬドレイク大佐はただただ嘆くばかりである。

「どうして、俺が、またラインの悪魔と……！」

ちっ、と舌打ちを零したのはターニャか。

はたまた展開して上がってきたドレイクか。

世知辛さに耐える中間管理職という点では、同格であり、苦悩の深さもまた似通ったようなものだが。

ただ、悩まない存在もこの戦域には存在していたのである。

「ラァイィンの、悪魔ッぁあああ！　貴様は、貴様だけは!!!」

その怨嗟《えんさ》の声は、地獄の底から噴き上がるが如きもの。

呪詛《じゅそ》を纏わりつかせ、存在を許容し得ざる怨敵を滅せんという憎悪そのものの叫びが敵味方の無線に響き渡る。

当然、ターニャも聞いた。

ちらり、と見上げ、イルドアの青い空に浮かぶ染みに気が付いたときはため息を零す。

「副官、私はあまり仕事に感情を持ち込むことを好まん。だが……あれの相手をさせられる運命には恨み言の一つも言いたいよ。辟易とするし、ため息が尽きん」

傍で上官の顔を見守っていたセレブリャコーフ中尉は実際、確かに見た。心底から、辟易とした表情でため息を吐く上官の姿を。

「喚《わめ》き声と聞くに堪えない罵詈雑言《ばりぞうごん》だな、副官」

「……我々も恨まれたものですね」

ふん、とターニャは鼻を鳴らす。

「逆恨みもいいところだ。奴《やつ》らの敵は帝国だぞ？　なんだって、私を恨むのだ？」

「ええ……えっと、その」

「分かっているさ。ただの愚痴だとも。ああいう輩《やから》を理解しようとするだけ無駄だというのだろう？　ああいう論理性のない連中を理解できるなど、期待してはいないさ」

だが、とターニャは術式をぶっぱなしつつ寂しく笑う。

「ここは戦場で、殺しに来る敵は選べん。諦めて、猪武者《いのししむしゃ》と変態の相手をしようじゃないか」

つくづく、今日は運がないらしいとターニャはぼやきつつ、爆裂術式の三連発現に交ぜてため息を零す。術式を紡ぎ、世界を歪《ゆが》め、干渉し、発現させしめる手順は慣れたもの。爆炎が世界を舐め、焼き払う合間の一息。

全く、忙《せわ》しない。同じように術式を合わせてはなっていたセレブリャコーフ中尉からは、しかし、不思議そうな疑問が飛んでくる。

「変態と猪武者ですか？」

「そうだぞ。あの敵指揮官、確かそうだ。なにしろ自爆はするし、部下を肉壁にして憚《はばか》らないジョンブルだ。変態だろう？」

「……それは、確かに、変態さんですね」

「そして、あれだ。真っすぐ突っ込んでくる奴は、猪でいいだろう？」

全くだろうとターニャは苦虫を噛《か》み締めたような表情で高速で突っ込んでくる敵魔導師に視線を向ける。

単騎突貫。

通常であれば、まず鴨葱《カモネギ》。

忌々しいことに、鴨というには装甲が分厚すぎるのだが。

第二〇三航空魔導大隊の精鋭らが発現する光学系狙撃術式は元より、対陣地用の貫通術式すら平然と受け止める強靭《きょうじん》なアホとは。

あまり知的でないことだけが、救いか。

そこまで考え、ターニャは口元を歪める。

「なんてことだ！　猪と変態、どっちかを相手にしろと!?」

「中佐殿、ああいう手合いもお嫌いですか？」

「ああ、苦手なんだ。理解できない連中は、やることなすことが予想できないからな」

襲い掛かってくる脅威を駆逐することで、世界をマシにしたいとは思う。だが、常識人のターニャとしては自分に執着する変態の方がもっと苦手なのだ、ああいう手合いはダメだ。

そこまで考え、ターニャは割り切る。

「ヴァイス少佐！　変態の相手は貴様がやれ！」

嫌なことは、人に押し付ける。

上司の特権だ。

「了解です！　しかし、中佐殿は？」

「猪武者と踊ってやる。ああ、遠慮は無用だ。変態を殺してくれたら、猪もつまみ食いしてくれて構わんぞ」

「中佐殿の食べ残しがあれば、ですね」

「早い者勝ちだ。世界はいつだってそうだろう？」

にやりと笑ってやれば、心得えたとばかりの返事がヴァイス少佐から飛んでくる。

「では、お先に失礼します！」

その言葉と共に、低空を這うように飛んでいたヴァイス少佐の中隊は加速し、高度を上げ始める。加速度、上昇度合い共にエレニウム九十七式突撃機動演算宝珠は依然として比較優位を保っていた。敵魔導部隊の邀撃《ゆうげき》を試みて位置取りを開始する速度は、大したものだ。

速度、加速性、なにより双発の宝珠核は練達した帝国軍魔導師のよき友である。

「エンゲージ！　先入観と経験に拘《こだわ》るなよ！」

ヴァイス少佐が部隊を取りまとめ、連合王国部隊と辺り一面に術式をぶっ放し始めるのに合わせてターニャもペアを組むセレブリャコーフ中尉へと視線を向ける。

「こちらも行くぞ！　今日こそ、猪を海に叩き落としてやる！」

「はい！」

ツーマンセルを手堅く保ち、ペアの動きに合わせての戦闘機動。

港の施設を遮蔽物《しゃへいぶつ》として使いつつ、超低空を這うようにして飛ぶ航空魔導師ならではの身軽さで敵へにじり寄り、ターニャは己の視線の先にある『敵』に狙いを定める。

下から狙うというのも、慣れればやり様というのは幾らでもあった。

「機先を制すぞ！　統制射撃、三連！」

術式を発現。

光学系に誘導式まで練り込んだ、たった二機によるものとしては稀有《けう》な密度と精度の統制射撃。

計算されつくした狡猾《こうかつ》な一撃は、確かに、標的に直撃していく。

回避の下手な敵など、組みやすしと本来であればほくそ笑める結果だ。なのに、とターニャは頭を振る。

眼前の目標は、依然として健在。

「ちっ。予想通りと言えばそうだが、これほどか！　堅すぎるぞ!?」

呻《うめ》き声を上げるターニャらだが、猪は猪で刺激されたか、怒り狂ったように突進して突っ込んでくる。

この瞬間、ターニャは愚痴を那由多《なゆた》の彼方《かなた》に蹴り飛ばし、小細工なしで可能な限りの全力射撃を選択する。

「術式変更！　穿《うが》つぞ！」

距離が取れているこの刹那《せつな》だけの選択肢。

挙げ句、ストックしてある魔力と九五式を取り出しての全力稼働。

脳がむしばまれる不快感すらも、術式につぎ込む魔力量と発現されるそれを思えば許容されるべきリスクだ。

「おお、そは真理の光。永久に讃《たた》えられん栄光の導き、久遠の調べよ、来たれ！　偉大なる主の栄光よ！」

対人用の光学系の長距離術式を引っ込め、連邦流の堅固な防殻を念頭に缶切り代わりの貫通術式を選択。息を合わせ、セレブリャコーフ中尉ともども一斉に放つ。

戦艦の装甲だって、削ってみせる。

そんな自信と決意を込めた眩《まばゆ》い閃光《せんこう》は、見事に直撃。マトモならざる敵をも、全力を投じた術式は確かに穿つ。

だが、戦果は芳《かんば》しくない。

「あ、あれで健在ですか……？」

どこか唖然《あぜん》としたセレブリャコーフ中尉が零す言葉は、正しくターニャの心境を言い表すものだ。

直撃した。間違いなく、最適な角度で。

ターニャ自身、食らえばただではすまない一撃なのに。九十五式を全力発揮で作り上げた防殻であっても撃ち抜けるだろうに。

眼前の敵は依然として健在。

主力戦車どころか、下手な主力艦の装甲さえ穿てると確信できる術式の直撃を浴び、防殻にわずかなひび割れが少々とはふざけたものだ。

「人間相手と思わぬぞ。ここからは、怪物狩りの時間だ」

化け物を倒すのは、勇者？　馬鹿馬鹿しい。化け物は孤独で、討伐するのはいつだって一致団結した組織だ。人類史をみれば一目瞭然である。

数で抑えることを決意し、ターニャは即座に部下へ声を飛ばす。

「グランツ中尉！　手を貸せ！　交差間際《まぎわ》に挟撃するぞ！」

「了解です！」

多くの言葉を交わすまでもない。

やるぞ、と呼びかければ事足りた。

ターニャ自身とセレブリャコーフ中尉のペアでもって突っ込んでくる猪を引きつけ、抑えきれずに退避するように欺瞞機動を開始。

釣られた敵が食いついてきたところで、港湾施設の建物を活用。

低空におびき寄せ、影の多い地点に血反吐《ちへど》を吐きながらもおびき寄せて、無理やりに十字砲火を形成する。

「捉えました、中佐殿！」

「やれ！」

短い言葉。だが、ターニャの意図をグランツ中尉は間違いなく理解し、速やかに実行する。

精強な一個魔導中隊による、怪物狩り。

中隊規模魔導師が空戦機動を描きつつ、一糸乱れぬ鋼鉄の連携でもって貫通術式を一点に集中投射。

世界に穴をぶち開けんという一個魔導中隊による集中射撃たるや、戦艦のバイタルパートとてただでは済まないだろう。

だが、こともあろうに猪武者とでもいうべき敵魔導師は帝国軍最精鋭の打ち込む術式を防殻一つで受け止めきっていた。

それは、確かに、割れた。

だが、崩れ落ちた防殻の中身は一切が無傷。

衝撃に揺れ、わずかに体勢を崩しただけの敵は即座に防殻を再形成していく。

「嘘だろ!?」

「グランツ中尉！　いいから、撃ち続けろ！」

「りょ、了解です！」

想定外に慌てる部下を一喝したとはいえ、ターニャとて思うところはあった。

「ちぃ、あれでも健在か。いよいよ化け物じみているぞ」

ちらりと傍を見れば、副官が同意ですというように頷く。

「厄介どころじゃありませんよ。連邦の魔導師らだって、あそこまで堅くはありませんでしたし」

全くだ、とターニャも心から同意したい。だが、ターニャの立場では『手が出せません』という言葉は許されないのだ。

「グランツ中尉！　貴様の中隊で抑えられるか!?」

「無理です！　いつまでも制圧なんてしてられません！」

そうか、とターニャはそこで咄嗟にヴァイス少佐に視線を向ける。

一個でダメならば、二個。単純な計算だが、二個魔導中隊の集中射撃であれば、今度こそは猪武者をぶちまけてやれるのだが。

生憎《あいにく》なことに、ターニャの視線の先では副長が変態を相手どって必死に飛んでいる。

見込みのない増援に見切りをつけ、ターニャは肩をすくめる。

「グランツ中尉！　もう一度だ！　もう一度、あれをやるぞ！」

「無茶です！　とてもじゃありませんが、手のつけようがありませんよ。堅い、速い、そして勇敢なんですよ!?」

「おいおい、グランツ中尉。貴官は標的の過大評価をし過ぎだ。連邦以下の判断力、連合王国以下の狡猾さ、後は単独の敵だぞ？」

「じゃあ、何か、敵を一撃でやっつける必殺の策がおありですか？」

期待感をたっぷりと滲《にじ》ませたグランツ中尉の問いに対し、ターニャは渋い声で答えてやる。

「中尉、敵を侮るのは感心しないぞ」

「……中佐殿、やっぱり、偉い人になれる素地がおありですよね」

「ほう、私の英邁《えいまい》さに感銘でも受けたかね？　常々、指揮官として模範を示してきた甲斐《かい》があるというものだ」

猪武者に術弾をこれでもかとぶちまけ、短機関銃が嫌な熱を帯び始めつつあるとき、ふとターニャはそこで嫌なものを覚える。

「まて、何か来るぞ」

「は？」

「洋上からだ。……なんだ？」


ドレイク大佐の見るところ、状況は惨《みじ》めというほかになし。

敵は対空砲火を物ともせず、悠々と降下済み。

「ああも密集したまま、ああも連携を保って、敵前降下し、暴れる魔導部隊が敵とは！」

おまけに、自分たちは敵の一個魔導中隊相手に必死の迎撃戦で手がいっぱい。

なかばヤケクソで期待したスー中尉の突撃力は、敵魔導師ペアにあっけなく受け流され、敵一個中隊に嬲《なぶ》られる始末だ。

まだ落ちてはいないが、いくら彼女でもこうも撃たれ続ければ危うい。

嫌になる。

ほとほと、心から仲間が欲しかった。混成のでこぼこ魔導部隊を助けてくれる、敵に暴走して突っ込んでいかない統制の取れた味方。

「敵の魔導中隊ときたら、どいつもこいつも！」

見せつけるように、統制を発揮するのだからやってられない。

「コリントさえ健在であればなぁ」

そんな彼の嘆きは、しかし、予期せぬ数多《あまた》の魔導反応が、突如として洋上に出現したことによって打ち消される。

一瞬のうちに戦場中の視線が集まった先には米粒のような点が複数浮かんでいた。空戦仕様の青い軍服を纏い、機敏な突撃隊列を形成する秩序ある暴力のそれ。

援軍だった。

まさかの援軍。

頬をつねり、痛みがあることに瞬きしてしまうような、世界中のめでたい祝日がかき集められたかのような奇跡的なめぐりあわせ。

これが現実だと分かった瞬間、ドレイク大佐は吼えていた。

「援軍だ！　諸君！　援軍だ！　援軍が来たぞ!!!」

声を張り上げ、腕を振ろう。

誰もが理解できるように。味方の心に火をつけるように。

「海兵隊だ！　海兵隊が来てくれたぞ！」

言葉は波紋を引き起こす。

小さな波は、やがて波動のように歓声からなる大波へ。

戦場において、帝国軍魔導師の跳梁跋扈《ちょうりょうばっこ》にしてやられ、心をへし折られかけていた兵士たちまでもが顔に希望を宿して顔を上げる。

対して、これまで意気揚々と暴れまわっていた帝国軍魔導師どもは地上から空へと飛翔《ひしょう》し、邀撃せんとばかりに空中で隊列を整え、断固として応戦の構え。

猛威を振るったとはいえ、数的劣勢の敵だ。戦術的には、それ以外に連中が取れる選択肢はないのだろう。

もっとも、だからといってドレイクらが遠慮してやる理由はない。

肉薄してくる魔導師から解放された地上の将兵らは、喜び勇んで対空砲に取りつき、今までの返礼としてこれでもかと弾を撃ち込んでやる。

空中でもがき、隊列を整えようと悪戦苦闘する帝国軍魔導師はそれでもしぶとい敵ではあった。

「ええい、くそっ、動きがいい！」

敵ながら見事だとドレイク大佐は苦笑し、己の感激を術式に込め、一ファンとしてささやかな品を放り投げる。

想《おも》いをたっぷりと込めた術弾。

中に封入された術式を発現してやれば、盛大な爆炎が空に花開く。だが、生憎というところか。真心たっぷりの殺意は受け取りを拒否され、敵は術式の効力圏からひらりと身を躱《かわ》す。

「おいおい、まだあんなに動けるのか？　信じられんぞ」

「大佐殿、連中、薬物でも決めているのでは？」

「コンバットドラッグか？」

部下の言葉で可能性に思い至るが、敵の練度と連携を見る限り、興奮剤の類いに見られるような判断力低下や蛮勇の兆候は見受けられない。少数が多数を相手取り、走り回るのだ。敵魔導部隊は散々に動いているはずなのに、なんとも元気があり余っているとは。

ついでにいえば、ああ、今、突っ込んでいったスー中尉が帝国軍一個魔導中隊の集中射撃でまた追い返された。

「……スー中尉も元気だな。うらやましいぞ。こっちは、息が上がりそうなんだが」

舌打ちし、ドレイク大佐は頭を切り替える。

敵はスー中尉とも正面から渡り合える怪物ども。ならば、人間らしく、堂々と数と連携で押し包んで差し上げよう。

火力を集中しよう。

「海兵隊の援護を活用しろ！　これを機に、敵魔導師を押し返す！」

対空砲火、魔導師の援護、そして……見事なタイミングで合州国の友人ら、海兵隊の魔導師が帝国軍部隊に強烈な一撃をお見舞いせんと突入していく。

「なんてこった！　糞《くそ》ったれに素敵だな！」

思わず、ドレイクが感嘆してしまう。

参戦するや、即座に海兵隊が白兵切り込みとは！

勇気と度胸、そして本物の海の戦士でなければできない度量。

「援護しろ！　援護しろ！　仲間の勇気を見過ごすな！」

声を張り上げ、ドレイク大佐は合州国海兵隊の突撃行程に万難を排しての援護射撃を部下に要求する。海兵隊を援護するべく位置取りを続け、時に帝国人を牽制《けんせい》しつつ陽動で突入の素振りを繰り返した努力の成果は、見事な一撃として結実する。

高速の一塊と化した海兵隊の魔導師らは、近距離から大量の火力を敵へ投射。新兵器か、散弾銃仕様の術弾は近距離での撃ち合いに特化していることもあり帝国軍を瞬間的な投射火力で圧倒してのける。

それでも負けじと反撃はやまない。それでも、海兵隊の勇者たちはあらん限りの能力で術式を投射し続ける。

叫び声と火力の応酬。それは帝国のネームドどもをしても圧倒し得る。

たまらず、という様子で帝国軍魔導師らは引き始めていた。

「にもかかわらず、敵の戦力は依然として健在、か」

統制を保ちながら、追撃の余地もない堂々とした足並みで規則正しく後退しようと敵が試みているのを見れば、呻《うめ》くしかない。

海兵隊の突入部隊が、二の矢、三の矢と術式をぶちまけども、再度の突撃を見送るだけの組織的後退。帝国は……なんという練度と規律だろうか。

「追い返せるだけマシか」

ぼやき、幸運に感謝し、そしてドレイク大佐は油断なく敵を凝視する。

イルドア軍と合州国軍の対空砲火に撃たれ続け、細かく微妙な機動で標準をずらしつつ後退していく敵の姿は敗残とは程遠い。

「ちっ、引き際も綺麗《きれい》そのものとくるか。気を抜くと、反転して突入してきかねん怖さがありやがる」

引き絞られた弦に、常に矢があてがわれているかのような緊張感とは。戦慄《せんりつ》すべき強敵らしく、姿があるだけで空恐ろしい。

「ドレイク大佐殿！　敵から緊急の通信が！」

「なんだと？　帝国軍から通信？　何と言ってきた？」

戦争というのは、予想外のことで満ち溢《あふ》れている。だから、訳が分からないことなど珍しくもない。理解し得ぬこともあるというのは、経験を重ねた兵士ならば、誰だって承知している厳然たる事実なのだ。

だが、それでもそれはドレイクを混乱の底に突き落とす。

「はい、その……、緊急の告発だと」

「告発？　何を言い出すのだ？」

これを、と差し出されるレシーバーを耳に当てればただの一般放送。

暗号化もされない平文。

というか、帝国軍の女性士官だろうか？

おっとりとした声で、誰かが繰り返しという形で何かを読み上げていた。

最初に帝国語、次に連合王国公用語。挙げ句、器用にも連邦語まで使われている読み上げ。イルドア語が加われば、この戦場においてどれかしかは誰もが喋《しゃべ》れることだろう。

繰り返されるそれからは、とにかく、帝国側が己の意図を断固として理解させようとする意図をまじまじと感じさせられる。

もっとも。

「意味が分からんぞ!?」

空中で、ドレイク大佐は頭を文字通りに抱えていた。

「散弾の使用は、戦時国際法違反だ？　じ、人道に反している？」

一瞬、ドレイク大佐は前言を撤回すべきか真剣に迷った。帝国軍の連中、ここに及んでいったい何を言い出している？

訳が、分からない。

「敵に判断力低下が見られないというのは、ひょっとすると、誤りだったか？　帝国の連中、頭がどうかしているぞ！　普通！　今！　気にするのが、そんなことか!?」

「大佐殿、敵が返答を求めています！」

部下の叫びに対し、ドレイクは迷うことなく吼え返す。

「知るかと返せ！　俺が知るか！」

交戦中の寸劇にドレイク大佐は眩暈《めまい》を隠せない。

「……大佐殿？　その、お加減でも？」

「いや、なんでもない。ただ、帝国の連中、ひょっとすると本当に？」

「何でしょうか？」

「何か、変な薬物でも使っているのか？　とな」

他愛《たあい》のない思い付きだ、などと笑いとばしつつ、ドレイクは撤退していく帝国軍魔導部隊に向けて最大限に狙いすました術式を返答代わりにぶち込む。

「帝国の連中め、悪辣なのはどっちだ……」

苛立たしさを隠せないドレイクだが、彼の耳は信じられないことに、猛烈に激昂《げきこう》していると思しき帝国訛《なま》りの連合王国公用語に制圧されていた。

「告げる！　発、帝国軍指揮官。宛、アライアンス現地指揮官！」

子供のようにやや甲高《かんだか》い叫び声。

そのくせ、内容はちっとも可愛《かわい》くない。

「貴軍の戦時国際法違反を強く告発する！　戦争にも最低限のルールと尊厳があり、それらを破壊するが如き非道な戦時陸戦条約違反は人間の名において許容できない！　貴軍部隊の逸脱はあまりにも明白だ！　小官は人道と正義の名において、人間に対する散弾の軍事利用を抗議し、かくもヒューマンハンティングの如き野蛮な風習をやめるように進歩と名誉の名において強く要求する！」

本気なのか、冗談なのかサッパリ見当のつかない戯言《たわごと》。それを殺し合った相手から贈られるというのは実に困惑せざるを得ないものだ。

ドレイク大佐は、ほとほと混乱しきっていた。

「本気なのか？　連中、この期に及んで、何を言うんだ？　気にするのはそこなのか？」

啞然と頭を振り、ドレイク大佐は肩を落とす。

端的に、訳が分からない。

未知の相手が分からないのはまだいい。だが、相手は帝国だ。ずっと戦っているお相手。自分なりに敵を知る努力を怠ったことはないはずだった。

それなのに、これか。

「どうも、自信がなくなってしまう」

ため息交じりの自嘲へ、苦いものすら交じってしまうというものだ。

はぁ、と彼はため息をイルドアの空へ零す。この世界の空には、いったい、今までどれだけのため息が零されたことだろうか？

哲学に耽《ふけ》る時間があれば、きっと、そんな疑問でドレイクは一日をだらけて過ごしたかもしれない。

現実の彼にあるのは、怒濤《どとう》の如く押し寄せてくる大量の後始末だ。

帝国軍の襲撃部隊を撃退しえたからこその悩みと言えばそれまでだが、それは救いというにはあまりにもほろ苦い現実である。

スー中尉の暴走に胃を痛めながら弁解と始末書を手配し、ついでに多国籍軍ならではの面倒な手続きにも対処。

まぁ、地上でイルドアと合州国がお互いに誤射をやらかした件は知らんとばかりに放り出したが。それでも。イルドア－合州国－連合王国に連邦まで加わる愉快な多国籍司令部アライアンスは実に不毛だ。

対連邦折衝での経験はさすがに活《い》きてくれるが、東部時代と同じように翻訳、根回し、ついでに調整と無意味な官僚的手続きの奔流が襲ってくれれば、慣れた士官でも怒濤のため息を零さずにはいられないもの。

今までは、それでも多国籍義勇軍の指揮官たるミケル大佐に仕事を押し付けることもできた。ありがとう、政治の都合とやら。

今や、ドレイク大佐はミケル大佐と階級的には同等に成り果てている。

「……これは、辛《つら》いな」

結果は、だから、連邦人が優しく差し出してくれる紅茶を啜《すす》り、魔導師らが籠《こ》もる基地の事務室で延々と書類を整理する羽目になっている。

あの激戦を生き残っても、書類に殺されるかもしれない。

そんな不穏な想像を真剣に危惧しなければいけない日々にあって、ドレイクはミケル大佐が不意に噴き出す音で顔を上げた。

「ミケル大佐殿、どうされましたか？」

「いや、大したことではない。何かの悪ふざけだろうが……」

そう口に出し、何かの紙きれをミケル大佐が隠そうとすることにドレイクは目ざとく気が付く。さすがに、立場柄から看過するわけにもいかなかった。ミケル大佐殿はいい友人であり、魔導師仲間ではあるが……ドレイクもまた連合王国に義務を負う将校なのだから。

故に、ドレイクはミケル大佐が隠そうとしていた紙きれに手を伸ばしてしまう。

それは、一枚の紙きれだった。

見慣れた、書式であった。

通信の伝達に使われる標準的な書類。

だが、その一枚の紙に記載されている文字こそはついにドレイクの精神を限界にまで追い込む。

「帝国人は、どうか、している」

ああ、胃が、胃が、痛い。

発、帝国軍航空魔導大隊指揮官

宛、連合王国軍指揮官殿

貴軍魔導師による予想外ながらも多大なる貢献により、イルドア港湾施設破壊作戦は、帝国軍当局者をして予想だにしえぬ歴史的大戦果を収めるに至れり。小官はこれらの戦果並びに交戦状況を勘案し、極めて異例のことながらも叙勲申請を行うのが公平かつ公正であるという認識に到達するものである。願わくば、我らに多大な火力支援を提供し、貴軍の輸送船並びにイルドア港湾施設破壊を行った魔導師の氏名をご教示頂きたし。

小官は名誉に誓い、帝国軍当局に叙勲を申請するものである。

[chapter]

VI

第陸章

兵站攻撃

Logistic warfare

合州国の想定したもの：戦争。
糞野郎の主兵装：避難民

— アダム トルーカー海兵隊大将回顧録『イルドア戦役におけるわが軍のロジスティクスと想定外負荷』—

chapter VI

結論から言えば、我々は『決戦』をするつもりで帝国軍と戦ってしまった。正々堂々と戦うつもりであった……と言いかえてもよい。

認めよう。大失敗だ。

前提をどうしようもなく読み違えていた。

帝国とは、総力戦という邪悪の権化に練達した『先輩』であり、正々堂々と正面から殴り合う決戦を期待していた我々は『純情な新人』であったのだろう。

がっつりと組み合うことを期待していれば、嚙《か》み合うわけがない。

当たり前と言えば当たり前の話だ。

なにしろ、敵に、ゼートゥーアに正々堂々戦うという健気《けなげ》な意図なぞなかった。微塵《みじん》たりとも存在しなかったと断言し得る。

奴《やつ》は、基本に忠実だった。

それは『我が方の強みを活用し、敵の弱点を突く』という点に他ならない。

如何《いか》にして自分が得意とする舞台を生み出し、敵をそこに引きずり込むかという戦闘開始以前の枠組みは決定的に重要である。

イルドアでは、帝国が舞台を構築した。

イニシアチブに至っては、全てゼートゥーアの糞野郎《くそ》が独占。

我々は自分こそが主役のつもりで、戦場に飛び込んだ。だが、それすらも敵の脚本通りに右往左往した『主演』を宛《あて》がわれたにすぎない。

脚本も監督も、振り付けすら帝国印。

イルドアでの醜態は、アライアンス側が手玉に取られた歴史である。しかも、誤解され学ぶべき教訓があまりにも無造作に放置されたままだ。

世間曰《いわ》く『帝国は、戦術で我々に勝ち、戦略で我々に負けた』とか。

戦争全てを総括すれば、世評もひょっとすると正しいのかもしれない。

帝国が敗者であり、アライアンスが勝者であるという歴史の事実こそは、我々にささやかな自負と自慢を与えるに足るものだろうから。

で、だから？

不健全なナルシシズム、と私は笑い飛ばしたい。

勝利により、問題を覆い隠してしまえば、本末転倒にもほどがある。

年寄りじみた説教口調になってしまったが、要するに、あの大戦を経験した老人として私はため息と共にイルドア半島での日々を思い出す。

戦術的に帝国軍が優秀？　驚嘆すべき敵の技量？　『戦闘』次元での優秀な敵部隊？　ネームドやエースパイロット？

いずれも、世間でよく知られたものだ。

個々のエピソードが全くの誤りというわけでもないだろう。逸話も、神話も、あるいは戦場伝説にだって事欠くまい。誰かが読み物の類いで面白おかしく書きたて、バーで戦友を揶揄《からか》うネタには困らないことだろう。

悲しいかな、そんなもの全ては枝葉末節だ。

本質を語ろう。

あそこで我々が敗北を喫したのは……『総力戦への適応』という根本次元においてだ。

戦い方のルールが変化していくとき、いかにして適応すべきであり、適応しそこなったことへの代価が壮絶であることは理解されるべきだ。

もっとも、付け足すべきことも多い。

例えば、敵が糞野郎だったのも大きな要素だ、と。

私は古いタイプの人間かもしれないが、だからこそ、奴《やつ》が嫌いだ。

前代未聞というほかにないが……ゼートゥーアの糞野郎は、総力戦の時代において避難民による兵站《へいたん》攻撃を敢行してきた現代史上最悪にして最高の戦略家である。戦略爆撃構想よりもえげつなく、しかもそれらを『人道』の面を被《かぶ》って世界の眼前で白昼堂々とやらかすのだからたまらない。

避難民の胃袋でもって、わが軍を崩壊に至らしめようとする。

この一事をもってしても、奴は詐欺師と呼ばれるに値するだろう。往々にして『作戦至上主義』故に誤ったとされる帝国だが、あの恐るべきゼートゥーアが音頭を取ったイルドア戦役においては別次元の怪物であった。

徹頭徹尾、奴は、算盤《そろばん》を弾《はじ》く。

中世の攻城戦の事例をご存じだろうか。

魔導の利用は元より、火薬すら軍事利用がおぼつかなかった時代において、城壁というのは文字通りに堅固な防壁であり、打ち破る手段が攻撃側にとって『いかにして敵の拠点を落とすか』というのは大いなる悩みであった。

結果として、城砦《じょうさい》周辺の住人を『敢《あ》えて城に追い込み、兵糧攻め』に持ち込むという戦術が思いつかれたのは『攻撃しないで勝つ』ためのやり方を先人が知恵を絞って考えたからに他ならないだろう。

良くも悪くも、人類の歴史は戦いの物語である。

イルドア戦における帝国軍のやり口もまた、洗練された過去の模倣に他ならない。

この点、帝国軍は誠に優秀な古典の継承者とも言い得るだろう。ゼートゥーア大将は大変によくお勉強していたらしい。

研究者が指摘するところだが、奇想天外に例えられるゼートゥーア大将の手口は意外に堅実なものが多く、過去の模倣、発展、応用の類いが色濃い。

例えば、ライン戦線における回転ドアだ。一般には劇的な機動戦という点に注目が集まりがちだが、戦線をこじ開ける要の鍵は坑道戦術が担っていた。これもまた火薬発達以前の攻城戦における典型例である。

東部戦線における呆《あき》れるほど積極的な機動戦も、元をたどれば誘引、包囲撃滅を如何に野戦において成し遂げるかという古典的命題の追求だ。

斬首《ざんしゅ》戦術こそ斬新な発想だという人間もいるが、戦争のさなかに暗殺者を使った例を紐《ひも》解けばいい。指揮官の死とともに、混乱した軍隊が飛散した事例には事欠かない。

ゼートゥーア大将の創造性を認めるとすれば、先例を基にして現代戦へ適用させしめる『洗練』の度合いだろう。

帝国全般の特性と言ってもいい。

糞ったれの連中には、センスがあった。

悪意のセンス、あるいは『合理性の獣』とでも言うべき何か。

そんな連中を相手にする我々海兵隊とて、敵と撃ち合って勝てと言われれば勝つ。それが祖国のオーダーであるならば、我々はやり遂げる。

敵が、眼前に、いさえすれば。

なにせ、こともあろうにゼートゥーアという糞ったれの詐欺師だ。

奴には、我々と戦う意志すらなかった。

あの野郎は、あの詐欺師は、最初からイルドア戦域を『おもちゃ箱』としか見なしていなかったに違いない。

帝国のやりたいように、帝国のエゴを、帝国の都合だけで。

だから、奴はイルドアで遊ぶだけ遊び、ひっくり返すだけひっくり返し、後は知らないと頬かむりして北に戻っていきやがった。残された我々は、奴がぶちまけたおもちゃを片付ける大人の役を強制されたにすぎない。

奴は、イルドアに興味などなく、ただ、時間を稼ぐ場として、我々に後片付けを押し付ける場として、イルドアをおもちゃ箱に選んだ。こんな穿《うが》った見方にも、一理はあるだろう。

そこから先は、ただただ兵站と物流の記録が紡がれていくだけ。

不幸なことに衆目は往々にして『勇敢』で『白熱』する出来事に注目してしまう。

会戦ならば数多《あまた》の歴史家が無数のインクを費やし、主要な海戦とても、同じことだ。会戦の一瞬を切りとり、それ瞬間だけでも本として書かれることだろう。

対照的に、補給というのは地味な領域である。華々しさはなく、手堅い世界だ。

だから歴史書を紐解けば、知略の限りを尽くして『決戦』で勝利する数多の英雄譚《たん》で満ち溢《あふ》れている一方で、『補給線』をめぐる攻防の勝敗を描写したものは実に乏しい。

敵の補給線を『叩《たた》く』という作戦の成功を描くことはあるだろう。補給の不足が偉大な作戦の成否を決したこととてゼロではない。

けれども、それはいかにも玄人《くろうと》好み。

分かりにくいのだろう。反対に少数の兵士が、圧倒的な大軍へ知略と勇気で果敢に挑戦し、これを打ち破れば輝いて見えるわけだ。

むろん、それを成し遂げた指揮官は称賛される価値はある。

けれども、それを指揮官に強いた国家の何と無責任なことか。それは、本来あるべき支援の欠如だ。義務を果たしたものを褒めたたえるならば、義務を怠り無謀な戦いを強制した国家をも咎《とが》めねばならない。

必要なのは美辞麗句ではなく、適切な訓練と補給である。

コップ一杯の水すらも、戦時において前線で手に入れようと欲すれば、どこかのだれかによって後ろから最前線へと運ばれねばならぬ。

そういう世界だ。

平和で豊かな時代の人ならば、蛇口をひねればよい。戦地においては遥《はる》か後方の水源から運ぶか、汚染された水をどうにか浄化するか、はたまた兵士に我慢を強いるかという過酷な選択を求められる。

軍隊というのは、人間の集団だ。

喉は渇くし、腹は空く。飢えに苦しみ、渇きに締め上げられた兵士に、更なる流血を求めるのは非情である。

それを防ぐためには、ただ、組織の力が必要だ。一人の英雄が持てるだけの水を、糧食を、弾薬を手にしたところで運べるものはたかが知れる。

だからこそ、我々に必要なのはチームによる勝利なのだ。だからこそ、槍《やり》の矛先だけに注目する無意味な慣行には決別しなければならぬ。

背後を支える膨大な人々の存在を、そして驚くほどの献身を忘れてはいけない。

必要な瞬間に、必要なものが、必要なところに届く。

本来それは当たり前ではない。

偉大なのは、それを当たり前にし得た人々の努力と取り組みだ。

イルドア半島において、我々はその真実を嫌というほどに学ばされ、そしてイルドア半島において不朽の名声を合州国にもたらした壮大な人道的義務に応じたのである。


統一暦一九二七年十二月二十日　帝都参謀本部

大量の避難民に対し、イルドア当局は受け入れを表明。合州国軍をはじめとする同盟諸国の組織的支援を受けることにより、大規模な混乱が概《おおむ》ね避けられているという事実を確認し、ゼートゥーア大将は肩の力をようやく抜く。

「『彼らの理性』を信じて、本当に良かった」

ギャンブラー気質であるつもりはない。

だが、彼は勝った。渾身《こんしん》の賭けに勝ったのだ。

イルドア避難民という禁断のチップを活用し、理性と人間性という相手方の弱みに付け込む形での勝利である。

「嫌悪すべき邪悪として、ゼートゥーアの名が世界史にまた一つ。私も、いよいよ悪行で世界に名を残すというところか」

己の選んだ道だ。ゼートゥーア自身、自分のやったことは理解している。他の誰を欺けたとしても、自分自身の冷徹な部分を欺けば本末転倒だろう。

だから奇妙な話だ。

覚悟していたはずなのに、心の奥底からこみあげてくる救われたという想《おも》いにはどうしようもなく抗《あらが》いがたい。

「本当に……感傷というものか」

魂の安堵《あんど》。罪悪感の免除、とでも言うべきそれか。

ため息を吐き出し、肺腑《はいふ》に紫煙を入れ込もうと兵隊煙草《たばこ》へ手を伸ばしたところでゼートゥーアは奇妙な疑問に思い至る。

先刻、彼自身が呟《つぶや》いた通りだが……救われたというのは感傷だ。

だが、その救われたものは、人間としての良心だろうか？　あるいは、帝国の戦略的利害だろうか。

ふんと鼻を鳴らし、ゼートゥーアは自嘲する。

「今や私は……個人ですらなし、か」

朕は国家なりと開き直れればよかったが、不肖の己はただの職業軍人だ。

国家内国家の首魁《しゅかい》、いわば軍閥の親玉と化しつつあるが……斜陽に照らされる憐《あわ》れな個人にすぎぬ。

己では、太陽と化せぬ。そんなことはゼートゥーア自身が嫌というほどに自覚している。

せいぜい、世界だけがそう思えばよい。

そのための地位であり、そのための悪名なのだ。

『イルドア避難民』を『イルドア南部』へまとめて大量に送り込む。古代の攻城戦に範をとった消費人口の増大という至極単純で、ただただ卑劣卑怯《ひきょう》な手練手管。

起案者はゼートゥーア。

実行を命じたのもゼートゥーア。

要するに、ゼートゥーアだ。帝国ではなく、ゼートゥーア。

「これで、避難民を慮《おもんぱか》るなどという欺瞞《ぎまん》を行うほどにゼートゥーアとやらの良心というのはご立派でも尊いものかね」

ふん、と自嘲を零《こぼ》す。……軍人として一線を越えている己に唯一許される態度だろう。

「私なりの人海戦術だな。胃袋を攻める下劣な策とは。はっ、大した邪悪じゃないか。私もよほど神々に嫌われていると見える」

浸る権利など、主犯たる己にはない。軍人としての名誉も、帝国軍人としての誉れも、やがては朽ちるもの。

そんなことも、彼は承知している。

論理的帰結-避けがたい敗北が未来に横たわっているのだ。

今や、祖国のよって立つものが揺らぐ時代である。

「綱渡りをやり切れるか？　己を苛《さいな》む不安ですら重荷だというのに、荷物をさらに抱えようとしても仕方あるまい」

軽い苦笑とともに、ゼートゥーアは煙草の煙と共に感傷を吐き出していく。

「良い人間でありたかった」

そうあるつもりですら、あったのだが。

「こんな時代だ」

腰元にぶら下げている拳銃。

これを咥《くわ》えてしまえば。

……引き金を引いてしまえば。

「楽にはなれるのだろうな」

責任と引き換えに、とゼートゥーアはそこで頭をふって未練を笑い飛ばす。そんなことを考えてしてしまう程度には、まだ、自分にも弱さがあるのか、と苦笑しつつ。

同時期 - 遣イルドア合州国軍司令部

帝国軍と同盟軍の対峙《たいじ》が続くイルドア戦域においては、消耗されていく物資弾薬人命いずれもが、外部から補給／補充されねばならない。

戦争というのは、とにかく貪欲である。

兵器を使えば壊れるし、弾薬だって消耗は当然だろう。それに、兵士たちは生き物だ。闘志溢れるトルガー中将の指揮下にある合州国イルドア方面派遣軍とて、物理法則は無視し得ない。

故に彼らは、本国に補給を要請する。

戦う男女には武器弾薬が必要であり、その生命を維持するためには日々の食糧や消耗品、それに嗜好品《しこう》が必要不可欠なのだから。

そう、嗜好品もまた欠かせない。

命を懸けて戦う彼らが、人間らしい故郷からの便りを渇望し、ちょっとした娯楽や慰めを嗜好品に求めるのは贅沢《ぜいたく》だろうか？　それらの重層的な重なりの末に、堅固な士気はもたらされるというのに？

この点、合州国は軍隊として全うかつ健全に過去の戦訓を研究し、派遣軍には入念を喫した全面支援を確約しているほどであった。

「全てが万全です。我々の兵士諸君は、最前線にあろうともアイスクリームとステーキだって堪能できることでしょう」

かくのごとき発言に加え、補給担当者は小包と軍用郵便の万全さえ請け負った。

勿論《もちろん》、武器弾薬については論じるまでもない。世界中にレンドリースするべく、大増産を重ねてきた備蓄は派遣軍をして潤沢な‐帝国では望み得ないほどの‐圧倒的と評するほかにないそれが手配済み。

肝心の流通とても、手抜かりはなし。

数多の船舶、海上交通路を護衛する護衛艦、そして海と空を覆いつくさんばかりに航空戦力が配備され、それらすべてに潤沢な燃料を供給しうる体制が確立されている。

兵站基盤という点では、空前絶後に他ならぬだろう。

合州国が『万全』と豪語するだけに、実際、鉄量に晒《さら》される側のターニャをして『卑怯だ』と叫ばせるに足る圧倒的な兵站基盤だ。

帝国軍の大半がいまだに馬に荷物を引かせ、機甲師団ですら魔導師に小舟を牽引させる時代にあって、合州国の輸送網は完全自動車化済み。あまつさえ、アライアンス諸軍に物資を融通するほどの余裕すら持ち合わせている。

卓越というほかにない。

ロジスティクスで必勝を整えることは、小手先の誤魔化しを峻拒《しゅんきょ》する偉大な王道である。だからこそ、有限の物資をやり繰りし、前線に届けようという営みは英雄的な努力を伴ってはいた。

人も、物も、望みうる最良を最大限に。

けれども運命は無邪気にことをぶち壊す。

イルドア戦域において、合州国は恐るべきゼートゥーアによる邪悪かつ辛辣な総力戦の洗礼をこの上なく、容赦なく、どうしようもなく、吐き気を催す次元で浴びせられることになったのだから。

当局者が無能であったか？

否。

イルドアも、合州国も、『詐欺師ゼートゥーア』という人物のことはよくよく研究していた。彼らは、作戦―戦略次元での悪辣な敵に対抗するべく、王道の数的優勢を追求するという手堅い――時に平凡と見なされる――最適解を導きだしていたほどだ。

合州国、連合王国、イルドアという海軍国家の総力を挙げた制海権の確保、地上部隊の展開、

chapter VI

航空優勢の追求、魔導部隊の合同運用努力。

全てが万全であったと言うのは過言にしても、帝国のゼートゥーアとて、対抗しようものならば並々ならぬ苦労を強いるであろうという自負が彼らにはあった。

実際、対峙するゼートゥーア大将はいみじくも呟いたという。

「敵がうらやましい限りだ。潤沢な兵力、潤沢な物資、挙げ句に万全の兵站。とても公平とは言いがたい。随分、大人げない連中だな」

稀代《きだい》の戦略家にして、悪辣な作戦屋とも認められる恐るべきゼートゥーア。そのゼートゥーアをして、渋面になるほど万全の態勢を整えたことを合州国の当局者と産業基盤に携わる全員が誇りに思うべきだろう。

物量で敵をすりつぶす。

それは、王道だ。

勝者たる彼らは信じる資格があるだろう。

『物量に負けただけだ』と言う敗者の強がりとは、『対峙できる物量もなく、戦いに挑んだ泣き言』でしかないと。

故に、歴史はゼートゥーアを敗者として物語るのだ。

ただし、恐るべきゼートゥーアは『詐欺師』としても名前を刻んでいる。東側の歴史のみならず、西側のそれにも誤解の余地なく明瞭に。

合州国軍が再編を終え、帝国軍なにするものぞと反撃に向けた戦意をたぎらせようとした瞬間、彼らの足元では総力戦の達人による爆弾が炸裂《さくれつ》する。

その瞬間、合州国の官僚らは現地からの報告で卒倒しかけていた。

「船が足りない！　物もだ！　なんだこれは⁉」

吐き気を催す現実。

合州国当局者らは、絶望的な船腹事情に頭を抱えて呻《うめ》く。

どうして、こうなったのだ、と。

否、彼らとて原因は理解している。

全ては、想定外の需要だ。

その理由は主として二つである。

一つは、まずもって、イルドア軍の物不足。もう一つは、『総力戦とイルドアの地理的特性』である。

どちらか片方だけならば、偉大な合州国は難なく克服し得ただろう。

問題は、二つが揃《そろ》って最悪のタイミングで炸裂したことにあった。

ゼートゥーア大将による電撃的なイルドア侵攻により、北部の重工業地帯が帝国軍に占拠された影響は同時代においてすら破局的とまで評されている。

主要産業基盤、兵器廠《しょう》、備蓄類までもを喪失したイルドアは、自軍の『再武装』を到底自力ではなし得る状況になく、外部からの支援――この場合は合州国のそれ――を死活的なまでに必要とするに至ったのだ。

無論、それならば合州国に対策がある。

武器・装備・弾薬を送ればいいのだ。

合州国の若者ではなく、イルドアの若者が帝国と戦ってくれるのであれば、合州国の政治家にとっても何一つ不都合はない。長期的に見れば、イルドア軍を武装し、前線に投入することをアンクルサムは心から歓迎するだろう。

勿論、短期的には問題があるのも事実だ。数個師団どころか、動員される数十個師団単位の兵員を武装させるだけの装備ともなれば……合州国軍向けの割り当てすら削減せざるを得ないだろう。

更に、それだけのものを送るとなれば輸送は悪夢に等しい。調達と算出を命じられた合州国軍のある兵站屋はいみじくも吐き捨てる。

「無限の武器が湧き出る壺《つぼ》でもあると!?」

武器も、弾薬も、豊富とはいえ有限だ。

合州国の巨大な産業基盤とて、自軍の拡張を行いつつ連合王国や自由共和国らを支え、あまつさえ連邦にまで支援物資を提供である。

こうも多大な負荷を受けるとなれば、楽な仕事ではない。

ここに加えて、イルドア軍数十個師団分の装備・弾薬である。

調達一つとっても難題で、迅速《じんそく》な配達ともなれば誰にとっても悪夢だ。

ああ、と誰かが呟いてしまう。

「連合王国、連邦向けの支援物資の削減は無論のこと、自軍の拡張すらペースダウンせざるを得ないぞ……」

その通りだ、と調整の担当者らは誰もが渋面を浮かべたという。

実に大変なことになる、と。

もっとも、減らす側は『大変』で済むが、減らされる側は大変どころの話ではない。自国の割り当てを削減されると知った連邦、連合王国、挙げ句は自由共和国の関係者は直ちに自分たちの取り分だけも確保しようと動く。

もとより相互不信の強い彼らは、囚人のジレンマゲームもかくあるやとばかりに各々《おのおの》が振舞うのだ。

懇願、要請、泣き落としは元より、なりふり構わぬ接待攻勢に始まり秘密裏の贈賄や脅迫すらも発覚。

無数の裏取引、工作の数々は醜悪なものであった。

それこそ、一つのアライアンスとして纏《まと》まろうとしていた彼らの薄っぺらい紐帯《ちゅうたい》を粉砕するには十二分すぎたという。東側、西側という明確な陣営ごとの分裂が生まれる前にせよ、彼らの間には楔《くさび》が確かに打ち込まれたのだ。

戦時下においては、しかし、共通かつ明白な敵の存在が数多の対立を止揚《しよう》する。

数多の利害関係者を前に、合州国はやり遂げた。

優先順位の明確化。

イルドアの危機的状況を優先すると決したのは尊い決断とも言えるが、打ち出すだけも並々ならぬ無益な労力が投じられたのである。

あまつさえ、そこまでやっても『イルドア軍』は兵站基盤を欠く。弾丸一つとっても、新しい供給網が整備されるまでは合州国の供給に依存せざるを得ないだろう。

けれども、このイルドア軍再武装問題は……合州国にしてみれば、『これ』ですら相対的にはマシな問題の類いであった。

決定的に深刻なのは、イルドアに対する『食糧供給』の問題である。

食べ物。

生きるために必要な食糧。これればかりは、完全に盲点だったと合州国当局者が頭を抱えつつ認める次第だ。

勿論、ある一定程度ならば考慮してあったのだ。合州国当局とて占領地に軍政を敷く場合のことは考慮していたし、現地調達上等の他国と異なり『外部から持ち込む』という力技を成し遂げるだけの物量も手配し得た。

帝国本国領域に侵攻した場合、軍政下で配給を提供することすら可能な体制だ。或《あ》いはフランソワ共和国領域でも、帝国軍を排除し自由共和国なり共和国官僚機構に引き継ぎを行うまでの暫定統治は想定されている。

だから、戦局の進展とともに暫定的な民需対応があり得ることは予見していた。

だが、さすがの彼らも想像だにし得なかったのだ。

上陸した同盟国の土地で、大量の民需向け穀物を手配する必要があるとは！

想定されていたものと言えば『援軍と装備』だけ。

だからこそ、イルドア優先などというお題目も彼らは打ち立てられた。

他国への支援を減らすといったところで、程度問題。イルドアを支えつつ、他所《よそ》にもある程度までは配慮し得るというのが合州国当局者の見立てだったのだ。

……在イルドア大使館から『大量の食糧が必要になる可能性』を知らされるまでは。

誰もがその一報に耳を疑ったという。

当然といえば、これも当然だ。

「イルドアだぞ!?」

噴き上がる疑問の叫び声。

「農業輸出国だろう!?」

「なにがどうしたら、食糧危機が起こるんだ!?」

慌てふためき官僚らが叫んだが如《ごと》くに……イルドアは豊かな国土が多様な食糧を生み出すことで名高い。

北部、南部を問わずに豊かな農地に支えられた食文化は伝説的と言ってもいいだろう。

ただし、とそこにはわずかな補足が付く。

イルドアの北部と南部は気候の違いが大きい。このため、微妙に栽培されるものが異なるのだ、と。

具体的には北部では大量の主食用穀物が生産されるのに対し、南部では『自給』用に穀物が作られるほかは商品作物として樹木作物が中心である。

オリーブ、ぶどう、柑橘《かんきつ》類には事欠かないだろう。

それらを原料とするワイン、あるいは加工食品や羊・山羊《ヤギ》などの乳製品・肉類にも豊富な品がある。

誰もが知っているような名産品に事欠かない。

農業輸出の規模など世界でも有数と言わざるを得ないほどだ。ちょっとした不都合があり得るとすれば、商品作物は主食とはしがたいということか。

平時ならば、何ひとつ致命的ではなし。

リカードも大満足の分業の理《ことわり》である。

けれども総力戦の時代であった。

輸入というごく普通の選択がおぼつかぬところへ北部から大量の避難民が流入。戦争で閑古鳥《かんこどり》が鳴いていた観光客向けの宿泊施設を転用したことで寝床はあった。助け合いの精神とて、なかったわけではない。

けれど、物は生まれない。

供給が減少し、需要が増加である。食糧価格は、悪名高い帝国軍魔導師の上昇速度よりも迅速に飛翔《ひしょう》を開始する。

誰が悪いわけでもないが、決定的な破たんは軍隊の到着だった。

合州国・イルドアを中心としつつ多国籍の軍部隊が『防衛』を目的として展開した時、イルドア当局は当然のように備蓄食糧を軍隊に提供し、かつ、補充のために市場から調達を試みる。

同時に、合州国軍もその癖から『補給』に気を配り……外貨でもって自分たちの食い扶持分《ぶち》を追加で確保したがるとなれば……イルドア南部の食糧価格は天文学的水準に跳ね上がっていた。

事態の深刻さに彼らが気付いたとき、もはや価格水準は誰の手にも終えぬ怪物じみた暴走を始めている。

今日よりも、明日の方が高く売れるのだ。

明日よりも、明後日《あさって》の方が高くなるだろう。

こうなれば、値上がりを見越して売り惜しみが生まれるのも必定であった。

肝心の主食用穀物自体が北部の貯蔵施設ごと帝国の手に落ちていることもあり、ただでさえ過小な在庫と過剰な需要である。結果、イルドア‐合州国合同司令部は未だかつて予期せぬ強敵――信じがたい食糧価格暴騰という生活戦線に直面する。

なまじ、イルドア‐合州国両国の国民が大戦勃発後も豊かな市民生活を享受し得ていたことも悪影響だ。

兎《と》にも角にも、食糧不足という総力戦の衝撃は絶大無比である。

事態を知らされた本国の当局者らは泡を吹き、血相を変え、天を呪い、崩れ落ちた。

「イルドア南部が、飢餓状態に陥りかねない!?」

客観的かつ俯瞰《ふかん》的視点から見れば、合州国軍の展開が引き金を引いたわけではない。

物不足が確定すれば、食糧価格が暴騰するのも時間の問題だっただろう。或《あ》るいは、帝国軍による南部侵略の不安が広がれば食糧を確保しようという市民の動きで自《おの》ずと価格は跳ね上がったやもしれない。

可能性の話は、しかし、発生しなかった可能性にすぎない。

事実としてイルドアの人々が、そして世界が見たのは、合州国軍の展開と同時に暴騰する食糧価格である。

『合州国軍が、食料を根こそぎにした』という悪評。

たかだか数万の先遣隊が消費できる食料など、数百万の人口における消費量で見れば微々たるものだが、印象論というのは決定的だ。

だが、人々の頭に染みついてしまった印象はどうしようもない。啞然《あぜん》とし、慌てたところに飛び込んでくるのは更なる凶報。南部の港湾都市が一つ、帝国軍の攻撃により事実上機能喪失という恐るべき知らせだ。

南部の大型港湾施設がすべからく帝国軍の攻撃圏内にあるという事実は、輸送経路の安全確保という点で深刻な問題を同盟諸国に突きつけるものでもある。

無論、帝国軍をイルドア北部から駆逐してしまえば全ての問題は一発で解決だ。

「それが、できれば、だが」

いみじくも官僚によって呟かれた愚痴が示すとおりである。

『それができれば、苦労はしない』。

かくして、トルガー海兵隊中将率いるイルドア遠征軍は、兵站の大混乱に巻き込まれていく。

緊急展開した陸軍さんが帝国軍にイルドア王都郊外で叩《たた》かれたことを踏まえ、直ちに彼らの現有陣地を増強し、かつイルドア情勢を安定化させるべく海兵隊は迅速に北へ殴り込む……つもりだった。

イルドア南部の都市に展開し、臨時司令部を設置したまではいい。

だが途中、帝国軍魔導部隊による長軀《ちょうく》襲撃に軍港が晒され、艦隊護衛に当てていた海兵隊魔導部隊を急遽《きゅうきょ》投入するなどで彼らのスケジュールは乱れに乱れてしまう。

chapter VI

魔導部隊の疲弊、限られた補給。

とても戦略的反攻どころではないぞ、とトルガー海兵隊中将が頭を抱え、司令部の執務室で事務手続きに追われているとき、その知らせは部下の将校からもたらされる。

「閣下、本国から最優先です。ご確認ください」

「なんだこれは？」

執務室に積み上げられた書類束を前に、トルガー中将は疑問を示す。

「見覚えがない。というか、なんだ？　この統合書式第一号とやらは」

「国家戦争省が国防総省に改編されることに伴い、陸海軍省も統合運用だそうです。書式を改編するとかなんとかですが」

そうかい、と部下に手を振りつつ彼はため息を呑《の》み込む。

「本国の連中、こんな書類は最優先で送って寄越《よこ》すのか」

補給は届かないが、面倒事だけは最速で飛んでくるわけだ。

それもこれも、とトルガー海兵隊中将は手元の書類を恨めしげに睨《にら》みつける。

主計担当者が丁寧に寄越した説明書きは、『補給の困難』を飾らずにいっそ率直すぎるほどに描いたものだ。

「正面からぶつかれば勝てる公算だったが、ぶつかるまでが遠すぎるぞ」

火力はある。

砲に、砲弾に、観測用の機材や搬送用トラック、それらの燃料まで完備。

命令が下されれば、勇敢な海兵隊の仲間たちは北上し得る。海兵隊の流儀でいけば、ここで足踏みするべき軍事的合理性など皆無だ。

だが、一度動き出せばイルドアの人々が飢えていく。

「我々は、帝国軍と戦うはずだった。なのに、なんだこれは」

はぁ、とトルガーは小さくため息を零す。

「船腹の問題は深刻すぎる。イルドアへの主食輸送さえなければなぁ……」

咥えた煙草の尻を噛み、男は執務室の机に残っている作戦地図に目を落とす。

「現状、帝国軍が十三個師団＋機甲師団が三つ」

ついでに、トルガーの知る限り装備状況は良好。

対する彼ら同盟諸国の状況は微妙だ。

額面戦力こそイルドアの三十二個師団にうちの陸軍三個師団と海兵師団が一つなのだが、イルドア近衛師団を除くイルドア軍はほとんど手ぶら。

「再武装は可能だが……」

運ぶための船の問題がある。

本国では既に船舶の大量建造を推し進めているというが、だからといって無限にものを瞬時に提供できるわけではない。

旧大陸と新大陸は遠いのだ。

大海原の波濤《はとう》を乗り越え、軍隊を投射し、かつ大量の糧食を無限に搬送するというのはある種の限界を超えている。

「小麦輸送の割り当てさえ取られなければ、我が軍は二十個師団を展開し、更にイルドア北部へ数個師団を揚陸させて帝国軍主力を包囲撃滅するBプランすら実行できるのだがなぁ」

二者択一だ。

小麦を運ぶか、軍隊を運ぶか。

そして、戦士ではあっても、良識的な軍人に選択肢はない。

「……軍事を優先すれば、我々が飢餓を招いたと批判されるか」

救える人々を犠牲に、軍事的勝利を追求すべきか？　おおよそ、民主的な軍隊としては直面したくない類いのジレンマと言っていい。

「本国が許容してくれるとも思えん。……なにより、人々を見捨てるわけにはな」

煙草を灰皿に突っ込み、ついでに書類にサインを済ませ、次の書類に目を向けたところで内容は相変わらず欠乏と制約がらみ。

船はある。

モノも運んでいる。

「だというのに、このざま」

イルドア南部を抱え込むことで、合州国はのたうちまわる苦労を強いられている。

ならば、とそこでトルガーは苦笑せざるを得ない。帝国のやりそうなことには、既に見当が付くのだから。

「……この状況では、イルドア王都や北部の主要都市を奪取した瞬間に補給線へさらに莫大な負荷がかかることも覚悟せざるを得ないだろうな」

莫大な人口密集地帯。

首都や大都市。

当初、合州国としては市街戦を真剣に憂慮していたが、今となっては補給戦の観点からも北進を懸念せざるを得ない。

統一暦一九二七年愛の語られるべき季節　愛の巣にて

デート。

それは、お出かけである。

妖精さんとそれをしていいのは、他ならぬ自分だけだとロリヤは知っている。

この恋路を邪魔する奴は、殺すしかない。だというのに、彼は自分がなんと無力なのかと葛藤するしかないのだ。

なにしろ、ゼートゥーアの糞野郎ときたら！

そんなわけで、ロリヤにとってゼートゥーアなる不倶戴天《ふぐたいてん》の敵はぶち殺してやるべき糞であり、歴史から駆逐してやるべき汚泥なのだが、その許されざる罪人は天をも恐れぬ不正義をまた一つ重ねていた。

イルドア方面において。

許されざるゼートゥーアの下種野郎《げす》が彼の大切な妖精さんを大いに愛《め》でていることを知ったロリヤは心から、魂から、激怒した。

しかし、単なる敵であれば殺せばこと足りるが……こうも恋路を明確に妨害しようとする邪悪に対しては、一心不乱の闘争あるのみだ。

愛故に。

そして、純情さ故に。

怒髪冠《どはつかんむり》を衝《つ》くどころではなし。

もはや、呼吸一つすらも世界への不条理と不公正に対する明白な抗議である。

ロリヤの主観において、一呼吸、一呼吸が不倶戴天の怨敵と化したゼートゥーアへの呪詛《じゅそ》であり、離れてしまった妖精さんへの愛の告白である。

彼は、ただ、そうやって世界を塗り替えていく。

ある意味において、ロリヤは純粋であった。

それをなんと呼ぶかはともかくとして、主観においては純情で純真で純正な恋愛を営むロリヤとして、ロリヤは愛の成就に向けて邁進《まいしん》していく。

連邦の高位高官たる身として、彼には幾つか選択肢があり、可能性があり、そのすべてにおいてロリヤは自重しない。

当然、恋のために仕事だって頑張れる。

未来のために。

二人の、明るく、爛《ただ》れた未来のために！

ロリヤは毅然《きぜん》とした態度でもって、連邦内部において調整に励み、ついには報告書を片手に盛大な警鐘を打ち鳴らす役目までも務めてみせる。

「従いまして……イルドア方面は最悪の展開を迎えたと申し上げるほかにありません。帝国の悪辣非道な策略です。ゼートゥーアの糞野郎は、あの反動精神の塊は、こともあろうに、道理も人倫も投げ捨て、世界を欺こうとする不義不正の……」

「同志ロリヤ。提言に感謝する。しかし、発言の要旨が不明瞭だ」

「これは、同志書記長。大変な失礼を。……あまりの不条理に少々昂《たかぶ》っていたようです」

頭を振り、ロリヤは忌々しい世界に向き合うべく、一度、呼吸を整え直す。

党書記局の密閉された会議室の空気は冷え切っているが、火照《ほて》る体と、煮立った頭を醒《さ》ますためにはいくばくかの猶予をどうしても必要とするものだ。

「……整理しましょう。帝国は、イルドアを舞台として詐欺を試みています」

パン、と手に持った書類を叩きロリヤは吐き捨てる。

「これは、合州国をイルドア方面に引き込むための悪辣かつ合理的な策略でしょう。敵ながら、見事な糞です」

見れば分かる。

感じるまでもない。

だが、同志たちが無理解なのでロリヤはしぶしぶ恋を知らない連中に、愛ゆえの知見を授けざるを得ないのだ。

「ああ、ご静粛に。ご静粛に願います。確かに、一見すれば合州国の参戦により帝国は自らの首を絞めたが如き愚行を犯していますが……ごく短期的な採算を見れば案外と帝国の利益も少なくはない」

第一に、とロリヤは声を張り上げる。

「イルドアの救援、何より『人道援助』のために合州国の船舶需要は『民生品輸送』で逼迫《ひっぱく》することでしょう。結果的に、我が国に届く外部からの援助は船舶事情により制約されてしまいます。帝国海軍潜水艦による通商破壊とて、これほどの制限を我が方に与えることはできないでしょう」

はっ、と数人が顔を上げるや苦悩を浮かべることで理解を示す。

『物資援助』を必要としているのは連邦も同じだ。無論、なくてもやっていけるだろう。だが、苦しい総力戦ともなれば『あるにこしたことはない』。

ロリヤは敢えてそこで明るい声を作る。

「良い点を見れば、我々の新しい友軍が第二戦線を『イルドアに形成』するでしょう。確かに、第二戦線は連邦軍の負荷を軽減してくれるに違いない。我々も連合王国をはじめとするアライアンス諸国に度々要請はしてきました」

ですが、とロリヤは一呼吸入れた後に呟く。

浮気されるようなものだ。

辛く、苦しく、それでも、言わざるを得ない。

「我々の希望するものとは、程遠い結果しかもたらしません。なぜならイルドアは戦域が狭い。言ってしまえば、帝国軍を引き付けるには広さが中途半端すぎるのです」

一々地図を見るまでもない。

地形が全てだ。

細長い半島。

南北に長く、東西に短い。

広大な連邦軍 - 帝国軍の正面図と比較すれば、北と南に分かれた両軍が共有する戦域はあまりにも狭い。

半島の横幅が、最大幅。

防衛線を絞って構築するには最適すぎる地形だ。そのくせ、縦深《じゅうしん》が取りやすい。守るに容易《たやす》く、攻めるに難しい地形。

ロリヤはため息交じりに嘆くしかない。

「酷《ひど》い詐欺だ。連合王国も、合州国も、イルドアだってここで帝国と戦うでしょう。英雄的に、雄々しく、まるで自分たちが主役のように」

一進一退を繰り返し、きっと、帝国軍と自分たちも戦っていると連邦にしたり顔で戦友面《づら》するに違いない。

だが、どうだ?

呆れも交ぜつつ、ロリヤは吐き捨てる。

「連中は、『ひきこもる』つもりの帝国人に付き合って下手くそなジルバを踊るにすぎますまい。こっちが、ムービングダンスを踊るだけ踊り、疲れ果てていくのに比して、連中は動きもしないことかと」

妖精と踊るというのは、心躍ること。

ロリヤとて、彼の愛《いと》おしい妖精さんが賞味期限切れになってしまう前に、なんとしてもそれを躍らせ、歌わせ、嘆かせ、喘《あえ》がせ、愛を語り合いたいものだ。

それが、こともあろうに。

自分のいる連邦の方面が何とつまらないことか！

愛の狩人として、導師として、ロリヤは断言する。世の中に邪悪がいるとすれば、それはゼートゥーアである。

恥を知らぬ奴に対し、党の同志たちを怒らせるべくロリヤは告発するのだ。

「したがって、同志諸君。我々は、新たにできる第二戦線に届くはずの資源・兵員を奪われ、挙げ句、今次大戦の成果物を悉《ことごと》く、西側の同盟諸国に掻《か》っ攫《さら》われる危機にあります」

憤りと共に、ロリヤは、列席者一人一人を見詰めながら、真心を込めて不正義に対する糾弾を口に出すのだ。

「我々の用意したベッドで、連中が我々の恋人を寝取るようなものです」

想像するだけで、ロリヤの胸はかき乱されてたまらない。

ああ、妖精さん。

ああ、妖精さん。

ああ、私の、私の下《もと》に跪《ひざまず》いて啼《な》くべき妖精さんを返してほしい！　あの花を手折るのは、散ってしまう前に遊ぶのは私だというのに！

「こんなことが許されるはずがない!!!!　断固として、絶対に、なんとしても！　そうです、何としてでも！　拒絶しなければなりません!!!!」

「同志ロリヤ、最後の意見は……幾分、冷静とは程遠いようだが」

「私としては連邦の未来を、社会主義建設という理想と、あるべき世界の姿を思うあまり心配性とならざるを得ないのであります。同志書記長、ご容赦を」

「なるほど？　さて我々の内務人民委員にお伺いしよう。これからはどうなると予想しているのかね？」

問われたならば、答えよう。

それは、ロリヤにとって当然である。

「イルドア王都を占領した帝国軍が、これを早期に放棄することを危惧しております」

「……それは、合州国軍により奪還された場合のことかね？」

「はい、同志書記長。我々が苦闘し、じりじりと戦線を押し返している時、『参戦したばかりの合州国軍』がイルドア方面で劇的な戦勝と『素人目』に見えるものを上げた場合、宣伝戦において著しい問題が生じるでしょう」

愛は全能だ。

故に愛は勝利する。

だからこそ、愛に生きるロリヤは、ゼートゥーアという帝国の外道がイルドアを舞台に描き切った陳腐で安っぽい三文芝居の先にある結末をも予見し得る。

「ゼートゥーアの糞野郎は一流の詐欺師です」

「承知しているつもりだが」

同志書記長、とロリヤは心から助言を口にする。

「詐欺師の差し出す手は切り落とし、囀《さえず》る舌は引き抜き、目を抉《えぐ》ることで目配せ一つ許さぬ態度を貫かねば……世界が『騙《だま》される』可能性をぬぐえません」

「同志、一理はあるが観念的すぎる」

理解してもらえないのは、彼に愛がないが故にか。恋と愛のカクテルを飲み干し、胸を躍らせる経験がなければ分からないのだろう。真実の愛に目覚めたロリヤとしては、仕事人間である上司に対して微《かす》かな同情を覚えぬでもない。

謙虚な気持ちと共に、ロリヤは姿勢を正す。

じっと相手の瞳を見つめるとともに、ロリヤはようやく口を開く。

「失礼いたしました。現実的な脅威としては、イルドア戦線が過度に注目を浴びる弊害が軽視できません。現状、イルドア民間人の窮状を『帝国大使館』の息がかかった連中が第三国で流布する可能性が濃厚で、救済活動の主軸がそちらに向きかねません」

メディアを使う手口、宣伝戦において、帝国はこれまで全く脅威ではなかった。だが、それは、帝国が『自己を擁護』しようとしたからだ。

帝国をバッシングする論調は完璧そのもの。

だからこそ『帝国の非道でイルドアの人々が飢えに苦しむ』という話題が盛り上がらないようにすることは積み上げてきた反帝国世論からして無理難題。

ああ、こちらの努力にタダのりしようとするゼートゥーアの外道め。

「結果として、帝国軍との主戦線を担う我々連邦への支援が激減するでしょう。増強された合州国軍が帝国軍の時間稼ぎに付き合い、挙げ句、主役顔です」

それは赦《ゆる》されない。

浮気を止めるためには、ここに自分たちが、ロリヤが、連邦の意志として帝国に断固として拒絶をつきつけねばならないのだ。

「我々は、東部において主導権を発揮せねばなりません。世界に、帝国を倒した主役は、連邦であるのだ、と。党が勝利の立役者であり最大の貢献者なのだと示し続けねばならないでしょう」

だから、彼は提案する。

「冬季攻勢を発動すべきでしょう」

統一暦一九二七年十二月二十五日　イルドア王都郊外

ターニャ・フォン・デグレチャフ中佐率いる帝国軍第二〇三航空魔導大隊は帝国軍最後衛集団の殿軍《でんぐん》として、広く、薄く、クリスマス特配とやらのエッグノッグを片手にぶるぶる震えながら、イルドア王都前面に展開していた。

軍主力は既に後退済み。

それどころか、帝国軍サラマンダー戦闘団の大半ですらメーベルト大尉指揮の下《もと》、ウーガ大佐殿のご配慮もあって重装備を丸々抱えて鉄道の旅に出ている。

ターニャたちは本当に、最後に引き上げる番犬役。

厳密に言えば、イルドア王都に多少の帝国軍部隊は『占領者』として残ってはいる。もっとも、ターニャの知る限りにおいて『総退却』の手配は完了済みだ。

命令あり次第、彼らは即座に北へ帰っていくだろう。

それを守り抜くのが、ターニャら殿軍の役目だ。最悪の場合では、後退戦闘を最後まで戦い抜かねばならぬ過酷な配置である。

当然、ヴュステマン中尉のように経験が浅い将校は露骨に緊張を浮かべている。セレブリャコーフ中尉やヴァイス少佐といったターニャの副官、副長ですら『強張《こわば》った』表情。

だが、ターニャだけは首をかしげていた。

『敵が攻めてきた場合』を想定し、後退する準備が整っているのは真に結構だろう。だけれども、何も敵が動くまで待つ必要があるのだろうか？

「なぁ、ヴァイス少佐」

「いかがされましたか、中佐殿」

「私は思うんだが、もう、友軍もほとんどいなくなったことだ。ここは、厳かに敵兵をご案内してやろうと思うのだが」

きょとん、とした副長はそこで顔をしかめてみせる。

「敵の襲来を防ぐのが任務ですが」

「その目的は？　我々に課せられたのは、友軍が後退する時間を防ぐことだろう？」

「それは、はい、その通りですが」

頷《うなず》く副長の表情に浮かぶいくつも疑問符に対し、ターニャは端的に答える。

「こっちから、お迎えにいくのはどうだ？」

「……よろしいのでしょうか？」

「どのみち、イルドア王都は放棄する計画だ。ならば、いつ来るか分からぬ敵を待って主導権をくれてやるのも癪《しゃく》に障《さわ》るじゃないか。クリスマスのパーティーや騒ぎに偽装して後退する方が、よほど成算もあるだろうしな」

ぽん、と手を打ちターニャは案を口に出す。

「郊外に出てきたのはアライアンス軍だったか？」

「はい、合州国、イルドア、連合王国の合同部隊のようですが」

「連中へ威力偵察の態《てい》で仕掛けて、ここが空っぽであることを悟らせてやれば……ご案内できるのではないか？」

ターニャが口に出した言葉に対し、ヴァイス少佐は腕を組んで目を瞑《つむ》る。暫く考え込んだ彼は、やがて首を縦に振った。

「できるかと思われます。イルドア軍であれば、誘導も簡単かと」

「できれば、合州国軍部隊がいいんだが」

ヴァイス少佐は不思議そうに首をかしげる。

「理由をお伺いできますか？」

「政治だよ。イルドアを合州国にこそ救ってほしくてね」

はぁ、と要領を得ないように応じたヴァイス少佐はそこで思い出すように顎をさする。

「確か、近隣ですと……合州国の海兵隊が確認されていました。魔導部隊付きですし、我々が出れば迎撃には出てくるかと思うのですが」

ある意味正しい答えを返す部下に対し、ターニャはため息を零す。

「あいつらは国際法違反をやらかしているし、私の抗議も無視した連中だがね」

ターニャのようなタイプにとって、海兵隊のような連中は最も理解しがたい。

愛国心で自発的に志願し、しかも、散弾銃を対人使用する連中だ。

帝国軍の法解釈だと、それは不必要に残虐で、許容されない非人道的兵器だと『明文化』されているというのに。

「奴らを英雄にするのも嫌だぞ」

「嫌だぞって、中佐殿……」

呆れるような視線の副長に対し、ターニャは断固とした態度で告げてやる。

「いいかね、我々に必要なのは血の気の多い道化だ。海兵隊も血気盛んだが……ああいう規律ある戦争屋をこちらの意図通りに誘導するのは面倒だ」

はぁ、とため息を零しターニャは頭を振る。

「合州国の国旗を分捕って、フラッグ争奪戦でもやるか」

「ふ、フラッグ争奪戦？」

「海兵隊の陣地から、国旗を分捕って逃げれば、連中も追いかけてくるだろう？」

さながら、赤い布に煽《あお》られて突っ込んでくる牛ならぬ海兵隊ども。

闘牛よりも危険で、闘牛士よりも遥かに少ない名誉と報酬。きっと、これがブラック労働だろう。

ああ、とターニャはまたしても零しかけたため息を呑み込み、待つことをやめる。

「首都の残留部隊に通知しろ。こちらで、敵を誘導するぞ」

「了解です！」

「さぁ、クリスマス・パーティーを始めよう」

同日 アライアンス軍魔導部隊

正義は勝つ。

だって、それが正義だから。

だから最後には、正しい自分たちが勝利できる。

絶対に、だ。

世界はそうでなければ、ならない。

論理や理屈じゃない。

ただ、ただ、『かくあれかし』という一事でもって、彼女、メアリー・スー中尉は正しい自分がやるべきことを知っていた。

「友軍が襲われている!?」

凶報を耳にし、メアリーは即座に立ち上がっていた。

多国籍義勇軍の魔導師として、そして、連合王国軍に属する魔導師として彼女は合州国の海兵隊には借りがある。先日の港湾防衛戦で合州国海兵隊の魔導師と多国籍義勇軍は肩を並べ、共に戦った。帝国人に泣き言を言わせた頼もしい仲間たち。

彼らの顔を思い浮かべ、じっとしていることがメアリーにはどうしてもできない。

心の衝動に突き動かされ、咄嗟《とっさ》に駆け出した彼女は司令部に飛び込む。

「ドレイク大佐！　出撃を！」

「……スー中尉か」

憮然《ぶぜん》とした表情の指揮官。彼は露骨にこちらを邪険そうに見つめ、小さくため息を零す。

「いいかね、中尉。まだ、海兵隊が接敵したという報告があっただけだ。増援の要請も受けていない」

「友軍が襲われているとき、座して見過ごすと!?」

真剣な顔で抗議するメアリーに対し、ドレイク大佐は咥えタバコのまま気怠《けだる》い態度で首を縦に振る。

「中尉、我々は予備隊だ」

「だから、味方を見殺しにするのですか!?」

「あのなぁ、中尉。我々は、イルドア半島におけるアライアンスの戦略予備だぞ？」

ぷはぁ、とドレイク大佐は紫煙を吐き出す。

「いいかね？　我々は、勝手に動くわけにはいかないのだ。士官教育で、予備兵力を残しておくことの必要性は習ったのではないか？」

子供に道理を言い含ませるような態度。抗議の視線をメアリーが向けようとも、まともに取り合う気などないとばかりに一服を洒落《しゃれ》こむドレイク大佐の態度は、メアリーの感情を酷く逆なでしてやまない。

「大佐殿、大佐殿になってから、また一段と腰が重くなりましたね」

「……何が言いたいのかな、中尉？」

「立場がそんなに大事ですか!?　仲間を見殺しにするのですか!?」

メアリーの糾弾に対し、ドレイク大佐はわずかに眉を顰《ひそ》めると咥えていた煙草を灰皿に突っ込み、ゆっくりと立ち上がる。

「中尉、貴様は自分が何を口にしたのか理解しているか？」

「恥を知っているかと問うています！」

「政治を理解しろとは言わん。だが、軍隊は英雄ごっこをする場所ではないといい加減に理解しろ！　分からんなら、国に帰れ！」

「帰る故郷を取り戻すために戦っています！」

どん、と机を叩きドレイク大佐は叫ぶ。

「ならば、理解しろ！　できぬならば、ここから出ていけ！」

chapter VI

「失礼します！」

ばん、と扉を閉め、呆れたというようにため息をつき、やり場のない怒りに胸を焦がしながらメアリーは司令部から飛び出していた。

出ていけ、と言われたのだ。

『出ていけ』と言うならば、『出ていこう』じゃないか。

正しいことをする仲間たちと、正しいことをするべき時が来たのだ。

呼吸を整え、冷静さを取り戻したメアリーは、そこで仲間たちが集っている宿舎へと足を向ける。

何を言えばいいだろうか。

誰が、ついてきてくれるだろうか。

私が正しいと、みんなに理解してもらえるだろうか。

だけど、真心を込めて話せば大丈夫。

きっと真の仲間たちは分かってくれる。分かってくれるはずだ、だって、正しいことをやるのだから。

だから、と扉に手をかけて彼女は勇気を奮い起こし、声を出す。

「皆！　私の、話を聞いてください！」

まず、始めに、言葉ありき。

紡がれた言葉は人の心に絡《から》みつき、やがて魂に熱を送り込む。

彼らは、善良であった。

志願し、善きことをなさんと。

正しい行いをなさんと、心に勇気を宿していた。

それは、呪いか。祝福か。

全てのモノが、それを受け入れたわけではない。全てのモノが、それに対して抗えたわけでもない。

いずれにしても、彼らの多くは信じることを選んだ。

あるものは、メアリーと共に仲間を救うことを毅然と選ぶ。

あるものは、メアリーの誘いを迷いつつも断る。

たしかなことは、たった一つ。

メアリー・スーの言葉は術式のごとく呪いを纏うに足るもので、言葉を紡ぐ当人は純粋で、そして何よりも世界に対する献身に満ちている。

立ち上がる姿に続くものには不足なし。

だからこそ、彼女は飛び立つ。

『出ていけ』という言葉を受けて、その言葉通りに。

一路、襲撃を受けている味方の下へ。

仲間と共に、危機に瀕《ひん》している別の仲間たちの下へ。

「見つけた！　援護します！」

帝国軍が仕掛け、海兵隊が反撃し、拮抗《きっこう》状態にあった戦場へ、メアリーらは臆することなく切り込んでいく。

苦戦は覚悟の上。

だが、彼女たちの想いの乗った一撃は、正義の一撃は、これまでの厳しい戦いが嘘《うそ》のようにあっさりと帝国軍の抵抗を切り裂く。

今の今まで、手ごわかった帝国軍。

その怨敵どもは、邪悪の手先は、正義の叫びと輝きを前に、無様なほどに隊列が崩れ行き、算を乱して逃げ腰となっていく。

崩れる敵の、なんともろいことか。

驚きを抱きつつ、メアリーらが術式を撃ち込めば、敵は逃げまどい、必死に攻撃をかわすばかりである。敵の指揮官が怒号し、踏みとどまれと叫ぶにもかかわらず帝国軍魔導部隊は怖気《おじけ》ついたか、震えていた。

海兵隊の反撃に合わせる形で、メアリーは何一つ臆することなく突貫を開始。いつもであれば、ドレイク大佐が煩《うるさ》く騒ぐそれも、今は敵陣を切り裂く正義の矛先として味方を先導し得るのだ。

遂《つい》には、帝国軍が逃げ出していく。

途中、戦利品のつもりだろうか。

丸めて担いでいた合州国の国旗を放り出し、無様に逃げていく帝国軍の背中をメアリーは追い続ける。

心配してくれたのだろう。

海兵隊から引き留めるような声がかかるが、彼らの好意に感謝しつつも、メアリーはこれを機と見定めて敵を追い続ける。

心強い仲間たちと、イルドアの人々のために、正義のために、世界のために。

目的の分かった戦いの、なんと容易いことだろうか。

いつもであれば、悩み、煩悶《はんもん》し、苦悩すらあるというのに。

ドレイク大佐という障害を一つ省くことで、世界はこんなにも単純になるのだ。

メアリーは突き進む。

イルドアの空、紺碧《こんぺき》の空を駆け、邪悪な帝国にあるべき道理の鉄槌《てっつい》をくれてやる。

幾度か踏みとどまり、反撃しようと抵抗する帝国軍が足を止めようが、彼らはメアリーの姿を見るだけで逃げ腰と化す。

「逃げるな！　不信人者ども！　正義の裁きを受けなさい！」

憤りと共に、爆裂術式を多重発現。

chapter VI

セカイが歪《ゆが》み、セカイが世界と化し、やがて崩れていく。

爆炎を前にして、炎に追われる獣が如く帝国軍人どもが泡を吹いて逃げていく姿はなんとも痛快だ。

逃げる敵を追う。

追い詰めるべく、ただ、迷うことなく真っすぐと。

そして、ついには帝国軍も踏みとどまることを指揮官が諦めたのだろう。ラインの悪魔が、あの忌々しい怨敵すら、慌てふためいた素振りで手を振り、命が惜しいとばかりに逃げ出していく。

なりふり構わない加速は、敵の逃げ足を雄弁に物語る。

反対に、飛び出してきたメアリーの仲間たちは限界が近かった。逃げることに専念できる敵と、敵を追う側の差だろう。

それでも、敵を追い払えた……という事実がメアリーの心に灯《あか》りをともす。

正義を成し遂げたという実感は、彼女の視野をゆっくりと広げてくれるものだ。

気が付けば、彼女は地表を見下ろしていた。

都市。

それも、巨大な都市。

地図を慌てて懐《ふところ》から取り出せば、間違いない。

「……イルドア王都？」

占領されたはずの都市。

その上空にあって、メアリーらは敵を追い払っていた。

だが、占領された町だ。

なのに、なぜ、自分たちは敵の対空砲火に撃たれていないのか。

咄嗟に疑問を覚えたメアリーは、その場で仲間たちに声をかけてぐるりと街を旋回するように飛行し、地上の情勢を見極める。

そして、彼女は悟るのだ。

「……敵がいない？」

もぬけの殻の地上。

夜逃げしたように散乱した帝国軍の書類や、置き去りにされている車両ら。そして、忌々しい帝国軍は影も形もない。

微かな実感だったそれは、いくどか街を周回飛行することで確信へと変わっていく。

己の成し遂げたことを理解し、メアリーはようやく喜色を顔に浮かべていた。

帝国軍を追い払った、という実感はなかった。

いつも、いつも、あの邪悪な連中は狡猾《こうかつ》で。

どうしようもなく卑怯《ひきょう》で、悪辣で。

そして、自分の小さな手は悪意に対抗するにはあまりにも無力で。

何時だって、こんなはずじゃなかったと悔しさを噛み締め、一人、枕を濡《ぬ》らした日々があったのに。

「……解放、できたの？」

なのに、正義があればできた。

誇りと共に、矜持《きょうじ》と共に、決意と共に。

正しい行いをすれば、どんな無理だと思われていることも、自分には、自分たちには可能だったのだ。

そういえば、と仲間たちと顔を見合わせれば手には敵から取り戻した合州国の国旗。義勇兵には、合州国からの仲間も多い。

「この旗を、私たちの取り返した旗を、かかげていきましょう！」

メアリーは決した。

合州国の旗を手に、メアリーは街の中心部へと突き進む。

人気《ひとけ》が消え去った静かな街並み。クリスマスなのに、静まり返ってしまった街のなんと寂しいことだろう。原因は明らかに、占領者が存在していたからだ。

見れば、分かる。

そこ、かしこに帝国軍のモノと思《おぼ》しきポスターや標識が不愉快なまでに存在感を主張しているのだから。何でも許しがたいのは……都市中央に殊更目立つように掲揚された帝国の国旗である。

邪悪の象徴だ。

人々の平穏な生活の上に君臨しているが如き傲慢《ごうまん》な旗は、メアリーの心を一瞬のうちに沸騰させてやまない。

「間違っている。あれは、間違っている」

誤りは正さねばならない。

誤りの存在が、赦されてはならない。

赦されてならないものは、あってはならない。

帝国は、悪は、地上から、世界から、消えなければならない。

消さねばならない。

それこそが、誤りを正す唯一の道であり、世界に秩序と平和を取り戻すための穏健な方法なのだ。

だから、メアリーは旗を掲げる。

正しい旗を。

誤りを、不正義を、偽りを追い払う旗を。

イルドアの広場に解放者として。

たん、と旗を手に。

帝国の時代の終わりを告げるそれ。

イルドア王都の解放を告げるそれ。

「私たちは、決して、負けない!!!!」

世界に、正義を。

「帝国に、滅びを!!!!」

同日 帝都

電信の波は、遠方の出来事をいとも容易く帝都にもたらす。

帝都の心臓部、帝国軍参謀本部にふんぞり返るゼートゥーアの下にその知らせがもたらされたのは、コンラート参事官を相手に愉快な一服を楽しんでいる時分だ。

ぷはぁ、と故ルーデルドルフ秘蔵の葉巻を味わい、珈琲を片手に外交について語らう空間への不運な闖入《ちんにゅう》者たるのは高級副官ウーガ大佐だ。

「閣下、急報です」

室内の煙の濃さにわずかに顔をしかめたウーガ大佐は、一枚の紙を差し出す。受け取りつつ、見るまでもないなとゼートゥーア大将は問う。

「イルドア王都が奪還されたかね？」

小さく頷く大佐に対し、ゼートゥーアはにっこりと微笑む。

「ご苦労」

「失礼いたします」

ぱたん、と扉を閉めて退出していく心得た部下を見送り、ゼートゥーア大将はゆっくりと脚を組み直す。紫煙を楽しみ、時折、天井を見上げて愉快気に嗤《わら》う姿なぞ、歴史書はさておき小説では悪の首魁として後世に名を轟《とどろ》かすにたるだろう。

「……イルドア王都は素敵なクリスマスプレゼントですか？　随分と悪辣な」

「狙ったわけではないのですがね」

「日時はともかく、意図はどうなのやら」

「コンラート参事官、貴方《あなた》にそう言われるのは遺憾ですな」

顎を撫《な》で、目を細め、ゼートゥーア大将はうそぶく。

「世界は夢を見たがっている」

「あなたは、悪夢ではありませんか？」

コンラート参事官の囁《ささや》くような指摘に対し、ゼートゥーア大将は素顔の苦笑を浮かべ、同意するように頷く。

「そうだろうな。私だって、そう思う」

「では、なぜ、これにアライアンスと称する連中は引っかかるのでしょうか？」

「逆だよ、君。私が騙したいのではない。彼らが騙されたくて仕方ないのだよ。誰もかれも、単純で分かりやすい構図を欲しているのだ」

なにしろ、と葉巻をゆっくりと降ろし、ゼートゥーア大将は手を広げる。

「邪悪な帝国に、正義が勝つ。実に分かりやすい構図だ。……故に、彼らは自らを欺き、自らに欺かれる」

そうだろう、と。

にこやかに。

優しく。

いっそ、朗らかに。

歌い上げるようにして、ゼートゥーア大将はほくそ笑む。

「世界が騙されたがるならば、私に騙されてもらう」


（「幼女戦記⑫ Mundus vult decipi, ergo decipiatur」了）

Appendixes

付録

【世界情勢】

壊れた天秤

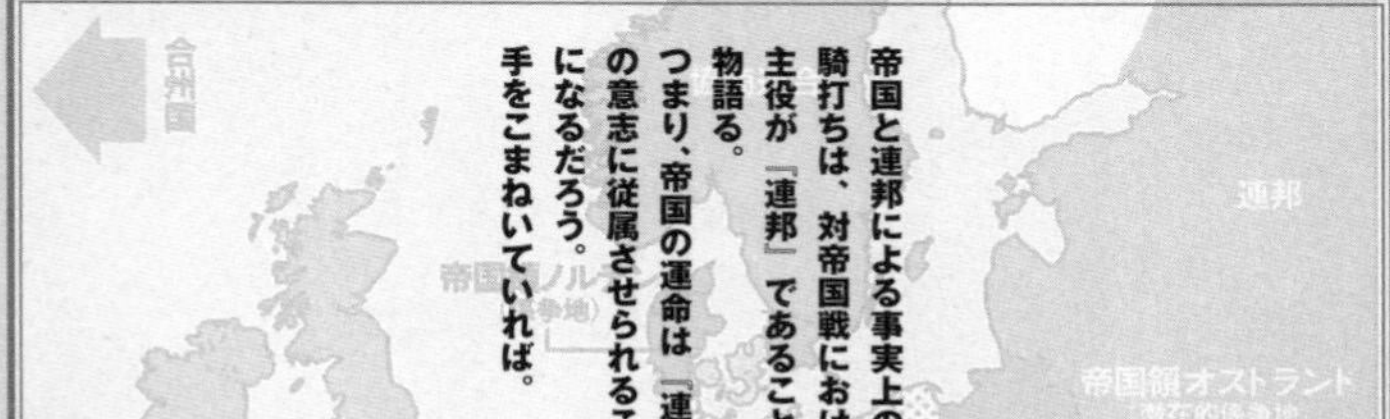

帝国と連邦による事実上の一騎打ちは、対帝国戦における主役が『連邦』であることを物語る。

つまり、帝国の運命は『連邦』の意志に従属させられることになるだろう。

手をこまねいていれば。

調和の模索

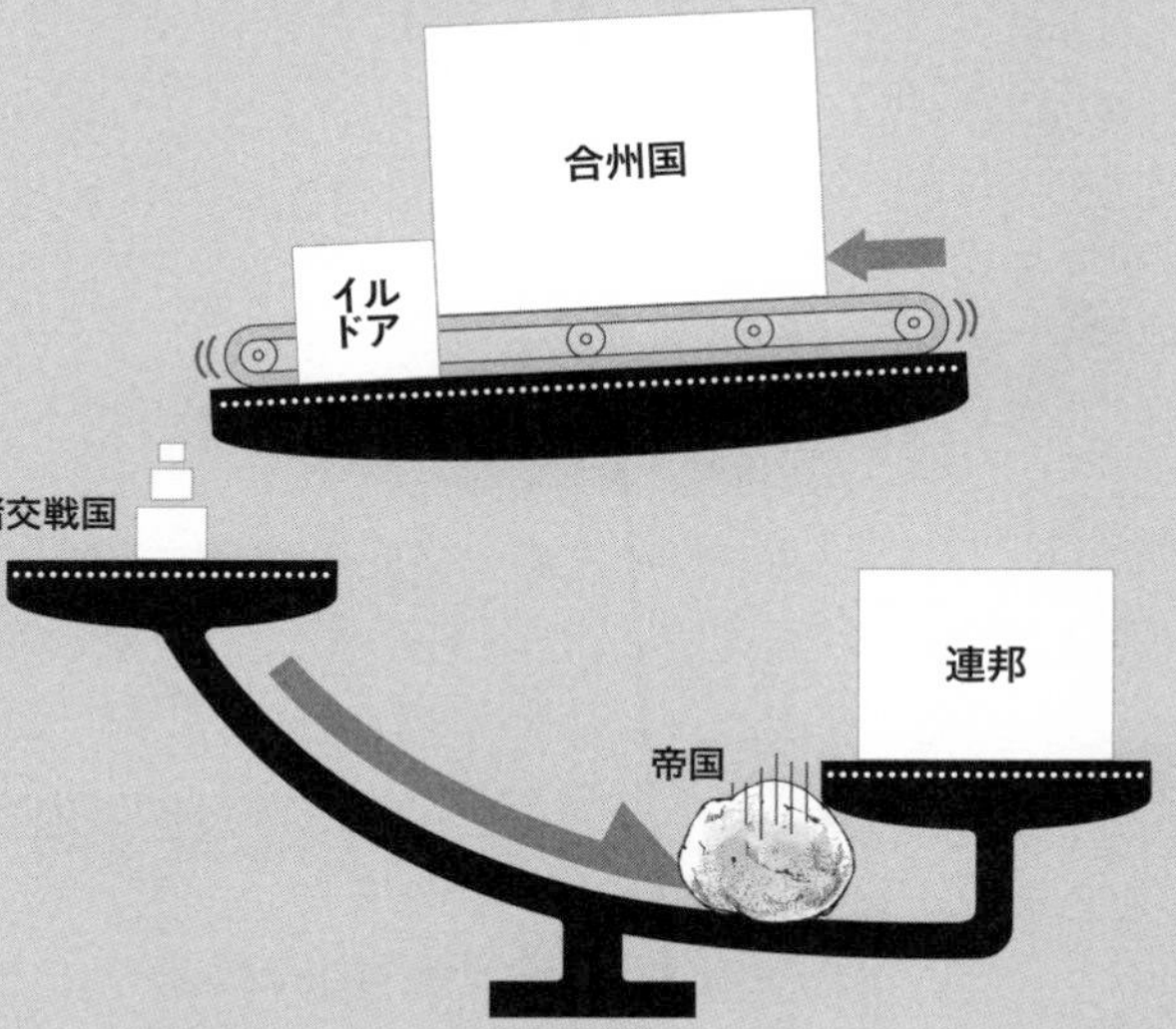

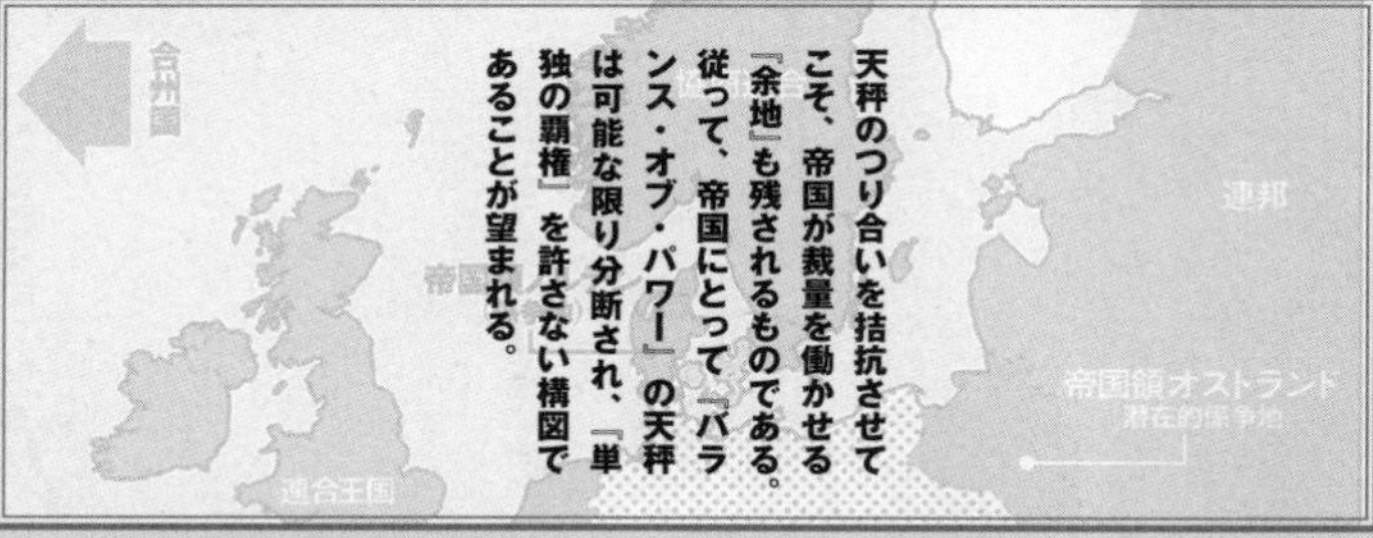

天秤のつり合いを拮抗させてこそ、帝国が裁量を働かせる『余地』も残されるものである。従って、帝国にとって『バランス・オブ・パワー』の天秤は可能な限り分断され、『単独の覇権』を許さない構図であることが望まれる。

イルドアのお節介

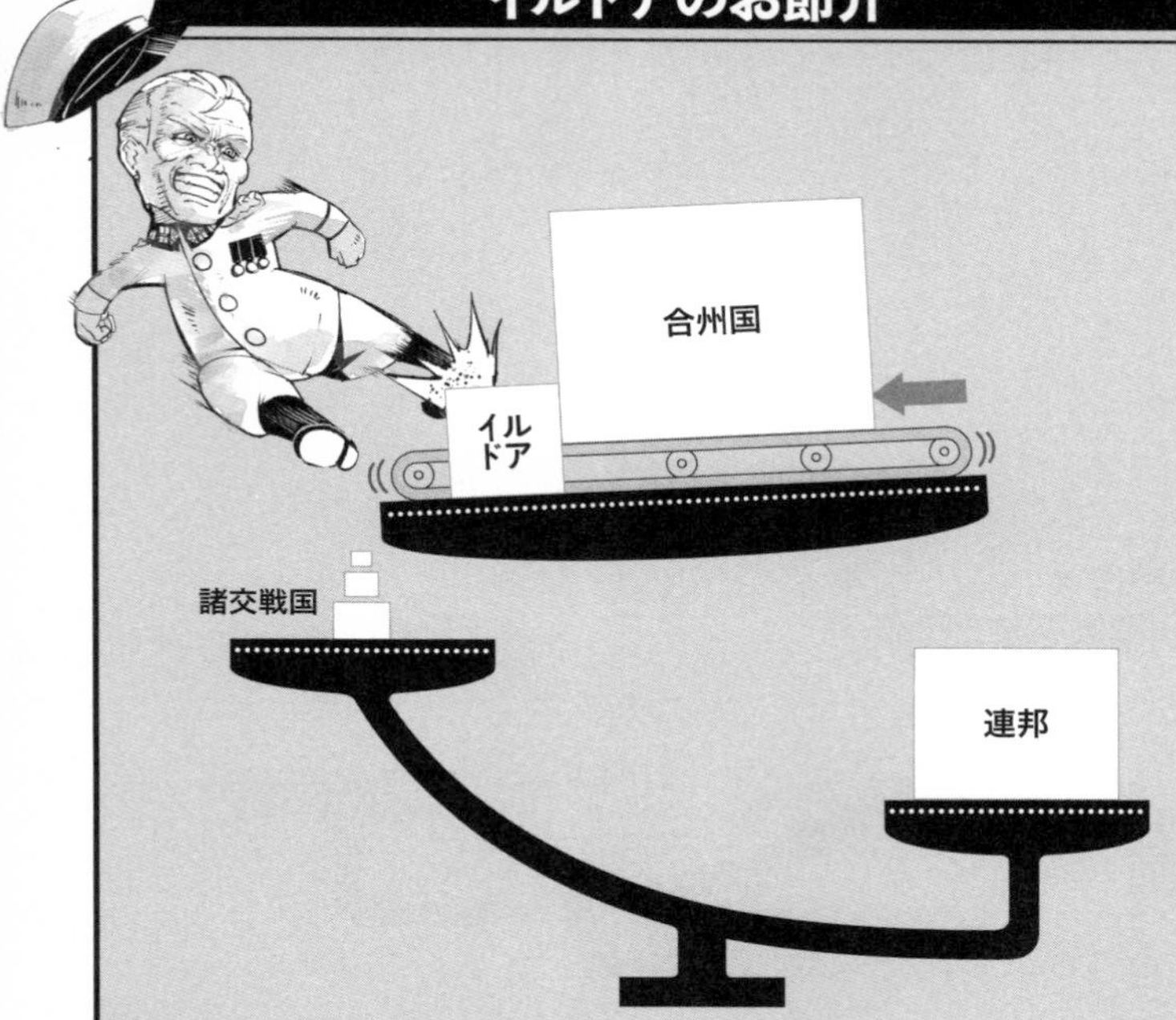

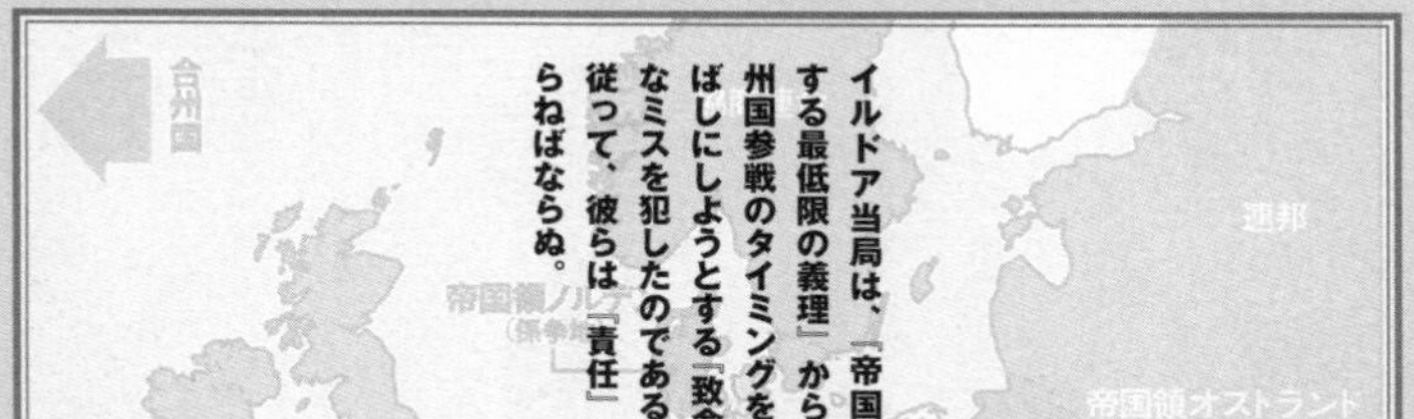

イルドア当局は、「帝国に対する最低限の義理」から、合州国参戦のタイミングを先延ばしにしようとする「致命的」なミスを犯したのである。従って、彼らは「責任」を取らねばならぬ。

調和

西側諸国は、連邦軍によって弱体化されていた帝国軍にすら手こずる稚拙な戦争指導を行った。帝国という専制政治からの解放は、事実上、連邦が単独で成し遂げたのである。

※東側公式史観

かくして、帝国は『合州国』という超大国によって追い詰められ始めた。『連邦』だけであれば、対抗し得ていた帝国軍も、『合州国』という真の超大国相手を相手にしては『なすすべ』がないのである。

※西側公式史観

仲良く喧嘩しろ

by ゼートゥーア

あとがき

初めての方は十二冊まとめてお買い上げ、ありがとうございます。貴方こそが、真の勇者だ。

そして、お久しぶりの皆様。

ご無沙汰しております。なんと二月に連続刊行という偉業を成し遂げました、カルロです。

誤字じゃないですよ。

事実です。

二月に連続刊行という出来事は客観的事実であり、そこに嘘偽りなど介在せず、何一つ間違いがありません。二カ月連続刊行じゃなくて、一年越しだったけど。

勿論、これにはやむにやまれぬ事情がありました。

私は説明責任を全うするカルロなので、お待たせしてしまったことについてもご理解を得られるよう、適切かつ詳細な説明をここに行う次第です。

公式には、二〇一九年は暑かったと申し上げたい。

夏の終わりまでには書こうと思っていましたが、あまりにも猛暑が酷いこと酷いこと。夏としか思えぬ暑さが続いたので、夏の終わりという〆切りに向けて働いていたらこうなってしまいました。

大勢の方はこれで既に納得してくださるかと確信する次第ではあるのですが、非公式な説明を行いますと、ちょっと忙しかったのも事実ではあります。

クリエイター全般に言えることではあるのですが、僕らは白鳥みたいに優雅な生き物と似ている。なので、水面下で一生懸命に水かきしている姿を外へお見せする機会には恵まれません。

そして、往々にして飛び立って形になる……わけではなかったりするので、大変なんですよね。

とかぼかしてNDAに抵触しないように書くと、『幼女戦記アニメ二期がダメだったんですか⁉』と変な反応があるだろうというのは予測済み。宣誓供述してもいいけどそれとは違います。

「Twitter等々のSNSでも『続きは⁉』と聞かれるのが一番うれしいことでもあり、もどかしいことでもあります。

幼女戦記のアニメ、なにせ、僕も待ち望んでいる一人にほかなりません。いつかまた、アニメでも皆様にご挨拶できるよう、ぼちぼちと小説の方でも引き続き励んでいく所存。

自分の方がドタバタしていて中々予定も不明瞭という形で恐縮ではありますが、お付き合いいただければ幸いです。

さて、今更ですが十二巻はいかがでしたでしょうか。

ライトノベルらしい王道の展開ではありました。友達とご飯の約束をしたり、シャンパンについて電話したりと緩急ある日常回として皆様にお楽しみいただけたのであれば幸いです。

同時にちょっとおっさんらに主役を食われたという印象もあり、イケオジ好きながらも、大いに反省しました。

次巻以降では、幼女を主人公としたゆるふわ日常モノを目指す心構えで仕事に励んで参ります。

なお今巻は、担当編集と相談の上でカルロ的な説明文を4つほど復活させてみました。好評なようであれば、次巻以降でも拡張していくつもりです。こちら、いかがでしょうか？

最後に、この場をお借りしてお力添えいただいた皆様へ感謝を。

デザイナーの桐畑様、校正の東京出版サービスセンター様、担当藤田様・玉井様、イラストレーターの篠月様、今回もお世話になりました。

そして、読者の皆様へ。

心からの感謝を。応援のお言葉、そして何よりも『面白かった！』の一言にどれほど力をいただいていることでしょうか。

あと、お待ちいただいたことへのお詫び。ご愛顧へ改めて御礼を申し上げます。

どうぞ、引き続きよろしくお願いいたします。

二〇二〇年二月吉日　カルロ・ゼン拝

やさしい世界線の
Good morning!
メアリー
彼女に幸あれ
by 篠月しのぶ

幼女戦記 12 Mundus vult decipi, ergo decipiatur

2020年 2月20日 初版発行
2024年11月 5日 第3刷発行

著……………… カルロ・ゼン
画……………… 篠月しのぶ

発行者 ……… 山下直久
編集 ………… ホビー書籍編集部
担当 ………… 藤田明子
玉井咲

発行…………… 株式会社 KADOKAWA
〒102-8177 東京都千代田区富士見 2-13-3
0570-002-301（ナビダイヤル）

印刷・製本…… TOPPANクロレ株式会社

ISBN:978-4-04-735734-1 C0093

息をしている間は、希望を捨てない。

幼女《バケモノ》のいる戦場の
すべてを見届けよ

どいつもこいつも
わたしを殺《ころ》そうと言《い》う
これも存在《そんざい》Xが仕組《しく》んだ事《こと》か
フェアリー08了解《りょうかい》
改心《かいしん》しろと? わたしに?
くそくらえだ!!!
ノルデンコントロール!!!
せいぜいあがいてみせましょう!!!
ノルデンコントロール了解《りょうかい》 幸運《こううん》を
——やけくそで叫《さけ》んだのは認《みと》めるがね
幸運《こううん》を…はないよなあ
自分《じぶん》の現状《げんじょう》は元《もと》の世界《せかい》の日本史《にほんし》で言《い》えば大勝利《だいしょうり》しつつある関ヶ原《せきがはら》で 何《なん》の因果《いんが》か
島津《しまづ》なる変《へん》な連中《れんちゅう》に出《で》くわした徳川《とくがわ》さんちの兵隊《へいたい》さん…
つまり言《い》いたい事《こと》は
こっちにくんな!!
あっちいけ あっち!!!
…である
「関ヶ原《せきがはら》の戦《たたか》い」(1600年《ねん》)
徳川《とくがわ》の東軍《とうぐん》と石田《いしだ》の西軍《せいぐん》により行《おこな》われた天下分《てんかわ》け目《め》の戦《たたか》い。
これにて戦国時代《せんごくじだい》が終焉《しゅうえん》する。
西軍《せいぐん》として参陣《さんじん》していた島津《しまづ》は敵中突破《てきちゅうとっぱ》で東軍《とうぐん》をブチ抜《ぬ》き撤退《てったい》。
徳川《とくがわ》さんちの勝利《しょうり》に傷《きず》を残《のこ》した。
まあ存在《そんざい》Xなる連中《れんちゅう》に弄《もてあそ》ばれた身《み》の上《うえ》だ
覚悟《かくご》はしていた
…していたが 局所的敵戦力優越空域《きょくしょてきてきせんりょくゆうえつくういき》での遅延防衛《ちえんぼうえい》とは…
児童相談所《じどうそうだんじょ》でもないものか
この身《み》が愛《あい》らしいかまでは 保証《ほしょう》できないにしても 外見《がいけん》だけは子供《こども》
いや 童女《どうじょ》や幼女《ようじょ》というべき幼子《おさなご》だ
外見《がいけん》で敵《てき》が発砲《はっぽう》を躊躇《ちゅうちょ》してくれる事《こと》を期待《きたい》したいが そもそも人道主義《じんどうしゅぎ》など戦場《せんじょう》では期待《きたい》しえないもの
神《かみ》は死《し》んだ——だったか
ニーチェの結論《けつろん》はやはり正《ただ》しかったのだろうな
フリードリッヒ・ニーチェ
(独《どく》 1844〜1900年《ねん》)
当時《とうじ》としてはかなりロックな思想《しそう》の哲学者《てつがくしゃ》。イエスの教《おし》えは弱者《じゃくしゃ》の妬《ねた》みから生《う》まれたと分析《ぶんせき》し西洋思想《せいようしそう》に強烈《きょうれつ》な一石《いっせき》を投《とう》じた。

Kadokawa Comics A
漫画：東條チカ　原作：カルロ・ゼン
キャラクター原案：篠月しのぶ

原作1巻冒頭部分、ノルデンでの開戦の

発売中のコミックスをチェック!!

コミック版「幼女戦記」

Kadokawa Comics A
漫画：東條チカ　原作：カルロ・ゼン
キャラクター原案：篠月しのぶ

コミック版ターニャの活躍（迷走？）は

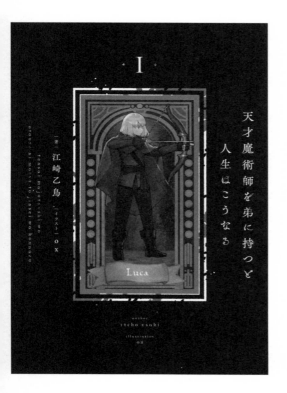